Pourtant, maman savait...

LISA JAMES

Traduit de l'anglais
par Martine Desoille

City
Témoignage

À la petite fille que j'ai été, et à toutes celles qui lui ressemblent.

Publié en Grande-Bretagne par HarperCollins,
sous le titre *Mummy knew*

ISBN : 978-2-8246-0350-6
Code Hachette : 51 9968 2
Couverture : HarperCollins
Rayon : Témoignage

Collection dirigée par Christian English et Frédéric Thibaud
Catalogues et manuscrits : www.city-editions.com

Dépôt légal : septembre 2013
Imprimé en France par France Quercy, 46090 Mercuès - n° 31406/

Prologue

La dame aux cheveux noirs allait nous rendre visite. Mamie m'a proposé de faire un dessin pour qu'elle puisse l'emporter chez elle et l'accrocher au mur. Elle a dit :

— Tu vas lui montrer comme tu es intelligente.

Elle m'a fait asseoir à la table de la cuisine et m'a donné la boîte de crayons de couleur avec un morceau de carton gris découpé au dos d'un paquet de cornflakes.

D'abord, j'ai dessiné un arc-en-ciel, et ensuite mamie m'a suggéré de dessiner la dame en dessous. J'ai essayé de me souvenir à quoi elle ressemblait, mais, tout ce qui me revenait, c'était un long voile de cheveux noirs et une cigarette avec un bout orangé entre ses doigts fins comme des bâtons.

Je ne savais plus de quelle couleur étaient ses yeux jusqu'à ce que mamie me tende le crayon marron. J'ai ajouté plein de traits noirs pour dessiner les cils. Comme des pattes d'araignée, a dit mamie. Ensuite, j'ai fouillé dans la boîte jusqu'à ce que je trouve un peu de rouge pour faire la bouche. Mamie a ri en disant que je l'avais dessinée à l'envers. Elle m'a pris le petit bout de crayon des mains pour mettre la bouche de la dame dans l'autre sens en lui faisant un gros sourire de clown. Elle a dit :

— C'est mieux comme ça. Elle a l'air plus gaie.

Pour finir, j'ai dessiné une immense fleur de toutes les couleurs, quelques brins d'herbe et un soleil jaune en forme de triangle dans un coin. Mamie a dit que c'était un vrai travail d'artiste, puis elle a pris ma main dans la sienne pour la guider, et nous avons écrit *Pour ma maman que j'aime. Lisa* au crayon bleu, en haut de la page. Mamie a placé mon dessin sur le dessus de la cheminée et m'a dit que je pourrais le donner à maman quand elle viendrait tout à l'heure. J'étais tellement excitée à la pensée que j'avais moi aussi une maman, comme tous les autres enfants, que je n'ai pas voulu faire la sieste. J'ai pris ma tétine et j'ai grimpé sur les genoux de mamie, dans le fauteuil à bascule. Elle m'a serrée tout contre elle, et moi je suçais ma tétine au rythme des battements de son cœur pendant qu'elle me chantait des comptines en me berçant pour m'endormir. Des images de Chère Élise et Dame Tartine avec de longs cheveux noirs comme maman défilaient dans mes rêves.

Quand je me suis réveillée, j'étais dans le lit de mamie. J'ai pris ma sucette posée sur l'oreiller à côté de moi et je l'ai mise dans ma bouche. C'est à ce moment-là que j'ai entendu une voix grave et rauque dans la pièce à côté. Maman était là. J'ai repoussé les couvertures et ouvert la porte de la chambre pour voir maman.

Elle était assise sur le petit canapé marron en face de mamie, et toutes les deux étaient en train de prendre le thé dans le beau service en porcelaine de mamie. Les cheveux de maman étaient un peu plus longs que dans mes souvenirs, et maintenant elle avait une grosse frange et de grands cernes noirs autour des yeux.

Elle portait une robe orange avec de grands anneaux aux oreilles et un collier en perles de bois.

— Ah ! la voilà ! a dit mamie en se retournant pour me regarder.

Elle s'est hissée hors de son fauteuil en faisant :

— Un, deux, trois..., hop là !

Puis, elle a pris le dessin que j'avais fait et me l'a tendu en disant :

— Tiens, va le donner à maman.

J'étais intimidée par maman parce que je ne l'avais pas vue souvent, mais j'étais fière, aussi, quand je me suis approchée d'elle avec mon dessin à la main. Je pensais qu'elle allait être contente.

— Nom de Dieu ! elle a dit, me faisant sursauter. Elle est pas un peu grande pour avoir encore une tétine, m'man ? Quel âge elle a ? Trois ou quatre ans ?

— Tu ne sais pas quel âge a ta propre fille, Donna ? a dit mamie, l'air fâché.

Maman m'a arraché le dessin des mains en s'écriant :

— Ouah ! C'est moi, c't'horreur ?

J'ai remarqué que sa bouche était tournée vers le bas, exactement comme je l'avais dessinée la première fois.

— J'ai la gueule de Quasimodo, là-dessus.

Elle a posé le dessin sur la table de salon.

— Ne jure pas, a soufflé mamie tout bas.

Puis, s'adressant à moi :

— Eh bien, tu n'embrasses pas maman, Lisa ?

Je l'ai regardée sans trop savoir quoi faire.

Elle a levé les yeux au ciel.

— Comment veux-tu qu'elle m'embrasse avec cette putain de tétine dans la bouche ? Donne-moi ça.

Elle m'a arraché ma tutute, puis elle a pointé un ongle rose sur sa joue.

— Approche, nom de Dieu. On va pas y passer le réveillon.

Elle m'avait griffé la lèvre avec ses longs ongles, quand elle m'a pris ma tutute, et j'avais les larmes aux yeux. Instinctivement, je lui ai passé les bras autour du cou, comme quand j'embrassais mamie, mais maman m'a repoussée en disant :

— Fais attention à mon maquillage, Lisa. Nom d'un chien !

Mes larmes se sont échappées et j'ai réclamé ma tétine. J'ai regardé mamie pour qu'elle me vienne en aide, mais elle gardait les yeux baissés sur sa tasse en secouant la tête comme si j'avais fait quelque chose de mal. Alors, je me suis mise à pleurer encore plus fort.

— Bordel de merde, m'man, je sais pas comment tu peux la supporter. Jamais elle arrête de chialer !

Maman est partie peu de temps après. Elle n'a pas dit au revoir. Mamie a soupiré et reposé le dessin sur la cheminée. Il y avait une grosse déchirure, maintenant, à un bout de l'arc-en-ciel.

Je me suis approchée de mamie, les yeux encore rouges de larmes, et nous nous sommes pelotonnées toutes les deux sur le canapé. Elle a murmuré :

— Ne t'en fais pas pour maman. Je suis là.

Je me suis sentie rassurée et totalement protégée. Comme toujours quand j'étais avec mamie. J'ignorais totalement que ma vie allait changer. Pas un instant je n'ai songé que nous allions être séparées et que plus jamais je ne me sentirais en sécurité.

1

Mamie et moi habitions à Londres dans un logement social du quartier de New Cross, au sud de Tower Bridge, avec mes tantes Jenny et Freda et mon oncle Jimmy. Freda était la plus âgée des huit enfants de mamie, et Jenny et Jimmy, les deux plus jeunes. La famille était très unie, l'appartement était toujours plein d'oncles, de tantes et de cousins en visite. Je revois mamie debout au milieu de la petite cuisine, dans son tablier à fleurs, une main sur la hanche et l'autre sur sa tête et disant :

— Il va falloir qu'on fasse une demande pour un appartement plus grand. On ne peut pas mettre un pied devant l'autre ici.

L'oncle Jimmy, qui était en train de rouler une cigarette, a rétorqué :

— C'est vrai, on se croirait à Piccadilly Circus. Avec tous ces morveux qui n'arrêtent pas d'entrer et de sortir. Quelle plaie, cette Donna !

Il a penché sa grosse tête vers moi en ajoutant :

— Pas vrai que t'es une peste ?

J'ai immédiatement fondu en larmes. Mamie s'est aussitôt approchée pour me prendre dans ses bras.

— Allons, allons, il dit ça pour rire, mon petit ange. Il te taquine.

Je savais que maman, la dame aux cheveux noirs, vivait non loin de là avec mes deux sœurs et mon frère. Ils venaient souvent à la maison parce que mamie s'occupait d'eux pendant que maman était au travail, mais ils ne faisaient pas attention à moi parce que j'étais beaucoup plus jeune qu'eux. Quand je suis née, dans la cuisine de mamie, en décembre 1966, Cheryl avait déjà neuf ans, et mon frère Davie, six. Leur père était sorti boire une bière au pub, quelques semaines avant la naissance de Davie, et n'était jamais revenu. Il avait pris le bateau pour l'Irlande et n'avait plus jamais donné de nouvelles ensuite. Après avoir attendu plusieurs années son retour, ma mère avait finalement obtenu le divorce au motif d'abandon du domicile conjugal.

Six ans plus tard, à trente-quatre ans, elle s'est retrouvée à nouveau dans une situation difficile avec ma venue au monde. Je n'ai jamais su qui était mon père (mon acte de naissance porte la mention *père inconnu*), même si j'ai un jour entendu mamie et Jenny dire que j'étais le résultat d'un tête-à-tête de cinq minutes sur le parking d'un pub. L'arrivée d'un quatrième enfant n'a pas dû arranger les choses pour ma mère, à une époque où le divorce était très mal vu.

Maintenant, elle avait un enfant illégitime sur les bras en plus de tout le reste. Peut-être est-ce pour cette raison que j'ai été confiée à mamie. Pour dire les choses simplement, j'étais un accident, une enfant non désirée.

Ma mamie de Durham, en revanche, m'adorait. J'étais « son petit trésor ». Oncle Jimmy me considérait peut-être comme une peste, mais il me traitait surtout avec indifférence, sauf quand il m'arrivait de mettre mes petites mains sur sa précieuse boîte à tabac et d'en vider le contenu dans la cuvette des WC (c'est arrivé une ou deux fois). Là, il se mettait un peu en colère. Mes tantes Jenny et Freda aussi m'adoraient, ainsi que mes nombreux autres oncles et tantes. Je n'aurais pas pu être mieux entourée. Ces jeunes années furent pour moi les meilleures. Je me sentais alors choyée, aimée et protégée.

Pendant la journée, Jenny, Freda et oncle Jimmy allaient travailler, nous laissant seules, mamie et moi. Certains jours, il nous arrivait de prendre le bus pour aller faire les courses à Peckham. On faisait la tournée des boutiques, épicerie, boucherie, boulangerie, ou bien on allait au parc où je jouais à la balançoire. Cependant, ces sorties devenaient de moins en moins fréquentes parce que mamie n'était pas en bonne santé. Elle était en surpoids et avait du mal à marcher. Elle avait les cuisses couvertes de grosses varices bleues et les mollets et les chevilles rongés par les ulcères. Chaque soir, Jenny nettoyait les croûtes suppurantes avec de l'eau tiède salée, puis lui appliquait de la pommade et lui bandait les jambes.

La plupart du temps, mamie et moi restions à la maison. Pendant que je faisais du tricycle devant chez nous, mamie somnolait dans son fauteuil, ses boucles blanches recouvertes d'un fichu. Je n'arrêtais pas d'actionner la sonnette de mon tricycle, ce qui rendait les voisins fous, et il arrivait toujours un moment où l'un d'eux sortait la tête par la fenêtre et criait :

— La ferme !

Un autre de mes jeux préférés était « Pigeon vole », que je réclamais encore et encore, de même que « Ainsi font, font, font ».

Malgré ses jambes qui la faisaient souffrir, mamie tenait sa maison parfaitement propre. Chaque jour, elle enfilait un tablier par-dessus sa robe pour épousseter et cirer les meubles. Elle faisait les carreaux de la cuisine avec du papier journal imbibé de vinaigre qui laissait une odeur dans la pièce. Elle aimait bien astiquer le seuil de la porte d'entrée laquée de rouge. Mais un jour qu'elle s'était mise à quatre pattes, elle n'avait pas pu se relever et j'avais dû aller frapper chez les voisins pour qu'ils l'aident à se remettre sur ses pieds. Après cela, elle n'a plus jamais essayé d'astiquer elle-même le palier.

Chaque jour après déjeuner, mamie et moi faisions la sieste, moi avec ma sucette et un doudou, deux objets indispensables pour pouvoir m'endormir. J'aimais sentir le contact de la laine et passer mes doigts entre les mailles. Au bout d'un moment, Jenny et Freda en ont eu assez que je massacre leurs pull-overs, alors, mamie m'a tricoté un plein tiroir de doudous de toutes les couleurs. Elle avait réussi à me dissuader de sucer ma tétine du matin au soir, déclarant que j'aurais des dents de cheval si je continuais, mais j'en avais mis quelques-unes de côté, au cas où oncle Jimmy mettrait à exécution ses menaces de « balancer ces cochonneries à la poubelle ». Le seul problème, c'est que je ne me souvenais jamais où je les avais cachées, si bien qu'avant la sieste il fallait partir à la chasse aux tututes. En général, je fondais en larmes au bout d'une minute ou deux, persuadée que je ne les retrouverais plus jamais.

Mais mamie poursuivait vaillamment les recherches jusqu'à ce qu'elle détecte un petit bout de caoutchouc rose au fond du seau à charbon ou à un autre endroit tout aussi obscur. Les seules fois où elle se fâchait, c'est quand, après avoir cherché pendant dix bonnes minutes, je réalisais que j'en avais une au fond de ma poche.

— Oh ! mon petit chou, je suis trop vieille pour jouer à ces jeux-là, disait-elle en secouant la tête.

Une fois que j'étais installée dans le lit douillet, mamie me racontait une histoire. Étendue à ses côtés, j'inhalais le parfum de sa crème de jour en l'écoutant, émerveillée. Elle me racontait qu'elle avait grandi dans un petit village près de Durham, où les champs étaient pleins de fées et de lutins, de chèvres qui mangeaient les cahiers des écoliers. Je ne me souviens pas comment se terminaient ces histoires, parce qu'avec ma tutute et mon doudou et la douce voix de mamie pour me bercer, je sombrais presque aussitôt dans le sommeil.

Quand j'ai eu trois ans et demi, j'ai commencé à aller à l'école maternelle le matin. Clopin-clopant, mamie m'accompagnait, et on était obligées de s'arrêter de temps à autre à cause de ses jambes.

Mais elle était toujours de bonne humeur et on chantait des chansons en cours de route. Au début, je n'aimais pas aller à l'école. Je pleurais en m'agrippant à mamie jusqu'à ce qu'elle finisse par me dire :

— Attention à mes jambes, mon petit chou.

Mais très vite, j'y ai pris goût. Il y avait tellement de joujoux et de choses à faire là-bas. Je m'en donnais à cœur joie dans le bac à sable ou la pataugeoire. Je peignais, dessinais, faisais du collage et du découpage, et j'avais des amis. Juste avant de rentrer à la maison, on chantait des chansons comme *Je suis une petite théière* ou bien *Tape des pieds, tape des mains*. La maîtresse, Mme Paterson, se tenait devant nous et faisait les gestes. Après quoi, on rangeait nos affaires et on sortait dans la petite cour pour attendre qu'on vienne nous chercher.

Normalement, mamie était la première à arriver. Je l'apercevais de loin à cause de son boitement et je me mettais à faire des bonds sur place en agitant la main. Quand elle avait enfin réussi à me localiser parmi tous les autres enfants, elle agitait la main à son tour. Dès qu'elle avait atteint la clôture grillagée, je m'élançais vers elle et elle se penchait pour que je puisse l'embrasser sur la joue. Je lui montrais le dessin que j'avais fait ou la boîte à œufs que j'avais décorée avec des paillettes. Mes réalisations artistiques avaient beau être laides et maladroites, mamie se répandait toujours en compliments, puis elle plongeait une main dans sa poche et en ressortait un de mes bonbons préférés en forme de cœur.

Et puis, un jour, mamie n'est pas venue. J'avais beau scruter la rue, je ne la voyais pas arriver. Petit à petit, la cour s'est vidée, tous les autres enfants sont partis, jusqu'au moment où il ne resta plus que moi et Mme Paterson. Elle a dit :

— Ta mamie est un peu en retard aujourd'hui. Ce n'est pas grave, tu vas retourner dans la classe et regarder un livre en attendant qu'elle arrive.

Je me suis assise jambes croisées sur le tapis bleu, dans le coin de lecture. Le soleil qui entrait à flots par la fenêtre me chauffait la tête. J'ai voulu me reculer un peu dans l'ombre, mais je me suis retrouvée coincée contre un gros radiateur en fonte qui me brûlait le dos à travers mon manteau. J'avais chaud et j'avais faim. Où était mamie ? Pourquoi n'était-elle pas là ?

Je me suis débarrassée de mon ciré jaune et j'ai pris un livre sur l'étagère. Mme Paterson est allée s'asseoir à l'autre bout de la classe avec un livre dans une main et un sandwich dans l'autre. Elle semblait tellement absorbée par sa lecture que je me suis demandé si elle ne m'avait pas oubliée. Au bout d'un moment, la porte s'est ouverte. Mon cœur a bondi dans ma poitrine, puis s'est serré quand j'ai vu que c'était une autre maîtresse venue apporter une tasse de thé à Mme Paterson. Quelqu'un que je ne connaissais pas s'est tourné vers moi et m'a dit :

— Ne t'inquiète pas, ma poulette.

J'entendais les grands qui jouaient dans l'autre cour de récréation. Les filles sautaient à la corde en chantant des comptines où il était question de pommes et de poires. Mes yeux se sont brouillés, et peu après le livre d'images sur mes genoux fut tout éclaboussé de larmes. J'ai reniflé et je me suis essuyé le nez avec la manche de mon tricot. Mme Paterson s'est tournée vers moi.

— Ne t'inquiète pas, Lisa. On s'occupe de tout.

Je n'ai pas compris ce qu'elle voulait dire par là.

La cloche a sonné la fin de la récréation. Il y avait une heure que j'attendais, mais j'avais l'impression que ça faisait des jours. J'avais envie d'aller aux cabinets, mais je n'osais pas m'absenter au cas où mamie arriverait juste à ce moment-là. C'était dans des situations comme celle-là que j'avais besoin de ma tétine et de mon doudou. Juste au moment où j'allais à nouveau fondre en larmes, oncle Jimmy est entré en trombe dans la salle de classe. Il y avait une dame de l'école avec lui. Il était rouge et hors d'haleine comme s'il avait couru. Il a parlé avec Mme Paterson pendant quelques minutes ; tous les deux avaient l'air soucieux. Je n'ai pas entendu tout ce qu'ils disaient, mais à un moment Mme Paterson a haussé les sourcils en disant : « L'hôpital ? » et oncle Jimmy a hoché la tête et haussé les épaules. J'étais toujours assise sur le tapis, dans le coin de lecture, quand j'ai vu Mme Paterson qui me montrait du doigt. Oncle Jimmy m'a regardée et dit :

— Mets ton manteau, Lisa.

J'ai fait ce qu'il m'a dit. J'étais de plus en plus perdue. Oncle Jimmy n'était jamais venu me chercher à l'école auparavant. Comme mamie me l'avait montré, j'ai attrapé les poignets de mon tricot dans mes paumes pour empêcher mes manches de tirebouchonner et j'ai enfilé mes bras dans mon imperméable. Dehors, oncle Jimmy a pris ma main dans sa grosse main toute rugueuse, à force de travailler sur les chantiers, et m'a ramenée à la maison. Quand j'ai demandé : « Où est mamie ? », il n'a rien dit. Il a continué de marcher et à chaque pas ses gros souliers à bouts ferrés claquaient sur le trottoir.

Plus tard, j'ai découvert que mamie avait été emmenée aux urgences après avoir fait une chute. Jenny et Freda m'ont emmenée la voir à l'hôpital après m'avoir donné à manger. Elle était allongée sur un lit. J'ai vu qu'on lui avait mis de nouveaux bandages sur les jambes, parce qu'ils étaient bien blancs et non pas jaunes comme ceux qu'elle portait quand elle était à la maison. J'ai remarqué qu'elle avait un tube dans le bras, raccordé à une poche transparente suspendue à un crochet à côté du lit.

Elle ne pouvait pas se pencher pour me faire un câlin, mais Freda m'a soulevée et m'a assise au bord du lit, et aussitôt j'ai commencé à faire courir mes doigts entre les plis de la couverture en laine. Mamie m'a caressé les cheveux en disant qu'elle était désolée de n'avoir pas pu venir me chercher à l'école, mais qu'elle était presque remise et que bientôt tout rentrerait dans l'ordre.

— Non, maman, a dit Freda. Tu ne peux pas continuer à t'occuper de la petite du matin au soir. C'est trop de travail pour toi. Le docteur a dit qu'il te fallait du repos.

— Je vais parler à Donna, a dit Jenny. Il serait temps qu'elle prenne ses responsabilités. Après tout, c'est *elle* sa mère.

Mamie a passé la nuit à l'hôpital, et Jenny, Freda et Jimmy se sont un peu disputés pour savoir qui allait avoir le temps de m'emmener à l'école le lendemain matin. Pour finir, oncle Jimmy a dit qu'il s'en chargerait.

— Mais j'ai pas intérêt à louper mon bus, a-t-il précisé en recrachant une grosse bouffée de cigarette.

Il faisait encore nuit quand on s'est mis en route le lendemain. Oncle Jimmy n'arrêtait pas de regarder sa montre en me disant de me dépêcher et en marmonnant des gros mots dans sa barbe. Quand on est arrivés à l'école, la grille était fermée. Il s'est écrié :

— Nom d'un chien ! Qu'est-ce que je suis censé faire, moi, maintenant ? C'est sûr que je vais rater mon fichu bus !

Il s'est mis à secouer la grille en criant :

— Ohé ! Ohé !

Puis il a dit :

— Il y a du monde à l'intérieur. Je les vois en train de boire leur thé.

J'ai tout juste aperçu Mme Paterson et une autre maîtresse dans la salle de classe. Les fenêtres étaient brillamment éclairées et je distinguais des silhouettes à travers les vitres couvertes de crachin. Elles n'avaient pas vu oncle Jimmy qui continuait de beugler tant et plus en agitant les bras pour essayer d'attirer leur attention. Subitement, il s'est arrêté et il a souri comme s'il venait d'avoir une idée. Il a plongé une main dans une poche, puis dans l'autre, son sourire momentanément figé, jusqu'à ce qu'il ait trouvé ce qu'il cherchait : une petite épingle en métal. Il l'a glissée à l'intérieur du cadenas qui fermait la grille et l'a fait tourner dans tous les sens. Au bout d'un moment, le cadenas s'est ouvert, et oncle Jimmy est parti d'un gros éclat de rire triomphant.

J'ai ri aussi, heureuse de le voir aussi joyeux.

— C'est un tour de magie ? j'ai demandé.

— En quelque sorte, a-t-il dit en me poussant à travers la grille ouverte.

Quand j'ai eu traversé la moitié de la cour, il m'a crié :

— Et dis de ma part à ces deux sourdes qu'elles feraient bien de se laver les écoutilles.

Puis, il a agité la main et a filé attraper son bus. Quand je suis entrée dans la classe, Mme Paterson a sursauté et lâché la boîte de crayons qu'elle tenait à la main.

— Lisa ! Comment as-tu fait pour entrer alors que la grille était verrouillée ?

J'ai rougi jusqu'aux yeux.

— C'est mon oncle qui m'a ouvert, ai-je répondu en accrochant mon manteau à la patère.

Bien qu'âgée de trois ans et demi seulement, j'ai compris qu'il valait mieux ne pas mentionner les écoutilles.

2

Quand j'avais quatre ans, ma vie a changé du tout au tout. Les ulcères aux jambes de mamie et sa santé précaire ont fait qu'elle devait rester à la maison presque tout le temps.

Dans les bons jours, elle pouvait encore sortir pour faire ses courses dans les magasins les plus proches, faire à manger et le ménage, mais elle n'avait plus le tonus nécessaire pour s'occuper d'une fillette en bas âge.

C'est pourquoi il fut décidé que j'irais vivre chez ma mère. Mamie a eu beau me présenter la chose comme une formidable aventure (tout en essuyant nos larmes à toutes les deux avec son mouchoir), je suis restée sans voix quand elle a commencé à emballer mes affaires.

— Ne pleure pas, ma chérie. Tu seras toujours mon petit ange à moi, dit-elle en rangeant les pull-overs qu'elle m'avait tricotés dans une vieille valise rouge toute cabossée.

— Mais pourquoi est-ce qu'il faut que je parte ? demandai-je. Pourquoi est-ce que je ne peux pas rester avec toi ?

— Tu sais bien que mamie a de mauvaises jambes. Je ne suis plus capable de m'occuper de toi, mon petit ange. Ça me fend le cœur, tu sais, mais je continuerai de te voir souvent. Et n'oublie pas que tu as une maman. Tu l'aimes bien, ta maman, n'est-ce pas, mon petit ange ?

Les larmes se sont remises à couler, et, comme j'avais besoin d'être rassurée, j'ai mis ma tétine dans ma bouche.

— Et puis il y a Diane et Cheryl là-bas. Il est temps que tu apprennes à connaître tes sœurs. Et Davie, aussi.

Elle avait beau essayer par tous les moyens de me réconforter, je n'éprouvais rien d'autre que de la confusion et de la terreur.

Du jour au lendemain, j'allais quitter les bras rassurants de ma grand-mère pour me retrouver dans un appartement inconnu parmi des gens qui étaient pour ainsi dire des étrangers. Maman n'avait pas du tout l'air contente que je sois là. Je le voyais bien à la façon dont elle me repoussait chaque fois que j'essayais de lui faire un câlin ou dont elle me criait après si je faisais pipi au lit, ce qui arrivait chaque nuit à présent.

— Qu'est-ce qui t'a pris de pisser au lit, pauvre gourde ? criait-elle. Maintenant, tu vas devoir dormir dans ta pisse, parce que j'ai pas de draps propres.

L'appartement de maman se trouvait dans une rue perpendiculaire à Peckham High Street, à un quart d'heure seulement de chez mamie, au premier étage d'une grosse barre d'immeubles en brique rouge. Au début, je n'étais pas rassurée dans l'appartement parce qu'il était traversé par un long corridor sombre qu'on appelait le « passage ». Il y avait trois chambres. Diane et Cheryl, désormais des ados, en partageaient une. Et moi, on m'avait mise avec Davie, qui avait dix ans et était habitué à avoir une chambre pour lui tout seul où étaient exposées ses petites collections. J'imagine que ça lui a fait un choc de se retrouver dans la même chambre qu'une petite sœur turbulente qu'il connaissait à peine. Résultat, nous passions notre temps à nous chamailler. Il m'avait interdit de toucher à son bateau dans la bouteille, mais moi je voulais comprendre comment le voilier avait fait pour entrer à l'intérieur par une ouverture aussi petite.

Sa collection de petits soldats anglais et allemands était soigneusement disposée en ordre de bataille, mais je ne pouvais pas m'empêcher de tous les mélanger (et l'envie de mâchouiller leurs fusils était irrésistible). Il voulait bien que je feuillette ses illustrés à condition que je ne les déchire pas et que je ne les gribouille pas (ce qui m'arrivait parfois). Mais c'est quand il m'a trouvée affublée de sa casquette et son écharpe Millwall que la coupe a débordé. Après cela, maman a installé mon lit dans un coin de la chambre des filles. Ce nouvel arrangement me convenait pour toutes sortes de raisons. D'une part, cela signifiait que je n'allais plus devoir supporter un grand frère qui s'amusait à me plaquer contre le mur et à me baver sur la figure. D'autre part, je n'avais plus à me soucier du monstre qui vivait caché au fond de son armoire. Enfin, la chambre de Diane et Cheryl regorgeait de trésors tels que chaussures à plateforme, corsages décolletés et boîtes de maquillage avec lesquels je passais des heures à m'amuser.

Le séjour était en forme de « L » avec une cheminée dans laquelle on faisait brûler du charbon, et un balcon qui donnait sur un petit carré de gazon. Malheureusement, le balcon était encombré d'un tas de vieilles choses, lavabos ébréchés ou découpes de bois, et donc inutilisables. La cuisine était toute petite avec une fenêtre étroite et placée tellement haut au-dessus de l'évier qu'on ne pouvait regarder à travers. Dans les toilettes séparées, il y avait une chasse d'eau munie d'une longue chaîne métallique si raide que j'étais obligée de m'y suspendre pour pouvoir la tirer. C'était l'endroit où j'aimais le moins aller à cause de la toile d'araignée dans un coin qui n'arrêtait pas de grandir. Un jour, j'y ai vu une mouche morte. La salle de bains était froide et humide et sentait le moisi. Comme dans la cuisine, il y avait une minuscule fenêtre placée très haut sous le plafond et munie d'une vitre dépolie. La chambre de maman, la plus proche de la porte d'entrée, sentait le parfum Youth Dew et la cigarette. L'appartement était meublé de bric et de broc et souvent en fouillis, mais malgré tout confortable et relativement propre, et je m'y suis très vite sentie chez moi.

Peu après mon départ, la municipalité a proposé une jolie maisonnette à un étage à mamie, juste de l'autre côté de la rue où j'habitais avec maman. Au-dessous des logements, il y avait des commerces et, sous le leur, il y avait un marchand de journaux. Mamie, Jenny et Freda y ont emménagé avec oncle Jimmy, qui plus tard est parti vivre avec mon oncle Roy et ma tante Brenda dans l'Essex. Du coup, je pouvais voir mamie aussi souvent que je le voulais. Même si je ne vivais plus avec elle, son appartement était comme ma deuxième maison. Je lui rendais visite chaque jour et prenais presque tous mes repas avec elle. Depuis la porte de notre immeuble, quand j'entrais ou sortais, je pouvais apercevoir ses fenêtres. Dès qu'il faisait soleil, que ce soit en hiver ou en été, Nanny et Freda s'installaient sur leur balcon pour contempler le spectacle de la rue, et nous nous faisions des signes et des baisers de loin. Maman était serveuse dans le pub d'oncle Bob, et travaillait souvent le midi et le soir, si bien qu'avoir mamie à portée de main l'arrangeait. Elle n'avait pas besoin de se tracasser pour me faire garder ; elle savait que mamie, Jenny et Freda seraient toujours aussi disponibles et dévouées.

Maman n'était pas du genre à faire des câlins comme grand-mère, et au début elle m'intimidait. J'avais l'impression qu'elle était toujours partie au travail. Quand elle était à la maison, elle était trop occupée pour prendre le temps de jouer avec moi ou de me lire des histoires. Un matin, je suis entrée en catimini dans sa chambre pendant qu'elle se préparait pour aller au travail. Elle était assise au bord du lit, une cigarette allumée dans le cendrier à côté d'elle, en train de démêler sa grosse tignasse noire à grands coups de brosse.

— Qu'est-ce que tu as là ? ai-je demandé en pointant un doigt sur la racine de ses cheveux qui formait une pointe sur son front quand elle tirait ses cheveux en arrière.

— Ça s'appelle la marque de la veuve.

Je ne savais pas ce que c'était, mais je trouvais ça très beau.

— Et la marque sur le bout de ton nez ?

— C'est un grain de beauté, a-t-elle dit en m'expliquant qu'il s'était posé tout seul à cet endroit. Avant, il était sur ma joue, comme Liz Taylor, et puis une nuit, pendant que je dormais, il s'est envolé et s'est posé sur mon nez.

Pas un instant je n'ai douté qu'elle me disait la vérité. Elle a ri en me voyant écarquiller de grands yeux, puis m'a aidée à inspecter mes bras et mes jambes pour voir si je n'avais pas un grain de beauté magique, moi aussi.

— Et celui-là ? ai-je demandé en désignant une tache de rousseur.

Elle a acquiescé et dit en me repoussant comme si elle m'avait assez vue :

— Et maintenant, file, j'ai à faire, moi. J'ai pas le temps de faire la causette.

Maman avait les mêmes yeux marron et le teint mat que Diane et Davie. Cheryl et moi avions au contraire le teint clair, les yeux bleus et des cheveux châtain clair. J'aurais aimé être brune comme maman. J'aimais bien la regarder souligner ses yeux de noir pour les faire paraître plus grands, appliquer une couche de brun rosé sur ses lèvres et les frotter ensuite l'une contre l'autre, puis tourner la tête d'un côté et de l'autre pour s'inspecter dans la glace. À intervalles réguliers, elle prenait sa cigarette et inspirait profondément la fumée en plissant les paupières. Quelques secondes plus tard, un gros nuage de fumée ressortait par sa bouche et ses narines. Parfois, la cendre tombait sur ses vêtements, et elle la frottait aussitôt jusqu'à ce qu'elle ait complètement disparu. Les bouts filtres dans le cendrier portaient la marque de ses lèvres brun-rose. Je n'aimais pas l'odeur du tabac, et les rares fois où elle me prenait dans ses bras, je retenais mon souffle jusqu'à ce qu'elle me relâche.

Avant de partir au travail, elle prenait un flacon de parfum dans son sac à main et s'en vaporisait la nuque, juste derrière les oreilles. Une fois, je l'ai imitée avec un faux flacon, et tout le monde a ri, sauf Davie qui est devenu rouge comme une tomate. Quand je demandais à maman si je pouvais me mettre du vrai parfum, la plupart du temps, c'était non.

— Pas touche avec tes pattes toutes collantes.

Une fois, elle m'en a vaporisé un tout petit peu sur le menton, mais ça m'a donné mal au cœur et à la tête.

— Quand je te disais que ce n'était pas pour toi, m'a-t-elle dit.

Les week-ends, j'allais presque toujours dormir chez mamie, mais, durant la semaine, c'étaient Diane et Cheryl qui me mettaient au lit quand maman était au travail. Elles n'étaient pas aussi patientes que mamie quand il s'agissait de retrouver ma tétine. Si les recherches s'avéraient infructueuses, elles m'oubliaient et je finissais par m'endormir sur le canapé devant l'émission de télévision qu'elles étaient en train de regarder.

Maman ne rentrait du travail que vers minuit, après la fermeture du pub, et était souvent fatiguée le matin. Mais, après avoir pris une tasse de thé et fumé une cigarette, elle était suffisamment réveillée pour m'aider à faire ma toilette et à m'habiller. Elle n'était pas aussi organisée que mamie pour tout ce qui concernait la lessive et le ménage. Cheryl et Diane étaient suffisamment grandes pour porter leurs affaires et leurs draps à la laverie, mais souvent Davie et moi étions obligés de lui demander de changer nos draps et de nous trouver quelque chose de propre à mettre.

— Je n'ai jamais une minute à moi, maugréait-elle, mais elle finissait toujours par trouver une solution malgré tout.

Je n'ai pas souvenance d'être jamais allée à la laverie automatique avec maman, mais avec Cheryl, si, le dimanche. Un jour qu'on était passées dire bonjour à mamie, elle nous a dit que Jenny faisait des heures supplémentaires et n'avait pas eu le temps d'aller laver le linge. Cheryl a proposé d'en emporter une partie jusqu'à ce que Jenny trouve le temps de laver le reste pendant la semaine. Quand mamie lui a tendu le sac à linge sale bleu plein à ras bord de grosses culottes de grand-mère, Cheryl et moi, on a ri.

Le sac était lourd et, comme Cheryl portait déjà son linge sale, j'ai voulu faire un effort.

— Tu prends une poignée, et moi, l'autre, ai-je dit en hissant la mienne jusqu'à mon épaule avec les deux mains.

Ma petite taille et mon peu de force physique rendaient l'entreprise plutôt délicate, d'autant que le vent soufflait très fort ce jour-là. Cheryl devait avoir quatorze ans, à l'époque, et rougissait pour un oui pour un non. J'ai aperçu un groupe de garçons au loin, adossé à l'arche sous laquelle on passait pour accéder à la rue principale où se trouvait la laverie.

— Oh non ! Ne me dis pas que c'est Kenny Fischer, a dit Cheryl en rougissant.

Baissant la tête, elle a allongé le pas, me traînant presque derrière elle.

Juste au moment où on arrivait à la hauteur des garçons, une rafale m'a fauchée et j'ai lâché mon côté du sac de linge sale qui s'est vidé sur le trottoir. En voyant les grosses culottes de mamie tourbillonner dans la bourrasque, les garçons ont éclaté de rire.

— Purée, vise-moi ces calecifs de mammouth ! a crié l'un d'eux.

La figure de Cheryl était devenue cramoisie. Elle ne savait plus où se mettre. Ce n'est que plus tard dans la soirée qu'elle a réussi à voir le côté comique de la chose. Je l'ai entendue raconter l'histoire à Diane et à maman qui riaient aux larmes.

Un matin, en me réveillant, j'ai entendu Cheryl et Diane qui discutaient. Diane était en train de s'habiller et Cheryl était assise dans son lit, les reins calés par un oreiller.

— Maman a ramené un gus hier soir. Ils ont fait un de ces raffuts en rentrant.

— Je sais, a dit Cheryl en rougissant.

— Quel gus ? ai-je demandé en me sentant soudain honteuse parce que c'était la première fois que j'employais un mot comme « gus ».

Je savais que c'était un mot d'adulte, mais je n'avais pas la moindre idée de ce que cela voulait dire.

Diane a ri, mais Cheryl avait l'air légèrement paniquée. Elle a dit :

— Chhhut, Lisa.

On est restées un moment sans rien dire. Diane s'est approchée de la fenêtre et a contemplé le gazon en dessous. J'ai entendu des chiens aboyer. Cheryl s'est allongée dans son lit et a ramené les couvertures jusqu'à son menton. Puis les bruits ont commencé – un grincement et un tap-tap régulier, puis de plus en plus rapide et bruyant. Ils provenaient de la chambre de maman, à côté. Diane et Cheryl se sont regardées, la bouche ouverte et les yeux écarquillés.

— C'est quoi ce bruit ? ai-je demandé.

J'entendais des petits gémissements à présent.

— Maman s'est fait mal ?

— Tais-toi, Lisa ! m'a ordonné Diane.

Puis elle a dit à Cheryl :

— Ne me dis pas qu'ils remettent ça !

Soudain, les bruits ont cessé, et il y a eu un grognement dans le silence.

— C'est oncle Jimmy ?

— J'espère bien que non ! a dit Diane, provoquant l'hilarité de Cheryl qui a mis ses mains devant sa bouche pour s'empêcher de rire.

Ce devait être le week-end, parce qu'il n'y avait pas école ce jour-là. Maman se comportait bizarrement. Elle a passé presque toute la journée dans sa chambre avec la porte fermée à double tour. J'entendais quelqu'un parler et rire. C'était un homme. J'avais vu une veste de cuir accrochée derrière la porte de la cuisine avec un journal dans la poche, et la photo d'un cheval de course sur la première page. Diane et Cheryl sont sorties voir leurs amies, et Davie est allé jouer dehors. Comme je me sentais seule, je suis allée frapper à la porte de maman. Mais, avant que j'aie pu dire quoi que ce soit, elle m'a crié d'aller regarder la télé. Quand j'ai frappé pour la troisième ou quatrième fois pour demander si je pouvais aller chez mamie, elle s'est vraiment énervée.

— Nom de Dieu, Lisa ! a-t-elle crié à travers la porte. Tu sais que tu n'as pas le droit de traverser la rue toute seule. Va jouer dehors, devant la maison, et fiche-moi la paix.

Je suis descendue jouer dehors. J'ai marché le long du trottoir avec les bras en croix pour garder mon équilibre, mais je ne suis pas restée bien longtemps. Un garçon est arrivé en courant et, encouragé par ses copains, il a attrapé ma culotte et l'a tirée jusqu'à mes chevilles. J'étais tellement choquée que je suis restée pétrifiée avec mes bras en croix pendant un long moment. Pour la première fois de ma vie, j'ai vraiment eu honte. J'avais les joues brûlantes, comme Cheryl parfois. J'ai regardé du côté de chez mamie. Heureusement, il n'y avait personne sur le balcon pour assister à mon humiliation.

L'homme rendait visite à maman régulièrement dans sa chambre, mais je ne l'avais encore jamais vu, même si j'avais senti son odeur (c'était un gros fumeur, comme maman) et même si je l'avais entendu. On aurait dit que plus personne n'osait faire de bruit dans l'appartement. Plus rien n'était comme avant.

Un jour, j'ai entendu l'homme dans la salle de bains. Il s'est raclé bruyamment la gorge et a craché. J'étais en train de me dire qu'il avait dû cracher dans le lavabo et pas par terre, quand maman est arrivée derrière moi sans bruit. Sans un mot, elle m'a prise par la main et m'a emmenée dans la salle de bains. Affolée, j'ai voulu me débattre, mais elle m'a agrippée la main encore plus fort en me foudroyant du regard. Une fois à l'intérieur de la petite pièce, j'ai essayé de me faufiler derrière ses jambes pour me cacher de l'homme qui se trouvait juste devant elle. J'ai remarqué qu'il portait la veste de cuir que j'avais vue accrochée à la porte de la cuisine.

Je n'osais pas le regarder en face. J'étais intimidée et j'avais peur. J'ai eu soudain envie de faire pipi et j'ai croisé mes jambes pour me retenir. Je regardais devant moi pour m'empêcher de relever la tête. Mes yeux étaient à la hauteur des mains de l'homme. Il tenait une cigarette, exactement comme oncle Jimmy, tournée vers l'intérieur de sa paume, entre son pouce et son index tachés de nicotine.

— Elle est timide, a dit maman d'une voix légèrement agacée.

Brusquement, l'homme s'est accroupi, amenant son visage à quelques centimètres du mien. J'ai reculé et senti un filet de pipi couler sur ma cuisse. J'ai regardé l'homme et vu qu'il avait des cheveux brun clair qui retombaient sur son col de chemise. De chaque côté de son visage, une grosse touffe de poils s'étirait depuis ses oreilles jusqu'à son menton, se confondant avec les poils de sa barbe naissante. Il m'a souri, révélant deux rangées de dents tordues. Son haleine infecte empestait le tabac. Il a dit :

— On se cache derrière sa maman, hein ?

Sans attendre de réponse, il s'est relevé et a dit à maman :

— Je parie qu'elle va briser les cœurs, celle-là.

Ils se sont embrassés pendant un moment en faisant des bruits comme s'ils étaient en train de sucer des caramels mous. Sans lâcher leurs cigarettes, ils se sont enlacés.

— Frank va venir habiter avec nous, a dit maman en riant quand ils se sont séparés. C'est ton nouveau papa.

Je ne pouvais plus me retenir. Ma vessie s'est relâchée et j'ai senti mes chaussures se remplir de liquide chaud. Depuis que je vivais chez maman, je faisais pipi au lit tous les soirs, mais il y avait longtemps que je n'avais pas eu d'accident dans la journée. J'ai vu qu'elle était très en colère à la façon dont elle a jeté sa cigarette dans la baignoire et m'a tordu le bras jusqu'à le faire craquer.

— Vilaine ! Regarde-moi ça : tu en as plein tes godasses.

Puis, se tournant vers l'homme :

— Désolée, Frank, elle ne fait pas ça d'habitude.

Frank n'avait pas l'air contrarié. Il a simplement ri et attiré maman contre lui pour l'embrasser à nouveau en faisant des bruits.

3

Même si je n'avais que quatre ans, l'arrivée de ce nouveau papa dans ma vie a eu un tel impact que j'en ai été profondément et à jamais marquée. Les souvenirs de cette époque se jouent dans ma tête comme de petits films en couleurs, décousus par endroits, mais vivaces. Avant qu'il n'arrive, j'étais relativement insouciante. J'avais commencé à m'habituer à ma nouvelle vie avec maman et les autres – et sans mamie pour s'occuper de moi vingt-quatre heures sur vingt-quatre –, mais tout cela allait changer très rapidement.

Quand « papa », l'inconnu au blouson de cuir qui poussait des grognements dans la chambre de maman plusieurs soirs par semaine, est venu s'installer à la maison, il semblait plutôt bien disposé et on a pensé que tout allait se passer sans problème.

Il nous a apporté des bonbons et un cerf-volant en nous promettant de nous montrer comment le faire voler quand il y aurait suffisamment de vent. Le cerf-volant est resté emballé dans un coin pendant plusieurs semaines et n'a jamais volé, mais du moins l'intention y était.

Il racontait des tas de blagues en disant de gros mots. L'une d'elles parlait d'une dame qui avait accouché d'une tête qu'elle gardait sur un coussin de velours rouge.

— La mère a dit : « Putain, je viens d'accoucher d'une tête. » Et quand est arrivé l'anniversaire de la tête, la mère a dit : « Devine ce que je t'ai apporté pour ton anniversaire ? » La tête a répondu : « Rien à fiche du moment que c'est pas encore un putain de chapeau ! »

Papa trouvait cette blague hilarante, et Davie aussi, mais, quand il l'a racontée à mamie, elle était très fâchée.

— Comment peut-on raconter des choses pareilles à un enfant ! s'est-elle écriée. Qu'est-ce qui a pris à Donna de s'installer avec ce grossier personnage ?

Un soir, papa est revenu à la maison avec un menu familial de Kentucky Fried Chicken. Je me souviens qu'on s'est tous réunis dans le séjour. Il faisait nuit dehors, et la seule lumière provenait du feu dans la cheminée et du poste de télé allumé.

Le *bucket* de poulet frit était posé sur la table basse devant le canapé, où maman et papa étaient assis côte à côte. Davie, Cheryl et moi étions assis par terre. Diane n'était pas là parce qu'elle était allée dîner chez son petit ami. Papa parlait et riait, et maman ne le quittait pas des yeux. Nous étions tous joyeux.

À un moment, papa a plongé la main dans le *bucket* pour se resservir et quand il a vu que la dernière cuisse avait été mangée, sa figure s'est renfrognée d'un seul coup. Il a plissé ses petits yeux marron et s'est mis à hurler :

— Espèces de goinfres ! Qui est-ce qui a bouffé tout le reste du poulet ?

On est restés interloqués.

— C'est toi ? a-t-il demandé en pointant son doigt sur chacun de nous.

J'ai dit non quand ç'a été mon tour, terrorisée par sa grosse voix et son regard mauvais. Comme il semblait prêt à tuer le premier qui oserait ouvrir la bouche, on n'a rien dit.

Maman a proposé de lui faire un sandwich à l'œuf, mais il lui a crié :

— Tu peux te le foutre au cul, ton sandwich à l'œuf !

Il a fait un grand geste avec le bras et balancé tous les os de poulet sur la moquette gris chiné.

— Espèces d'enculés !

On s'est fait tout petits de peur de le mettre à nouveau en colère et on a filé se coucher pendant que maman essayait de le calmer.

Deux jours plus tard, papa nous a rapporté des illustrés, à Davie et moi, et on s'est installés sur le canapé pour les lire, trop contents d'être à nouveau dans ses petits papiers. C'est alors qu'on les a entendus se disputer, maman et lui, dans la cuisine.

On n'entendait pas ce qu'ils disaient, mais il y a eu un bruit de tasses cassées, et notre chien, Eddie, a poussé un petit cri. Papa a déboulé dans le salon comme un enragé, il nous a arraché les illustrés des mains et les a déchirés en mille morceaux.

Seulement quelques minutes auparavant, il nous avait gratifiés d'une tape amicale sur la tête, et voilà qu'il nous administrait à chacun une claque retentissante sur l'oreille en nous traitant d'enculés.

J'ai vite compris qu'on ne pouvait pas se fier à papa, qu'un seul mot, un seul geste suffisaient à le faire changer d'humeur. Davie l'appelait Dr Jekyll et Mr Hyde (dans son dos, bien sûr), et c'est l'impression qu'il nous faisait à tous. Il lui arrivait souvent d'être gentil, de me lancer un ballon ou de me faire sauter sur ses genoux, mais je m'attendais toujours à ce qu'il se mette en colère d'un moment à l'autre.

Maman n'avait jamais été une cuisinière accomplie – elle était trop occupée pour cela –, mais quand elle avait du temps et qu'il lui prenait l'envie de faire autre chose que des sandwiches ou des croque-monsieur, elle préparait des plats délicieux, presque aussi bons que ceux de mamie. Elle cuisinait les gratins de pommes de terre au fromage préférés de Diane, ou bien des grands favoris comme les quiches à la saucisse servies avec une sauce à l'oignon, ou du hachis Parmentier. Mais ça n'arrivait pas souvent et la plupart du temps nous nous contentions d'œufs au plat, de haricots, de spaghettis en boîte ou d'une soupe à la tomate. Mais après l'arrivée de papa, même ces préparations basiques cessèrent.

Les placards étaient vides la plupart du temps, sauf quand maman ramenait des choses spécialement pour lui. Papa était le seul pour qui maman faisait la cuisine, et elle dépensait plus d'argent qu'elle n'en avait pour lui préparer un bifteck avec des frites.

Le soir, nous avions le choix entre aller au lit sans manger ou aller dîner chez grand-mère. Il était évident que mamie, Jenny et Freda n'aimaient pas papa.

— C'est un sale type, grommelait mamie.

— Plus vite elle s'en séparera, mieux cela vaudra, approuvait Jenny. Il dit qu'il est laveur de carreaux, mais moi, je parie qu'il n'a jamais rien fait de ses dix doigts. Il vit à ses crochets, voilà tout.

Papa avait dû sentir qu'elles ne l'aimaient pas, parce qu'il a décidé de se servir de moi pour leur faire du chantage affectif.

— Si cette grosse truie s'imagine qu'elle va la revoir, a-t-il dit en me désignant de la tête. Elle peut toujours courir.

Il savait que mamie serait malheureuse si elle ne pouvait plus me voir et, chaque fois qu'il était en colère contre elle ou de mauvaise humeur, il m'interdisait d'aller chez elle. Mais il ne passait pas ses nerfs uniquement sur mamie. Il cognait les murs, brisait les vitres et arrachait les portes des placards. Après quoi, il s'en est pris à notre maigre collection de souvenirs de famille, photos et bibelots. Il se moquait de savoir à qui appartenaient ces objets ou s'il allait nous briser le cœur en les détruisant. Le jour où il a cassé le bateau dans la bouteille de Davie, Davie a poussé un long cri déchirant avant de s'élancer hors de l'appartement pour aller se réfugier plusieurs jours chez mamie.

— C'est ça, casse-toi, sale petite tapette ! lui a crié papa. Quel âge il est censé avoir ? Onze ans ?

Le plus incroyable, c'est que, dans ces moments-là, maman prenait la défense de papa.

— Il n'avait qu'à ranger ses affaires, cet imbécile, a-t-elle dit en se baissant pour ramasser les morceaux de verre et le bateau en miettes que Davie avait gardé précieusement pendant si longtemps.

— Merde ! a dit papa en reprenant sa place sur le canapé, le doigt déjà prêt à tirer sur l'opercule d'une canette de bière extraforte.

Je ne comprenais pas pourquoi maman lui laissait faire toutes ces choses, mais j'avais remarqué qu'elle était différente quand il était là : elle riait, souriait et faisait tout pour attirer son regard ou son attention. C'était comme si elle ne nous voyait plus.

— Elle est amoureuse, me dit Cheryl en haussant les sourcils.

Après cela, quand je regardais papa, je me demandais ce que maman aimait chez lui. Il était grand et élancé, mais il avait du ventre et en était fier :

— Il faut s'envoyer dix pintes chaque soir pour avoir une bedaine comme celle-là, se vantait-il.

Ses yeux étaient petits et gonflés, au-dessus de son long nez pointu. Cheryl disait qu'il avait quatorze ans de moins que maman, mais moi je ne trouvais pas.

— Elle est persuadée d'avoir tiré le gros lot, dit-elle à Diane. Elle ne pensait pas qu'elle pourrait un jour se recaser, pas avec quatre gosses à la remorque.

— Toutes mes amies le trouvent plutôt attirant, dit Diane. Mais moi, je ne trouve pas. Tu as remarqué qu'il n'arrête pas de se gratter les fesses ? Non, merci, très peu pour moi.

En l'espace de quelques semaines, il a fallu rafistoler tous les dégâts occasionnés par papa au moyen de ruban adhésif, de colle plastique et de morceaux de carton en lieu et place de vitres. Les étagères s'étaient vidées de leurs photos et de tous les petits bibelots qui rendaient l'appartement chaleureux. Diane, Cheryl et Davie étant plus grands, ils pouvaient s'échapper plus facilement de l'appartement, mais moi, la benjamine, j'étais piégée.

Je m'étais habituée à entendre des grognements et des râles dans la chambre à coucher de maman à toute heure du jour ou de la nuit, mais maintenant, ils étaient souvent accompagnés par des cris de douleur. Dans ces moments-là, je me cachais sous le lit ou dans le coin le plus sombre de la penderie, me recroquevillant le plus possible, terrorisée à l'idée que papa risquait de s'en prendre à moi après cela. Je passais mes bras autour de mes genoux en essayant de ne pas entendre les cris de maman qui le suppliait de se calmer. Mais il continuait de frapper, et il y avait des fracas terribles ponctués de bruits sourds. J'avais l'impression que mon cœur allait exploser dans ma poitrine et mes oreilles.

Les voisins inquiets appelaient la police, mais maman se présentait à la porte, l'air indigné malgré sa figure couverte de bleus, et leur disait de s'en aller.

— Non, mais, de quoi je me mêle ! Je leur ai dit de décamper, à ces connards.

Une fois, après avoir dit aux policiers de s'en aller, elle est allée à la cuisine pour se préparer une tasse de thé. Quand elle a voulu mettre du sucre en poudre dans sa tasse, sa main tremblait si fort qu'elle en a mis autant sur le comptoir que dans son thé. Je me suis approchée et j'ai posé ma tête contre sa hanche pendant que la bouilloire chauffait. Elle a grogné :

— Qu'est-ce que tu veux ?

— Tu vas bien, maman ? ai-je demandé en pleurant. Tes yeux, ils sont tout gonflés.

— Va dans ta chambre, a-t-elle répondu en me repoussant. J'en ai marre de t'avoir dans mes pattes.

J'ai compris à sa réaction qu'elle ne voulait pas que je parle de ce que papa lui avait fait. On aurait dit qu'elle avait honte et qu'elle n'osait pas me regarder en face. Si bien qu'à partir de là, chaque fois que je la voyais avec des bleus ou des coupures, ou en train de porter ses lunettes noires à la maison, je me taisais.

En fait, aucun de nous ne disait jamais rien. Même si j'avais très peur quand je voyais sa figure toute tuméfiée. J'avais peur qu'il lui fasse vraiment mal la prochaine fois, et plus encore qu'il me fasse mal à moi.

Dès qu'il haussait un tant soit peu le ton, je sentais un filet d'urine couler sur ma jambe. Et plus il devenait violent et changeant, plus je faisais pipi dans ma culotte. J'étais prise de panique à l'idée qu'il s'en aperçoive et me donne une gifle ou un coup de pied. Je marchais dans l'appartement en rasant les murs pour éviter le plus possible d'attirer l'attention sur moi.

J'aurais voulu retourner vivre avec mamie. Mais je savais que papa ne le permettrait jamais.

4

Quand j'ai eu cinq ans, j'ai commencé à aller à la grande école. L'école maternelle que je fréquentais quand je vivais chez mamie faisait partie du même édifice de style victorien, si bien que je n'étais pas dépaysée. J'avais hâte de pouvoir jouer dans la cour de récréation des grandes, où il y avait des cordes à sauter et des hula-hoops. Mamie m'avait tricoté un nouveau chapeau et une écharpe que je portais malgré la chaleur qui régnait encore fin septembre, et Jenny et Freda m'avaient acheté une jolie robe avec des chaussettes blanches chez Woolworth. Je me sentais très élégante dans ma nouvelle tenue. Comme maman était en train de faire la grasse matinée avec papa, c'est Diane qui m'a accompagnée le premier jour. Il y avait dix minutes de marche à pied.

— Je ne vais pas pouvoir t'accompagner tous les jours, a dit Diane en me tenant par la main. Alors, essaie de bien te souvenir du trajet, au cas où maman ne serait pas levée à temps.

— J'aurais dû emporter un morceau de pain, comme le Petit Poucet, pour jeter des miettes sur mon chemin, ai-je dit, et Diane a ri.

Lorsqu'on s'est approchées de la grille, j'ai senti mon estomac qui faisait des nœuds, mais, une fois à l'intérieur, je me suis vite habituée. Dans les classes, il y avait des pupitres avec des couvercles qui se relevaient et risquaient de vous retomber en claquant sur les doigts si on n'y prenait pas garde.

J'étais assise à côté d'une petite fille appelée Claire Sullivan, et quand nous avons dû nous mettre en rang deux par deux en nous tenant par la main, on a ri. J'étais heureuse d'aller à l'école, au début tout au moins.

Maman passait ses journées avec papa, répondant à ses moindres désirs, filant aux paris mutuels pour valider ses bulletins, ou passant des heures dans la chambre avec lui quand il lui disait :

— Hé ! touche un peu ça, Donna. J'ai la trique.

Maman avait beaucoup de temps à lui consacrer, parce que, depuis qu'il s'était installé chez nous, il y avait eu des changements. D'abord, il avait décidé que maman ne travaillerait plus dans le pub d'oncle Bob, parce que c'était un « travail de pute » et qu'oncle Bob était un « sale con ». Mieux valait donc que maman ne songe pas à retourner là-bas pour « étaler ses nichons sous les yeux des clients et se taper tous les poivrots qui traînaient là-bas ».

— Tu me prends pour un cake ?

— Pourquoi dis-tu ça, Frank ? Je ne regarde jamais personne sauf toi.

— Parce que tu es une salope, voilà pourquoi, répondait-il avec un sourire méprisant.

Papa lui avait aussi interdit de continuer de voir le reste de sa nombreuse famille, surtout « cette vieille truie et ses deux connasses de sœurs de l'autre côté de la rue ».

Maman avait dit oui à tout, et semblait même contente qu'il se montre aussi jaloux et possessif, comme si ç'avait été une preuve d'amour de sa part.

— C'est parce que tu me veux pour toi et rien que pour toi, disait-elle en riant.

La seule fois où je l'ai vue pleurer, c'est quand il a détruit ses affaires de maquillage. Il tenait son visage d'une main, tirant si fort sur ses joues qu'elle ressemblait à un poisson, et il a commencé à la barbouiller comme un clown en lui dessinant de grosses lèvres rouges et en étalant plein de noir sur ses paupières.

— Non, mais, regarde-moi cette gueule, a-t-il dit en éclatant de rire et en lui tordant le cou pour l'obliger à se regarder dans la glace.

Elle s'est mise à rire, puis à rire et à tousser et à pleurer tout à la fois.

Je l'observais à travers une fente dans la porte sans comprendre comment maman pouvait à la fois rire et pleurer.

Après cela, papa a balancé tout le maquillage de maman dans la poubelle. Son beau tube de rouge à lèvres brun-rose est tombé sur la moquette, et il l'a écrasé d'un coup de talon.

— Bah, il était temps de changer la moquette de toute façon, a marmonné maman, une cigarette coincée entre ses lèvres toutes barbouillées.

Quand elle a arrêté de travailler au pub, le manque d'argent a fourni à papa une autre raison de sortir de ses gonds. Depuis qu'il s'était installé à la maison, maman avait toujours pourvu à ses besoins, mais maintenant qu'il n'y avait plus de sous, papa était furieux.

— Pas de bibine, pas de clopes, et maintenant, je peux même plus jouer aux courses.

Acculée, maman envoyait Diane ou Cheryl chez mamie pour lui demander si elle ne pouvait pas nous dépanner de quelques livres. Depuis qu'elle était avec papa, elle n'adressait plus la parole aux membres de sa famille, mais elle n'avait pas honte de leur quémander des sous. Mamie, qui ne supportait pas l'idée que ses petits-enfants soient privés du nécessaire, renvoyait toujours un peu d'argent dans une enveloppe avec toute son affection à maman. Elle était loin de se douter que l'argent allait servir non pas à acheter de la nourriture, mais à payer les cigarettes, les boissons et les courses de chevaux de papa.

Parfois, je pleurais le soir dans mon lit en pensant à mamie. Je ne comprenais pas pourquoi j'avais parfois l'autorisation d'aller la voir et parfois pas. J'aurais voulu poser la question, mais une fois j'avais commis l'erreur de prononcer le mot « mamie » devant papa et il m'avait frappé si fort les jambes que j'avais gardé l'empreinte rouge de sa main sur mes mollets jusqu'au soir. Je n'osais même pas penser à elle quand papa était à la maison, de peur qu'il lise à travers moi. Si je voyais mamie et Freda assises sur le balcon quand je rentrais de l'école et qu'elles me faisaient signe et m'envoyaient des baisers depuis l'autre côté de l'avenue, je n'osais pas leur répondre de crainte que papa ne m'aperçoive depuis la fenêtre de notre appartement. Si bien que je tournais les talons et grimpais en courant les marches du perron pour rentrer le plus vite possible à la maison.

Une fois, dans la salle de bains, maman m'a chuchoté tout bas que, si j'essayais de traverser la rue pour aller voir mamie, je me ferais renverser par une voiture.

Elle s'est penchée pour amener son visage renfrogné tout près du mien et m'a empoigné les bras en les serrant très fort. Je savais bien qu'elle n'avait pas vraiment peur que je me fasse renverser puisque j'allais à l'école toute seule chaque jour et que j'étais autorisée à jouer dans toutes sortes d'endroits dangereux, comme le canal où un garçon s'était noyé une fois, ou dans des immeubles désaffectés aux planchers effondrés.

Je savais qu'elle ne voulait pas que j'aille voir mamie parce que papa l'avait interdit et que si jamais il l'apprenait il se mettrait en colère.

À cette seule pensée, mon estomac se tordait. Papa avait pris l'habitude de me frapper sur le ventre si je n'obéissais pas au doigt et à l'œil, et parfois il me donnait une correction parce que je ne comprenais pas ce qu'il attendait de moi.

Un jour, alors que j'étais en train de regarder des dessins animés à la télévision, je l'ai entendu beugler depuis la chambre à coucher :

— Lisa, viens ici une minute.

J'ai couru aussi vite que je le pouvais et, quand je suis entrée, j'ai eu un choc en le voyant allongé tout nu sur le lit.

Il était en train de frotter son tuyau en regardant des photos dans un magazine. Il y avait une femme avec des couettes blondes qui posait nue sur la couverture en se suçant le doigt.

— Viens poser ton petit cul ici, dit-il. Je voudrais te montrer quelque chose.

Il a ri, pris une gorgée de bière, puis lâché un rot sonore.

Je ne voulais pas faire ce qu'il me disait, mais j'avais peur de ne pas obéir. J'ai grimpé sur le lit à côté de lui en essayant de ne pas regarder son tuyau tout raide et dressé vers le plafond.

— Dis-moi, Lisa, à ton avis, laquelle des deux a les plus beaux nichons ? La blonde ou la négresse ?

Il a feuilleté le magazine avec son doigt.

— Si tu trouves la bonne réponse, tu auras des chatouilles, sinon, c'est la fessée.

Mes yeux se sont remplis de larmes et j'ai pointé vers la dame noire en espérant que c'était la bonne réponse.

Juste à ce moment-là, la porte d'entrée s'est ouverte et les voix de Diane et Cheryl ont résonné dans le couloir. Papa a eu l'air ennuyé. Vite, il s'est couvert avec un drap, a refermé le magazine et l'a jeté sur une pile de journaux à côté du lit. Ça a produit un courant d'air qui a fait voler les cendres du cendrier jusque sur sa canette de bière.

— On jouera à ça une autre fois, a-t-il dit. Et maintenant, dégage, file regarder tes conneries à la télévision.

Je suis retournée en courant dans le séjour, les joues trempées de larmes.

— Qu'est-ce qui ne va pas ? m'a demandé Diane.

— Rien, ai-je murmuré.

Je n'aurais jamais osé lui dire ce qui s'était passé, parce que j'avais trop peur de la réaction de papa.

Il n'arrêtait pas de me dire que j'étais sa préférée, et d'un certain côté ça me faisait plaisir, mais cela signifiait également que je devais être à sa disposition à tout moment.

Quand il regardait la télé, il voulait que je m'asseye à côté du poste pour pouvoir changer de chaîne quand il me le demandait.

— C'est comme d'avoir un de ces putains de sept nains à la maison pour vous servir ! s'esclaffait-il. Tu es lequel ?

Je répondais « Simplet », comme il m'avait appris à le faire.

Ça ne me dérangeait pas de lui rendre service, dans la mesure où il se montrait plus gentil avec moi. Mais ça n'était pas toujours facile. Quand il regardait la télé, je devais rester assise sans bouger parce qu'il ne supportait pas que je m'agite.

— J'essaie de regarder ce putain de film ! criait-il en me jetant une chaussure quand je changeais de position parce que j'avais des fourmis dans les jambes.

J'aurais préféré aller jouer dans ma chambre, mais je ne pouvais pas m'en aller tant que papa ne m'y avait pas autorisée.

Pendant la publicité, il aimait bien jouer à « hue dada » avec moi. Il me faisait grimper sur ses genoux et me faisait sauter en l'air jusqu'à ce que je rie à gorge déployée.

Une fois, il s'est arrêté au beau milieu de la partie et il a dit :

— Tu aimes bien les sucettes, je crois, Lisa ?

J'ai haussé les épaules sans trop savoir de quoi il voulait parler, puis j'ai rougi quand j'ai compris. Depuis que maman m'avait confisqué mes tétines, j'avais pris l'habitude de sucer mon pouce à la place. Elle n'arrêtait pas de me dire que j'allais avoir des dents comme Dingo si je continuais, si bien que je m'efforçais d'arrêter, mais il m'arrivait d'oublier.

— Tu aimerais bien sucer la mienne ? a-t-il demandé.

J'ai regardé son pouce, tout taché de nicotine et avec un ongle sale et qui aurait eu besoin d'être taillé.

— Alors ? a-t-il redemandé.

J'ai secoué la tête et pincé très fort mes lèvres l'une contre l'autre.

Papa a ri et s'est léché les lèvres.

J'ai compris que je n'avais pas intérêt à essayer de me débattre. Il m'a attrapée fermement par l'épaule, enfonçant ses ongles dans ma chair, puis il m'a pincé les narines avec son autre main. Il faisait toujours ça quand il voulait me faire manger quelque chose de pas bon, comme un vieux mégot de cigarette, mais pour plaisanter. J'ai retenu ma respiration aussi longtemps que j'ai pu. Mais dès que j'ai ouvert la bouche, il a fourré son pouce tout sale entre mes dents en le faisant aller et venir à toute allure.

— Allez, suce, a-t-il dit en riant.

Le goût était tellement amer que je me suis mise à tousser et à cracher. J'ai cru que j'allais vomir.

— Qu'est-ce qu'il y a de si drôle ? a demandé maman en apparaissant subitement sur le seuil.

— Regarde, Donna, a-t-il dit en ricanant. Elle se

débrouille bien pour une débutante, mais elle a encore du chemin à faire pour te rattraper.

Maman a trouvé ça hilarant.

— Ce que tu peux être drôle, elle a dit.

Moi, je savais qu'il voulait juste s'amuser, mais je n'aimais pas ses blagues. Comme il pouvait passer brutalement du rire à la colère, je me tenais toujours sur mes gardes. Parfois, il s'amusait à me faire peur en poussant un cri ou en faisant un geste brutal, et je croisais aussitôt mes jambes pour me retenir de faire pipi dans ma culotte. Je n'y arrivais pas toujours, et une fois j'ai dit que c'était Eddie. Au fond, je me sentais coupable, mais quand j'ai vu la correction que papa lui a infligée, je n'ai pas osé me dénoncer.

Maman avait ramené Eddie du refuge pour chiens de Battersea quand je suis venue vivre avec elle. C'était un croisé de labrador au poil noir, blanc et brun, très joueur, joyeux, gentil comme tout.

Comme la plupart des chiens des barres d'immeubles des années 1970, Eddie était habitué à sortir seul faire son tour. On le lâchait le matin dans les rues et il partait vadrouiller pendant des heures, jusqu'à ce que la faim et la soif le poussent à revenir à la maison.

Mais, depuis que papa le battait, il pourchassait les voitures et aboyait après tout le monde (surtout les hommes), si bien que maman avait décidé de ne plus le laisser sortir seul. Le problème, c'est que personne ne l'emmenait jamais en promenade et qu'Eddie devenait fou. Il mourait d'envie de retrouver la liberté qu'il avait toujours connue jusque-là. Dès que l'un de nous ouvrait la porte d'entrée, il essayait de se faufiler entre ses jambes. Et quand il arrivait à s'échapper, son comportement était tellement déréglé que les enfants du voisinage, et même certains adultes, lui jetaient des pierres. J'ai essayé de le sortir une fois, avec sa laisse, mais il était tellement fort qu'il m'a traînée sur le ventre sur toute la longueur du trottoir. J'avais la figure et les genoux tout égratignés quand j'ai enfin réussi à le lâcher et qu'il s'est presque jeté sous les roues d'un autobus.

Ce pauvre Eddie ne sortait donc pas souvent et il n'avait d'autre choix que de laisser des flaques d'urine et des crottes dans l'appartement. Quand on allait à la salle de bains, il n'était pas rare de marcher dans ses excréments, car le couloir était sombre et, même si on sentait l'odeur, on ne les voyait pas jusqu'à ce qu'on ait les pieds dedans. Malheureusement pour Eddie, c'était souvent les pieds nus de papa qui les trouvaient les premiers.

Un soir que j'étais assise par terre derrière le canapé du séjour et que papa était en train de regarder la télévision, Eddie s'est approché, a reniflé et s'est mis à uriner à côté de moi. Ça ne m'a pas choquée, parce que j'étais habituée à le voir faire ça, mais ça m'a donné envie de faire pipi. Il y avait un bout de temps déjà que je me tenais jambes croisées parce que je n'osais pas bouger de l'endroit relativement paisible où je me trouvais.

Papa était de mauvaise humeur et, un peu plus tôt, il avait balancé un grand coup de pied dans ma maison de poupée. Je n'osais pas passer devant la télévision, craignant de le mettre en colère et de recevoir une claque sur les fesses par la même occasion.

Pour finir, n'y tenant plus, j'ai baissé ma culotte et j'ai fait pipi juste à l'endroit où Eddie avait fait, pensant qu'il faudrait passer la serpillière de toute façon.

Mais juste à ce moment, le son de la télévision a baissé d'un seul coup, et le chuintement du jet d'urine était parfaitement audible.

— Qu'est-ce que c'est que ça ? a crié papa en se redressant sur le canapé. Quand il s'est relevé pour regarder, j'avais eu juste le temps de remonter ma culotte. Terrorisée, je suis passée à toutes jambes devant le canapé et j'ai couru vers la porte en cherchant un endroit où me cacher.

Je l'ai entendu qui criait à maman à la cuisine :

— Hé ! Donna. Cette salope de gamine a pissé par terre.

C'est maman qui m'a retrouvée la première cachée sous son lit dans la poussière et les mégots, mais papa est arrivé aussitôt après et m'a donné un grand coup de pied. J'ai attendu que maman lui dise d'arrêter quand il m'a traînée jusqu'au séjour en me tirant par les cheveux, mais elle n'a rien fait.

— S'il te plaît, maman, empêche-le ! je criais en pleurant.

Elle a approché son visage du mien et rugi :

— Arrête de chialer ! Qu'est-ce que tu veux que j'y fasse ? Ce n'est pas ma faute.

J'avais si peur que j'ai cru que j'allais m'évanouir. En m'empoignant par les cheveux, papa m'a frotté le nez dans la flaque de pipi en me traitant de sale pisseuse. La honte que j'ai ressentie était pire que la douleur physique, et j'étais inconsolable ensuite, quand Cheryl m'a prise dans ses bras dans notre chambre en fredonnant une chanson pour me réconforter.

J'ai continué de faire pipi au lit chaque soir. Si je ne pensais pas à repousser mes draps et mes couvertures le matin pour les faire sécher, je dormais dans un lit mouillé le soir suivant.

Maman n'allait plus à la laverie, et mes grandes sœurs étaient déjà bien assez occupées à essayer de garder leurs affaires propres sans se charger en plus des miennes. J'ai commencé à avoir des rougeurs à l'intérieur des cuisses, là où l'urine me brûlait la peau.

Parfois, papa les remarquait quand j'étais assise jambes croisées sur la moquette et il se mettait à me taquiner jusqu'à ce que je me mette à pleurer.

Un matin, j'étais au lit, encore à demi endormie, quand j'ai senti un énorme poids s'abattre sur moi. Je me suis retournée dans tous les sens pour essayer de le repousser parce que j'avais mal et que je pouvais à peine respirer. J'ai ouvert les yeux et, quand j'ai distingué une silhouette sombre, j'ai été soulagée de voir que c'était Eddie venu me dire bonjour.

— Salut, ai-je dit, et soudain j'ai senti un jet d'urine chaude à travers les couvertures.

— Berk, Lisa, qu'est-ce qu'il a encore fait ? a demandé Cheryl en relevant sa tête de son oreiller pour me regarder.

— Je crois qu'il vient de faire pipi sur moi, ai-je dit en repoussant les couvertures, soudain saisie par l'air froid du matin sur mon pyjama mouillé.

— Bon sang ! C'est parce qu'il sent ton urine qu'il croit que c'est là qu'il doit faire.

Je me suis mise à trembler et à claquer des dents sans savoir quoi faire.

— Va te rincer sous la douche, m'a ordonné Cheryl.

Je l'ai regardée sans comprendre. Je faisais au lit chaque nuit, et tout au plus je me passais un coup de gant humide.

— L'urine des chiens est beaucoup plus forte que la nôtre, m'a-t-elle expliqué. Tu as intérêt à bien te laver si tu ne veux pas que toutes les chiennes du quartier te courent après sur le chemin de l'école.

Je n'étais pas sûre de bien comprendre, mais j'ai suivi ses instructions. J'ai longé le couloir obscur en faisant attention de ne pas marcher dans les déjections d'Eddie. Je détestais aller dans la salle de bains qui sentait le moisi, le savon et la cigarette froide. Le rideau bleu de la douche était déchiré et rongé par la moisissure. Quand je l'ai tiré, j'ai entendu qu'un autre crochet se détachait, si bien que maintenant il n'était plus qu'à moitié accroché et pendait mollement comme un drapeau en berne. Je l'ai poussé sur le côté pour m'assurer qu'il n'y avait pas d'araignée dans la baignoire. Ma peau commençait à me démanger d'une drôle de façon.

Cheryl est apparue derrière moi et elle a ouvert le robinet. Le tuyau de la douche s'est redressé d'un coup avec la pression et nous a arrosées toutes les deux d'eau froide.

— Je ne veux pas ! ai-je pleuré. Elle est trop froide.

— Espèce de cochonne, a dit Cheryl, dégoûtée. Grimpe là-dedans et plus vite que ça.

On s'est regardées quand les ressorts du lit de maman se sont mis à grincer de l'autre côté du couloir. Pour finir, j'ai abdiqué et je l'ai laissée me soulever et me déposer dans la baignoire pour une douche rapide.

J'avais pris l'habitude de me préparer toute seule pour aller à l'école, sans me faire aider par Cheryl. Diane restait le plus souvent dormir chez son copain, Martin, et ne revenait que rarement à la maison. Davie, quant à lui, était presque toujours occupé à chercher quelque chose à se mettre sous la dent.

Maman avait pris un tel retard sur la lessive que, chaque jour, pour aller à l'école, j'avais le choix entre remettre mes vêtements de la veille ou fouiller dans le linge sale dans l'espoir de trouver quelque chose de mettable. Parfois, je n'avais d'autre option que de fouiller dans les affaires de mes sœurs, mais tout était beaucoup trop grand ou décolleté pour une petite fille de mon âge. Allez savoir pourquoi, je me retrouvais presque tout le temps à devoir porter des tee-shirts en hiver et des gros pulls qui grattaient en été, mais certaines choses ne changeaient jamais, quelle que soit la saison, comme les culottes malodorantes ou les chaussettes dépareillées.

Nous faisions la gymnastique en culotte et maillot de corps, et je regardais toujours les autres petites filles qui, à côté de moi, semblaient sorties de magazines de mode. Tout était parfaitement coordonné : un maillot de corps bien blanc passé à l'intérieur d'une petite culotte changée le matin même.

J'avais atteint un âge où j'étais suffisamment éveillée pour avoir honte de mes sous-vêtements. Certaines petites filles ricanaient et se moquaient de moi derrière mon dos. Mon amie Claire leur disait de se taire. Je savais qu'elles avaient remarqué que je portais la même culotte que la semaine passée, et je me sentais rejetée. L'école n'était plus aussi drôle que je l'avais cru.

Plus je grandissais, et plus je m'efforçais de me débrouiller par moi-même. Je demandais à maman si elle voulait bien me donner un peu de sous pour que j'emporte mes affaires à la laverie avec Cheryl, mais elle oubliait la plupart du temps et je m'efforçais de laver mes sous-vêtements sous le robinet de la cuisine.

Quand il y avait du liquide vaisselle, je m'en servais et passais ensuite un temps fou à rincer la mousse. Pour finir, je renonçais et j'essorais le reste de lessive dans l'évier avant d'aller accrocher mes vêtements dans le placard-séchoir. Ils devenaient tout raides en séchant et j'étais obligée de les ramollir avec ma main avant de pouvoir les mettre.

Occasionnellement, mamie ou Jenny m'achetaient des affaires neuves. Pendant quelques jours, je pouvais faire semblant d'être comme toutes les autres petites filles de l'école, mais très vite mon joli corsage ou mon pantalon tout neuf devenaient aussi sales que tous mes autres vêtements. Je me souviens d'avoir été particulièrement fière d'une petite robe en lainage que Jenny m'avait ramenée du marché. Elle était rose imprimée de fleurs de toutes les couleurs.

Après l'avoir mise pendant une semaine, j'ai dû, à regret, renoncer à la porter. Chaque deux ou trois jours, je demandais à maman si elle l'avait lavée, mais elle répondait :

— Non. Je l'ai pas lavée ! Et maintenant, fiche-moi la paix.

Je l'ai retrouvée quelques semaines plus tard enfouie tout au fond du sac de linge sale. Elle était restée là si longtemps que les jolies fleurs étaient noires de moisi. Quand maman s'est décidée à la laver, non seulement le noir n'est pas parti, mais elle a tellement rétréci que seule Jemima, ma poupée préférée, pouvait la porter.

C'est vers cette époque que tante Freda est morte d'une crise cardiaque. Comme maman ne s'était pas donné la peine de m'expliquer ce qui était arrivé, j'ai eu un choc quand je suis allée voir mamie un jour et que j'ai trouvé le fauteuil de tante Freda vide.

— Elle est avec les anges, m'a dit mamie en s'essuyant les yeux avec le bord de son tablier.

Freda était la plus âgée des quatre filles de mamie, et sa disparition l'a beaucoup affectée. Je l'ai entendue dire à Jenny :

— Je n'arrive pas à croire que Donna ne soit même pas venue à l'enterrement. Comment peut-elle être aussi dure ?

— C'est à cause de lui, maman, a dit Jenny pour essayer de la consoler.

— Je n'en suis pas sûre, a répondu mamie. C'est un vaurien, ça ne fait aucun doute, mais Donna a toujours eu un cœur de pierre. Regarde dans quel état est la petite.

Mes visites chez mamie et Jenny se faisaient par intermittence, mais durant les périodes où j'étais autorisée à aller là-bas j'y passais presque toujours le week-end. Contrairement à notre appartement, le sien était impeccable et bien rangé. Les tapis étaient aspirés, les parquets, balayés, et tous les meubles, époussetés. La cuisine était d'une propreté irréprochable, sans l'ombre d'un grain de poussière. Chaque soir, après dîner, Jenny faisait la vaisselle et ne s'asseyait pas tant que la dernière casserole n'était pas lavée, essuyée et rangée. J'arrivais généralement le vendredi à l'heure du dîner.

J'aimais tout particulièrement les spaghettis bolognaise de Jenny, qui étaient infiniment meilleurs que les nouilles en boîte qu'on servait chez nous. Je riais quand je la voyais jeter un spaghetti contre le mur pour s'assurer qu'il était cuit. S'il restait collé, c'est que les pâtes étaient prêtes à être égouttées.

Après le repas, Jenny me faisait couler un bon bain bien chaud avec du bain moussant. Le tapis de bain rose était doux sous mes pieds, contrairement au vieux lino gluant et déchiré de la maison.

Des serviettes bien propres étaient accrochées au porte-serviette, et une poupée, appelée Amanda, recouvrait le stock de papier hygiénique avec sa longue jupe. Une fois, Jenny m'a proposé de la ramener à la maison avec moi, mais j'ai refusé parce que je ne supportais pas l'idée de devoir l'enfermer dans nos horribles cabinets avec les araignées. De toute façon, nous n'avions jamais un rouleau de papier d'avance ; la plupart du temps, on se servait de papier journal.

Je me prélassais dans mon bain parfumé jusqu'à ce que la peau de mes doigts et de mes orteils soit toute fripée. Le soir, je me pelotonnais dans le lit avec Jenny, parce que j'avais grandi et que je risquais de m'agiter pendant mon sommeil et de faire mal aux jambes de mamie. J'aimais bien dormir avec Jenny. Elle était douce et dodue, parfaite pour faire un câlin, et elle inventait des histoires magiques comme celles que mamie me racontait quand j'étais plus petite.

Le samedi matin, Jenny m'emmenait faire les courses dans la rue principale. À l'époque, la série *The Generation Game* passait à la télévision et je la faisais rire en imitant

Bruce Forsyth. Mamie était assise sur le balcon quand on revenait. Elle était pour ainsi dire clouée chez elle, et son unique sortie était son balcon, où elle faisait pousser des géraniums et regardait passer les voitures. J'aimais bien m'asseoir là-bas avec elle. Parfois, on voyait maman et papa entrer ou sortir de l'immeuble, mais ils ne nous faisaient jamais signe et nous non plus.

Le dimanche commençait en douceur. Jenny, qui essayait de perdre du poids, s'était acheté un livre de yoga, et on faisait de l'espace dans le salon pour s'essayer aux diverses positions : la Charrue, le Cobra, le Pont, l'Arc. On riait beaucoup parce que ni l'une ni l'autre n'arrivait à garder son équilibre et on finissait toujours dans des positions bizarres, comme si on avait joué au Twister.

Le dimanche midi, le déjeuner était délicieux. Parfois, Cheryl et Davie arrivaient pour remplir leurs assiettes de pommes de terre rôties que mamie avait préparées.

Mais, à mesure que la journée touchait à sa fin, mon estomac faisait des nœuds, car je savais que j'allais bientôt devoir rentrer à la maison où régnaient la saleté et le chaos ; la maison avec les placards vides, mais surtout la maison avec maman et papa.

Maman qui semblait ne pas me voir la plupart du temps quand elle ne se plaignait pas que j'étais tout le temps fourrée dans ses pattes et que je la rendais folle, et papa, la douche écossaise – gentil une minute, et irascible et violent l'instant d'après.

À sept heures du soir, quand arrivait le moment de dire au revoir, les larmes commençaient à couler. J'enfouissais ma tête dans la poitrine de mamie et je me souvenais du temps où je m'endormais en écoutant battre son cœur, dans le fauteuil à bascule, quand j'étais petite. Je me délectais de la chaleur familière de son corps. Je m'agrippais à elle, désespérée, parce que je ne savais jamais quand j'allais la revoir. Peut-être demain, ou après-demain, mais papa n'arrêtait pas de changer les règles et parfois il m'interdisait de lui rendre visite pendant des semaines.

— Allons, allons, mon petit ange, disait-elle. Il ne faut pas pleurer. On va se revoir bientôt et tu m'aideras à faire un gâteau.

Après un dernier baiser, Jenny me raccompagnait de l'autre côté de l'avenue. Elle attendait au pied de l'immeuble que je sois remontée à la maison et que je lui fasse signe par la fenêtre pour qu'elle sache que j'étais en sécurité. Sauf que je ne l'étais jamais vraiment quand papa était là.

5

Maintenant que maman ne ramenait plus de salaire à la maison, la tension a grimpé en l'espace de quelques semaines. Au début, papa aimait bien l'avoir à sa disposition vingt-quatre heures sur vingt-quatre, mais très vite la réalité a pris le dessus. La vie sans revenus fixes était intenable, et il était désormais constamment en mode Mr Hyde, parce qu'il ne pouvait plus s'adonner librement à ses trois passe-temps favoris : fumer, boire et parier.

Papa était obsédé par les courses de chevaux. Il passait des heures à éplucher les pronostics du *Sun* et de *Sporting Life*, et ne manquait jamais une retransmission de course à la télévision. Le problème, c'est qu'il pariait toujours sur le mauvais cheval.

Au début de la course, il s'asseyait sur l'accoudoir du canapé et n'arrêtait pas de remuer d'un côté et de l'autre, comme un cheval qui piaffe derrière la ligne de départ. S'il avait parié, il tenait son bulletin devant lui en marmonnant dans sa barbe. Le petit stylo publicitaire des paris sportifs calé derrière une oreille et une cigarette derrière l'autre, il regardait galoper les chevaux. Lorsqu'ils approchaient de la ligne d'arrivée, il tombait à genoux et se rapprochait du poste de télévision en donnant des coups de cravache imaginaires et en rugissant :

— Vas-y, vas-y, fonce ! C'est ça, vas-y, mon salaud !

Je retenais mon souffle et croisais les doigts et les orteils en priant pour que son cheval gagne. Mais mon cœur chavirait et je cherchais un endroit où me cacher quand le cheval de papa se faisait distancer sur la dernière ligne droite et que l'euphorie du début faisait place à l'amertume quand il réalisait qu'il avait une fois de plus perdu tous ses sous.

— Connard de canasson ! criait-il en déchirant menu le bulletin de jeu qui tombait en mille morceaux sur la moquette. Vous êtes tous qu'une bande de tocards ! hurlait-il, et quiconque se trouvait à proximité avait intérêt à se tenir à carreau s'il ne voulait pas se prendre une grande claque sur les oreilles.

Un jour, il a balancé un coup de pied dans la télévision quand le présentateur est apparu à l'écran pour se répandre en éloges sur le cheval gagnant. Ça a fait un gros boum, et de la fumée est sortie du poste. Mais nous ne sommes pas restés sans télé bien longtemps, car, même s'il ne travaillait pas, papa savait comment obtenir ce qu'il voulait. Il avait toujours un copain qui connaissait un copain qui était ami avec un gars du pub qui, en échange d'un « petit poney », pouvait le dépanner.

Quand j'ai demandé à Davie si papa avait un vrai poney, il a ri :

— Mais non, banane, c'est de l'argot. Ça veut dire vingt-cinq livres.

De sorte que nous devions nous passer de l'essentiel, comme la nourriture ou le papier hygiénique, mais papa, lui, trouvait toujours à se procurer ce dont il avait besoin, comme des cigarettes, et même une fois une caisse d'ouzo, dont maman disait que c'était comme de boire « du putain de white-spirit ». La nouvelle télévision était plus grosse et plus belle que l'ancienne. Davie et moi étions tout excités. Quand papa n'était pas à la maison, ou qu'il était d'une humeur particulièrement joviale, on pouvait regarder les dessins animés en couleurs.

Pendant ce temps-là, les jurons, les cris et les coups s'intensifiaient, et papa menaçait de plus en plus souvent de quitter maman pour une femme plus jeune qui n'avait pas « la fente molle ».

Je me suis longtemps demandé ce qu'il voulait dire par là sans trouver de réponse. Mais, ce qui était sûr, c'est que ça n'était pas très gentil et que maman était contrariée quand il lui disait ça.

Il n'était pas rare de trouver les restes du dîner de papa collés sur le mur du séjour, là où il balançait son assiette comme un frisbee. Maman s'empressait de récupérer la nourriture avant que le chien ne s'en empare.

— Oh ! Frank, pourquoi est-ce que tu as fait ça ? demandait-elle comme on réprimande gentiment un enfant qui pique une petite colère sans conséquence.

Cette attitude était à l'opposé de celle qu'elle adoptait avec moi quand je laissais tomber quelque chose par accident.

— Nom d'un chien, Lisa ! Tu peux pas faire attention ?

Il suffisait d'un rien pour mettre papa hors de lui, comme un grumeau dans la sauce ou le simple fait de prononcer le nom de mamie ou Jenny, mais le plus souvent, le déclencheur était sa jalousie maladive, l'excès de boisson ou la perte au jeu. Quand il n'avait pas d'argent pour boire, fumer ou parier, les bagarres ne faisaient qu'empirer.

Maman a commencé à chercher du travail, mais aucune des annonces qu'elle cochait dans la rubrique des offres d'emploi ne convenait à papa. Il ne voulait pas qu'elle travaille dans un bureau parce qu'elle risquait de rencontrer des hommes et de le tromper comme « les salopes » qu'on voyait à la télévision. Il était hors de question qu'elle retourne travailler dans un pub pour les mêmes raisons. Papa a suggéré qu'elle fasse des ménages, ce qui était un comble vu l'état de saleté de notre appartement. Maman acceptait tout ce qu'il lui imposait, même si une fois je l'ai entendue dire à Diane que ce n'était pas ce qu'elle avait envie de faire, « mais au moins, on peut se faire payer de la main à la main ». Et c'est ainsi qu'elle a commencé à faire le ménage dans des maisons huppées du West End.

Pendant qu'elle était au travail, papa et moi nous retrouvions seuls à l'appartement, et il m'avait investie d'une nouvelle mission : lui frotter le dos quand il prenait son bain.

— Tu as la main plus légère que ta mère, disait-il. Elle, on croirait qu'elle t'astique la peau à la paille de fer.

Il préférait que je me serve de mes mains plutôt que d'un gant.

— Et que ça mousse ! disait-il. Tu sais que tu pourrais te faire du blé dans un salon de massage ?

Je n'étais pas certaine de ce qu'était un salon de massage, mais j'étais contente de me rendre utile. Une fois, il m'a pincé la cuisse parce que je me « laissais aller ».

J'ai pensé à mamie et Jenny en me demandant ce qu'elles diraient si elles savaient que papa me faisait faire ce genre de choses. Elles qui prenaient toujours grand soin de ne pas se déshabiller devant moi et qui changeaient de chaîne quand il y avait des scènes à la télévision qu'elles jugeaient ne pas être convenables. Une fois que Jenny m'avait emmenée faire les courses, on a vu un clochard, debout sur le seuil d'une boutique, qui faisait pipi en arrosant tout le trottoir. Jenny était horrifiée et elle m'a mis une main devant les yeux.

Je n'aimais pas voir papa tout nu, mais j'étais habituée parce qu'il se promenait souvent dans l'appartement sans rien sur lui ou s'amusait même à agiter son zizi sous mon nez pour rire. Une fois, il a essayé de me faire croire que son zizi était un petit animal de compagnie.

— Vas-y, caresse-le, m'a-t-il dit.

Je me suis enfuie en courant, mais je les entendais rire, maman et lui. Elle avait l'air de trouver ça drôle, comme s'il n'y avait rien eu de bizarre dans son comportement.

— Elle a dû croire que c'était une souris, a dit maman.

— Vise un peu ça ! a dit papa.

— Quoi donc ? Je ne vois qu'un tout petit museau de rien du tout, a ricané maman.

Si maman pensait que c'était normal, c'est qu'il ne devait rien y avoir de mal. Peut-être que mamie et Jenny n'étaient pas vraiment à la page.

Un matin – maman venait juste de partir au travail –, je me suis réveillée avec une envie de vomir, comme si j'avais eu l'estomac plein de papillons qui cherchaient à s'échapper. Je savais que je n'étais pas vraiment malade, mais l'idée de devoir aller à l'école et de m'asseoir en face d'une fille appelée Susan Jackson me chavirait l'estomac.

Elle avait malmené un garçon du nom de William, jusqu'au jour où sa maman en avait eu assez qu'elle maltraite son fils et était allée trouver la directrice pour exiger des sanctions. Résultat, Susan Jackson avait été transférée dans notre classe.

Une fois, pendant la récréation, j'avais vu Susan, entourée de toute une bande, qui s'amusait à faire les gros yeux à William pour le faire pleurer. J'étais aussitôt allée trouver la surveillante pour tout lui raconter, et, quand Susan avait été changée de classe, elle m'avait aussitôt prise en grippe. En l'espace de très peu de temps, elle avait réussi à convaincre mon petit cercle d'amis de ne plus jouer avec moi parce que je sentais mauvais, que j'étais une clocharde et que, s'ils m'aimaient bien, c'est qu'ils étaient des clochards eux aussi.

Je n'avais pas peur de Susan physiquement. Habituée aux claques et aux coups de pied et de poing qui pleuvaient à la maison, ses petits pinçons ou ses coups dans les côtes ne me faisaient rien. Mais ses perpétuelles railleries me blessaient profondément. Je savais que les mots pouvaient parfois faire plus mal que les coups de bâton ou les jets de pierre. Quand je l'ai dit à la maîtresse, elle a roulé les yeux et dit :

— Tu n'as qu'à l'ignorer, Lisa.

La veille, Susan avait dit à tous les enfants assis à notre table que sa maman ne voulait pas qu'elle s'approche de la « boule puante » qui avait sûrement des poux. Tous s'étaient alors mis à pousser des cris faussement horrifiés et à reculer leurs chaises pour se tenir aussi loin de moi que possible.

Même Claire Sullivan qui, quelques semaines auparavant seulement, m'avait juré d'être toujours mon amie, s'était laissé entraîner par la bande.

Étendue dans mon lit imprégné d'urine, je me voyais attrapant Susan par sa longue tresse rousse et la faisant tournoyer dans les airs. Naturellement, je savais que ça n'arriverait jamais, même si j'en avais terriblement envie.

Ma décision était prise : je préférais courir le risque de rester seule avec papa à la maison plutôt que d'aller à l'école aujourd'hui. Maman avait dit qu'elle allait devoir sortir faire un ménage de dernière minute. Comme papa avait eu la gueule de bois toute la semaine après s'être saoulé au ouzo, je savais qu'elle aurait préféré que je ne reste pas seule avec lui de peur de le mettre en colère. Un plan a commencé à germer dans ma tête. Je n'avais pas pu voir mamie depuis un certain temps déjà parce qu'elle avait envoyé une lettre à maman pour lui dire de « reprendre ses esprits et de chasser cet homme de la maison pour le bien de tous ». Papa lui avait demandé de la lire tout haut, puis maman l'avait déchirée en morceaux et fait brûler solennellement dans l'évier de la cuisine sous son regard approbateur.

— Si cette vieille truie s'imagine qu'elle va pouvoir revoir la gamine, elle se fourre le doigt dans l'œil jusqu'au coude ! a dit papa.

Et sa parole avait force de loi.

Mais j'espérais qu'aujourd'hui maman réaliserait qu'elle n'avait d'autres choix que de m'envoyer de l'autre côté de l'avenue, où je pourrais me faire choyer par mamie et manger des gâteaux et des bonbons toute la journée. Je me suis mise à pousser des grognements en faisant semblant d'être plus mal que je ne l'étais vraiment.

J'ai entendu maman apporter une tasse de thé à papa, qui était encore au lit avec la migraine et une cuvette pour vomir à côté de lui. Je l'ai entendue marmonner quelque chose, puis lui qui criait de sa grosse voix éraillée :

— J'ai dit non !

Quand maman est sortie de la chambre, ses yeux jetaient des poignards.

— Et toi, tu ne trouves rien de mieux à faire que de tomber malade. Je vais être obligée de t'emmener au travail.

J'ai pensé : « Je n'irai peut-être pas chez mamie, mais ce sera toujours mieux que l'école. »

Maman a fait un effort visible pour essayer de me trouver quelque chose de pas trop sale ou chiffonné à mettre. Elle m'a aussi donné un cachet d'aspirine qu'elle a trouvé au fond de l'armoire à pharmacie.

Je me sentais beaucoup mieux maintenant que je n'avais plus à me soucier de Susan Jackson, mais j'ai tout de même mâché le cachet amer pour qu'elle croie que j'étais réellement malade.

Ensuite, elle a entrepris de brosser mes cheveux pleins de nœuds en tirant si fort qu'elle m'arrachait des petits cris de douleur. Puis elle les a rassemblés en une queue de cheval si serrée que j'en avais mal à la tête.

Elle m'a dit d'enfiler ma parka et s'est reculée pour m'inspecter des pieds à la tête.

— Non, il vaut mieux que tu mettes ton duffle-coat, a-t-elle dit en fouillant à nouveau dans l'armoire pour en sortir un manteau qui était déjà un peu trop petit quand elle l'avait acheté à une vente de charité l'année précédente.

J'avais sept ans à présent, et il y avait écrit CINQ ANS sur l'étiquette à l'intérieur du col. J'ai dû retirer mon pull pour pouvoir l'enfiler. Même ainsi, les manches étaient trop serrées et m'obligeaient à garder les bras écartés. Et puis il avait une drôle d'odeur.

— Pourquoi il faut que je mette celui-là, maman ? Pourquoi je ne peux pas mettre ma parka ?

— Parce qu'on va chez des gens riches et que je n'ai pas envie que tu me fasses honte, a-t-elle dit en suspendant son sac à son épaule. Et maintenant, on file, sinon on va rater le bus.

On a dû changer deux fois de bus avant d'arriver à Chelsea. La rue se trouvait à deux pas de King's Road, et toutes les maisons là-bas étaient imposantes et en retrait de la chaussée où étaient garées des voitures de luxe.

Maman m'a montré une grande maison blanche qui faisait l'angle.

— C'est celle-là, a-t-elle dit en prenant une dernière bouffée de cigarette avant de l'écraser sur le trottoir avec son talon. Si tu as l'impression que tu vas être malade, surtout ne vomis pas sur les tapis. Ils coûtent une fortune.

Une limousine noire était garée devant la maison avec un chauffeur à l'intérieur en train de lire le journal. Juste au moment où on allait pousser la grille en fer forgé, quatre hommes sont sortis. Maman s'est reculée pour les laisser passer en inclinant poliment la tête. Les hommes portaient des longues robes blanches et ce qui ressemblait à des foulards à carreaux rouges et blancs sur la tête, exactement comme Alan Slaven, à l'école, quand il avait joué le rôle de Joseph dans une pièce qui racontait l'histoire de la Nativité. J'ai pensé qu'ils devaient être de Jérusalem ou quelque chose comme ça. Le chauffeur est aussitôt sorti de la voiture pour leur ouvrir la porte, puis il a repris sa place derrière le volant et a démarré.

Un autre homme, en costume et en cravate cette fois, se tenait dans l'entrée. Il avait une voix snob et portait des boutons de manchette en or. Il nous a précédées dans l'escalier en marbre, puis a mis un mouchoir devant sa bouche et son nez.

Lorsque nous fûmes arrivés au premier, il nous a fait longer un immense couloir bordé de portes à double vantail. À mesure qu'on se rapprochait, j'ai senti une odeur épouvantable. L'homme a marmonné quelque chose dans son mouchoir qui ressemblait à :

— Désolé pour la pagaille.

Puis, il a disparu dans le couloir.

— Nom de Dieu ! Qu'est-ce que ça chlingue ! a dit maman en saisissant la poignée dorée.

Quand elle a ouvert la porte, une immense salle est apparue. Il n'y avait pour ainsi dire pas de meubles, juste quelques fauteuils répartis autour de la pièce.

— Qu'est-ce que c'est que ce merdier ? s'est exclamée maman.

Le sol était presque entièrement recouvert de tapis magnifiques, mais chaque centimètre carré était jonché de restes de nourriture – surtout des grains de riz, mais aussi des morceaux de viande et des os. Des plateaux encore pleins à ras bord de nourriture qui avait pourri et n'était plus bonne que pour les grosses mouches bleues qui volaient d'un plat à l'autre. J'ai montré ce qui ressemblait à une tête de mouton, et maman a fait la grimace.

— Ils ont fait une putain de nouba ici, a-t-elle dit en se tordant le nez.

Elle m'a donné un grand sac-poubelle noir et on a travaillé côte à côte tout l'après-midi. Quand on est reparties, la pièce était aussi propre qu'elle pouvait l'être sans avoir été passée au karcher.

L'homme au costume avait l'air content et il a mis une grosse liasse de billets dans la main de maman. Pendant tout le trajet du retour, elle n'arrêtait pas de dire : « Oh ! bon sang » en regardant dans son sac pour s'assurer que l'argent était toujours bien là.

Quand papa a vu tous les sous que l'homme avait donnés à maman, il a eu l'air suspicieux.

— Qu'est-ce que tu as fait pour qu'il te refile tout ça ?

— Ce sont des cheiks, Frank. Pour eux, c'est de la roupie de sansonnet. Et je serais encore là-bas, à ramasser des têtes de mouton à la pelle, si elle n'avait pas été là pour me donner un coup de main, a-t-elle dit en pointant son pouce dans ma direction.

Maman avait trouvé que j'avais tellement bien travaillé qu'elle m'a autorisée à ne pas aller à l'école le lendemain. À la place, elle m'a emmenée à son travail, à Notting Hill cette fois, et elle m'a donné un chiffon pour astiquer les meubles avec du Pliz.

— Est-ce que c'est bien comme ça, maman ? ai-je demandé, désireuse de bien faire.

— Oui, Lisa. Mets-y de la graisse de coude.

J'étais heureuse. Non seulement j'étais hors d'atteinte de Susan Jackson, mais maman avait l'air contente de moi pour une fois.

Quand on a eu fini, maman s'est approchée d'une cage d'escalier étroite et sombre et a crié :

— Je m'en vais !

J'avais entendu crépiter une machine à écrire là-haut pendant que j'étais occupée à astiquer les meubles. Une porte s'est ouverte en haut de l'escalier et un homme aux cheveux gris est descendu. Il portait un pantalon en velours vert côtelé et une petite paire de lunettes suspendue autour de son cou. Quand il a payé maman, il m'a regardée et a demandé :

— La petite ne devrait pas être à l'école ?

— Elle est malade, a dit maman.

— Vraiment ? a-t-il dit en se penchant pour me regarder. Elle ne m'a pourtant pas l'air si mal portante. Qu'est-ce qui ne va pas, mon petit chat ?

Comme je ne savais pas quoi répondre, j'ai regardé maman, et elle a hoché la tête comme si elle voulait que je dise la vérité. Alors, j'ai dit :

— Rien, mais maman avait besoin de moi pour l'aider à faire le ménage.

Il a eu l'air surpris. Il a pris maman à part et a secoué un doigt dans sa direction.

Je voyais bien qu'elle était furieuse quand on est sorties dans la rue.

— Qu'est-ce qui t'a pris de dire ça ? a-t-elle crié. Tu veux me fiche dans la mouise ?

— Non, maman, ai-je répondu, contrariée de la voir fâchée.

— Et d'abord, de quel droit il me fait la leçon, ce vieux connard ? Il n'a qu'à aller se faire foutre.

Quand maman m'emmenait, je mettais du cœur à l'ouvrage dans l'espoir que ça nous rapprocherait l'une de l'autre, mais jamais elle ne me disait « C'est bien » ou « Merci » ou « Voilà une grande fille ». Si elle me disait quelque chose, c'était plutôt qu'elle en avait assez de m'avoir dans ses pattes. J'aurais fait n'importe quoi pour un câlin ou quelques mots gentils de sa part, mais ça n'arrivait jamais ; ce n'était pas son genre.

6

Quand j'ai eu huit ans, j'ai finalement arrêté de faire pipi au lit, mais ma vessie continuait de me jouer des tours et, parfois, quand papa se montrait particulièrement menaçant, il lui suffisait de lever la main pour que mes sphincters se relâchent avant même qu'il m'ait mis une claque. Il vivait avec nous depuis quatre ans, c'est-à-dire presque aussi loin que je pouvais me souvenir, et il était toujours aussi imprévisible.

Par moments, l'un de nous se retrouvait ostracisé. Si c'était votre tour, vous deviez rester dans votre chambre et personne n'avait le droit de vous adresser la parole quand papa était à la maison. Même si la cure de silence avait de bons côtés – papa ne vous hurlait pas après, par exemple –, la menace ne s'en trouvait pas pour autant écartée, ce qui la rendait encore plus terrifiante.

C'était Davie qui se trouvait le plus souvent mis au ban, alors que moi, sans raison, j'étais devenue la chouchoute de papa qui ne manquait jamais une occasion de me prendre sur ses genoux pour me faire un câlin. Ces démonstrations d'affection me mettaient mal à l'aise, mais, si je tentais de me dérober ne serait-ce qu'un tout petit peu à ses baisers piquants, il se renfrognait et son sourire disparaissait, remplacé par un regard mauvais.

— Tu sais que je t'aime comme ma propre fille, Lisa ?

Je souriais de toutes mes dents, car il n'y avait rien que je désirais autant qu'une famille normale. Je voulais qu'il reste Dr Jekyll et qu'il enterre à jamais Mr Hyde.

Quand papa était de bonne humeur, il aimait bien jouer et faire des blagues. Il jouait surtout avec moi, parce qu'il n'adressait presque jamais la parole aux autres et qu'il ne les aimait pas.

— Tu n'es pas comme tous ces enfoirés, disait-il. Ce sont tous des connards.

Il y avait certains jeux que je préférais à d'autres. Comme le ballon de baudruche. Je me postais au pied du lit, et papa, allongé, tapait dans le ballon avec ses pieds pour que je l'attrape.

Je ne m'en lassais pas et j'aurais pu y jouer pendant des heures, mais papa se fatiguait vite et il ne se passait jamais bien longtemps avant qu'il ne fasse éclater le ballon avec sa cigarette.

Mon cœur se serrait, car je savais qu'ensuite c'était lui qui allait décider à quoi nous allions jouer et que je n'aimais pas ses jeux. En particulier ceux qui consistaient à ôter mes vêtements. J'avais huit ans et je devenais pudique. J'essayais de me couvrir avec mes bras, mais il ne faisait que me chatouiller encore plus en me griffant avec ses ongles trop longs.

— Tu rougis ? demandait-il en me pinçant la poitrine et les fesses. J'en ai vu d'autres, Lisa. N'oublie pas que c'est moi qui te torchais le cul quand t'étais bébé.

Quoi qu'il pût dire, je n'aimais pas ça, et quand il me forçait à enfiler les culottes de maman auxquelles il avait fait des nœuds sur les côtés, je me mettais à pleurer. Je ne trouvais pas ça drôle.

— Est-ce qu'on pourra jouer encore au ballon après ? demandais-je en pleurant et en passant la nuisette de maman par-dessus ma tête.

— Ferme-la, tu veux ? D'abord, on joue à ça, et ensuite, *on verra*. Mais seulement si tu me donnes un baiser spécial.

Je n'aimais pas davantage les baisers spéciaux de papa. Ses favoris me piquaient les joues, et ses lèvres étaient toutes gluantes de bave.

Un jour, maman est rentrée du travail plus tôt que prévu. Il a juste eu le temps de sauter du lit et de cacher ce qu'il portait. Mais le fait que je sois presque nue avec juste le slip de maman n'a pas eu l'air de le déranger.

— Qu'est-ce qu'elle fiche avec mon putain de slip, Frank ?

Il a ri.

— Fiche-lui la paix, grosse vache. Elle fait que s'amuser.

— Retire ça tout de suite ! a crié maman en me donnant des tapes sur les jambes.

— Mais c'est papa qui m'a dit de le mettre. Moi, je voulais pas.

— Ne raconte pas de salades ! a crié maman. Sinon, je t'en colle une.

J'ai regardé papa, m'attendant à ce qu'il lui explique le jeu, mais il s'est contenté de ricaner.

— Et lui aussi, il en a une à toi ! j'ai crié.

— Hein ? a dit maman en repoussant le drap, révélant le zizi de papa qui pendait de son slip en soie rose.

Papa a éclaté de rire.

— Ben quoi ? T'as plus le sens de la plaisanterie ?

Maman m'a envoyée dans ma chambre avec un violent coup de poing dans le dos. Plus tard, je les ai entendus qui se disputaient.

— Je suis pas une tafiole, espèce de connasse ! criait papa. C'était juste un jeu. J'essaie de distraire ta putain de môme à ta place.

Je ne crois pas que nous ayons rejoué à ce jeu pendant un bout de temps après cela.

Pendant les vacances d'été, mamie et Jenny ont demandé si elles pouvaient nous emmener, Davie et moi, passer une semaine en caravane sur l'île de Canvey. J'ai supplié maman de me laisser partir, tout bas, pour que papa ne puisse pas entendre, mais maman a dû lui en parler parce qu'il a commencé à me regarder d'une façon qui faisait peur après cela.

C'est pourquoi j'ai été stupéfaite et ravie quand maman a dit que nous pouvions partir. Nous avons passé une semaine formidable au camping. Il y avait des ânes qui vivaient dans un pré, de l'autre côté du fossé. On leur jetait des pommes et des carottes qu'ils broyaient entre leurs grosses dents jaunes. Pendant cette semaine, ce fut comme si on m'avait ôté un poids des épaules. C'était comme quand j'étais petite. Pas de colère, pas de violence, rien à craindre, juste de l'amour et du bonheur.

Quand est arrivé le moment de rentrer à la maison, j'ai pleuré toutes les larmes de mon corps, et pas seulement parce qu'il fallait dire au revoir aux ânes.

Lorsque je suis remontée à l'appartement avec mes affaires toutes propres et repassées et des sucres d'orge roses pour tout le monde, l'atmosphère était lourde. J'avais du mal à respirer et ce n'était pas à cause de l'épais nuage de fumée de cigarette qui flottait dans toutes les pièces.

Maman et papa étaient assis sur le canapé, en train de regarder la télévision. Je suis entrée pour leur dire bonjour, et ils m'ont regardée sans rien dire. Je voyais bien que maman était tendue à l'idée que j'allais vouloir leur raconter les vacances, et donc briser la règle d'or en prononçant les noms des gens qui vivaient de l'autre côté de l'avenue.

— Dis-lui de ne pas s'approcher de moi, a dit papa, confirmant mon impression que tout n'allait pas comme il le voulait.

Après, il ne m'a plus adressé la parole pendant plusieurs semaines. Il me dévisageait, ricanait, jurait dans sa barbe, et parfois même me crachait à la figure, mais jamais il ne me parlait. L'un dans l'autre, cela me convenait, car cela signifiait moins de cris et de jurons, et moins de risques de voir voler les assiettes, les tasses ou les cendriers au ras de ma tête, mais je savais que ça n'allait pas durer.

À cette époque, j'ai remarqué qu'il se montrait plus amical avec Cheryl et Davie – particulièrement avec Cheryl. Un jour que j'étais enfermée dans la chambre, elle est entrée en pleurant et en serrant son peignoir sur sa poitrine.

— Qu'est-ce qui se passe ? a crié maman.

Et papa a répondu :

— Ça lui apprendra à montrer ses nichons à tout le monde.

Une énorme dispute a alors éclaté entre maman et papa. Mais il n'a pas fallu bien longtemps pour que papa se mette à cogner et fasse taire maman.

Cheryl et moi nous sommes serrées dans les bras l'une de l'autre et avons pleuré ensemble, recroquevillées dans un coin, pendant que les bruits de dispute résonnaient dans tout l'appartement.

— Je ne l'ai jamais touchée, cette garce ! criait papa. Mais je vais le faire si elle s'approche encore une fois de moi. Je vais lui faire la peau, à cette salope.

Plus tard, quand papa est allé au pub, maman est entrée dans la chambre avec une lèvre fendue et elle a foudroyé Cheryl du regard.

— T'es contente de ce que tu as fait ? a-t-elle demandé.

— Maman, c'est lui, a dit Cheryl. Demande à Diane.

Il n'arrête pas de me tourner autour. Je ne le supporte plus.

— Ah ouais ? Eh ben, tu sais où est la porte ? a glapi maman.

Cheryl a éclaté en sanglots et commencé à fourrer ses affaires dans un sac en plastique.

— Je vais chez mamie pendant quelques jours.

— C'est ça, a dit maman. Tu as toujours aimé remuer la merde. C'est quoi, ton problème ? T'es jalouse ?

— Comment peux-tu dire une chose pareille à ta propre fille ? a demandé Cheryl en secouant la tête. T'es complètement malade.

Je n'avais pas compris ce qui s'était passé, mais je soupçonnais papa de s'être mal conduit avec Cheryl, et cette pensée me terrorisait.

Cheryl est partie s'installer chez mamie cet après-midi-là. À la maison, l'atmosphère était irrespirable. C'est à peine si Davie et moi osions remuer le petit doigt. On parlait à voix basse et on restait enfermés dans nos chambres. On ne savait jamais quand une nouvelle bagarre allait éclater entre maman et papa. Mais nous n'avons pas eu à attendre longtemps.

— Je suis pas un pervers ! a hurlé papa en jetant un objet qui s'est fracassé contre le mur.

— Est-ce que j'ai dit ça ? a protesté maman d'une voix qui se voulait apaisante. Je t'aime, Frank. S'il te plaît, calme-toi.

Les cris ont continué pendant ce qui m'a semblé des heures. Pour m'occuper et oublier au mieux les hurlements qui résonnaient dans la pièce à côté, je jouais à l'école avec mes poupées. Des voisins sont venus sonner chez nous en demandant à maman si tout allait bien, et elle leur a crié d'aller se faire foutre.

Après cela, il y a eu un long silence, et juste au moment où je pensais que la bagarre était terminée, papa a crié :

— J'en ai ras le cul de toi et de ta pétaudière, espèce de sale pute ! Je me tire !

— Non, Frank, s'il te plaît, sanglotait maman. Ne me quitte pas.

La porte d'entrée a claqué si fort que j'ai cru qu'elle était sortie de ses gonds, puis la voix de papa a crié à travers la boîte à lettres :

— Et ne t'imagine pas que je vais revenir. Tu baises comme un manche, pauvre cloche.

Papa était enfin parti ! J'étais aux anges, mais Davie a dit :

— Il va sûrement revenir plus tard, complètement bourré.

J'ai croisé mes doigts et mes orteils pour que la prédiction de Davie ne se réalise pas.

On aurait dit qu'une tornade avait traversé l'appartement. Il y avait de la vaisselle cassée et des meubles renversés partout. Deux jours se sont écoulés avant que nous ne commencions à croire pour de bon que papa ne reviendrait plus. Nous avons commencé à réapparaître l'un après l'autre, comme les rescapés d'une tempête.

Et dans un sens, c'est ce que nous étions. Diane est revenue de chez son petit ami, et Cheryl, de chez mamie. Davie et moi sommes sortis de nos chambres, juste pour voir maman claquer la porte de la sienne.

— Fichez-moi la paix ! criait-elle si l'un de nous frappait à sa porte.

Je ne comprenais pas pourquoi maman était si contrariée. Elle aurait dû être contente d'être enfin débarrassée de lui. Ce qui se passait dans la tête des adultes était trop compliqué pour moi.

Sans papa, tout était différent. C'était un bonheur de pouvoir aller et venir sans crainte, de regarder la télévision ou d'aller à la cuisine quand on en avait envie. Quand papa était à la maison, il régnait en maître sur chaque pièce. Quand il était dans le séjour, on n'osait pas y aller, sauf quand on savait qu'il était de bonne humeur, et même là, il fallait rester sur ses gardes. S'il était affalé sur la table de la cuisine, on préférait aller boire au robinet de la salle de bains plutôt que de risquer d'entrer dans sa ligne de mire.

Il valait mieux ne pas courir le risque de le mettre en colère. Mais maintenant, tout était changé. L'appartement avait cessé d'être une prison, et surtout, je ne craignais plus de prononcer le nom de mamie ou Jenny par inadvertance et je pouvais librement traverser l'avenue chaque fois que j'en avais envie.

À part maman, tout le monde était content, y compris Eddie. Le pauvre chien avait tellement souffert ! Papa le frappait et l'insultait chaque jour. On aurait dit un autre chien, maintenant que papa n'était plus là pour le tourmenter. Il avait tout le temps envie de jouer.

Maman restait enfermée dans sa chambre. Je l'entendais souvent pleurer et marmonner dans son oreiller. Quand Diane et moi on lui a apporté une tasse de thé avec des tartines de confiture, elle était allongée sur le dos avec un rouleau de papier hygiénique sur le ventre et une cigarette allumée qui se consumait toute seule entre ses doigts. Elle était complètement immobile, ses yeux rouges et bouffis fixés au plafond.

— Maman, a dit Diane en faisant de la place sur la table de chevet. Il faut manger.

— J'ai pas faim, a répondu maman en se redressant pour éteindre sa cigarette. Je veux qu'on me laisse tranquille.

— Allons, maman, ce n'est tout de même pas la fin du monde, a dit Diane.

— Peut-être pas pour toi, a répondu maman sèchement. Je l'aime, Di, et j'estime avoir droit à ma part de bonheur.

Les larmes se sont remises à couler et elle a pris un morceau de papier hygiénique pour s'essuyer les yeux.

— Et nous ? a demandé Diane d'une voix légèrement cassante. Tu ne nous aimes pas ?

Maman n'a pas répondu. Elle a allumé une autre cigarette et, après avoir recraché une longue bouffée de fumée, elle a dit :

— J'ai quarante ans passés, nom d'un chien ! C'est ma dernière chance, mais vous ne voulez pas que je sois heureuse. Ni vous ni ma mère. Personne.

— Ce n'est pas vrai.

— Je parie qu'elles se frottent les mains de l'autre côté de l'avenue, a dit maman en faisant référence à mamie et Jenny.

— Elles se font du souci, c'est tout, a dit Diane. Elles ne comprennent pas pourquoi tu ne leur parles plus depuis quatre ans.

— Je parie qu'elle y va de sa rengaine : « Cette Donna, il faut toujours qu'elle s'amourache de voyous », a dit maman en imitant l'accent de mamie.

J'avais beau n'avoir que huit ans, je savais que maman s'était amourachée d'un voyou, et je me jurais de ne pas en faire autant quand je serais grande. Je me demandais pourquoi elle ne pouvait pas choisir quelqu'un de bien, un homme gentil qui ne passait pas son temps à jurer, à la frapper et à l'insulter.

Mais, au lieu de se réjouir qu'il soit parti, elle espérait son retour et fumait cigarette sur cigarette en regardant par la fenêtre.

Notre bonheur et le chagrin de maman furent de courte durée. En rentrant de l'école quelques jours plus tard, j'ai vu le blouson de cuir bien connu accroché à la porte de la cuisine et entendu des grognements dans la chambre à coucher. Je me suis figée sur place, le souffle coupé. Il était revenu.

Maman et papa ont passé les premiers jours au lit ensemble, puis maman nous a tous réunis dans le séjour et nous a annoncé qu'ils avaient une grande nouvelle : ils allaient se marier. Cheryl et Davie ont pleuré. Cheryl en silence, mais Davie à gros sanglots, plus déchirants encore que la fois où papa avait cassé son bateau dans la bouteille.

— Qu'est-ce qui te prend de pleurer ? a demandé maman, la tête penchée de côté, stupéfaite de sa réaction.

— On ne va plus pouvoir aller voir mamie, a-t-il dit.

J'ai senti que papa se hérissait légèrement.

— Non, mais on sera une vraie famille, a dit maman gaiement. C'est pas formidable ?

Ils ont donné une fête, où chacun devait apporter une bouteille, et invité tous les membres de la famille de papa, comme son frère Keith, sa sœur Lesley et d'autres que nous n'avions jamais rencontrés, plus tous ses copains du pub. Maman, en revanche, n'a invité personne. Il allait de soi qu'elle n'allait pas inviter mamie ni aucun de ses frères et sœurs, à qui elle n'avait pas adressé la parole depuis qu'elle avait rencontré papa. Et, n'ayant pas le droit de sortir sans papa, elle n'avait pas d'amies. Mais ça nous a fait un choc quand elle nous a annoncé que nous, les enfants, ne pourrions pas être là.

— Pas question que vous le mettiez en boule ce soir, a-t-elle dit. Il ne manquerait plus que ça, devant toute sa famille. Pas question.

Entre-temps, Diane avait à nouveau décampé, et Cheryl était partie avec elle. Ce qui nous laissait seuls, Davie et moi.

— Est-ce qu'on peut aller chez mamie ? ai-je demandé.

— Non ! a rugi maman. J'en ai ras le bol que vous lui racontiez ma vie.

Maman nous a enfermés dans une chambre, Davie et moi, avec une bouteille de coca, des chips et un paquet de cacahuètes, et l'ordre de ne pas bouger jusqu'à ce que tout le monde soit parti. Elle nous a même laissé un seau pour faire pipi. La musique a beuglé dans l'appartement jusqu'au petit matin.

On se serait cru dans un pub pendant une fête de réveillon. On entendait les autres enfants jouer dans le couloir, et on a eu l'impression que maman nous avait enfermés parce qu'elle avait honte de nous.

Papa et maman se sont mariés à la mairie un jour que j'étais à l'école et, comme pour leur « fête de fiançailles », aucun de nous n'a été invité.

Je rêvais depuis toujours d'avoir une vraie famille avec un papa et une maman, et j'aurais adoré aller à leur mariage et même être une demoiselle d'honneur, mais on m'avait bien fait comprendre qu'en ce qui me concernait rien n'avait changé.

La vie a repris comme avant, si ce n'est qu'au fil des mois j'ai vu le ventre de maman devenir de plus en plus gros. Au début, j'ai pensé que c'était parce qu'elle avait trop mangé, mais ensuite j'ai compris qu'elle était enceinte et j'ai attendu qu'elle m'annonce la nouvelle. J'avais envie de lui poser la question, mais je n'osais pas.

Parler de bébé impliquait, de façon détournée, de parler de sexe, et j'étais beaucoup trop timide pour cela. Même si j'avais l'habitude d'entendre les grognements de maman et papa dans la chambre à coucher et de voir traîner partout les revues pornographiques de papa, ces choses-là me dérangeaient.

Je rougissais rien qu'à l'idée que maman allait un jour me demander de m'asseoir pour me dire que j'allais avoir un petit frère ou une petite sœur. Mais ce fut Cheryl qui m'annonça la nouvelle, juste après qu'une ambulance fut venue chercher maman qui se tenait le ventre en hurlant de douleur.

— Lisa, tu sais que maman va avoir un bébé ?

Bien sûr que je le savais ! J'avais fêté mes neuf ans deux mois plus tôt.

Le bébé était une petite fille, et ils l'appelèrent Katrina. Elle me faisait penser à une petite poupée. Elle était si petite que ses veines étaient visibles à travers sa peau fine comme du papier, et je ne me lassais pas de la regarder dans son berceau transparent à côté du lit de maman. Je me suis immédiatement prise d'affection pour elle, et j'avais hâte que maman la ramène à la maison, mais les médecins ont insisté pour les garder toutes les deux un certain temps à la maternité.

À quarante-trois ans, maman était considérée comme une mère âgée, et, comme elle avait fumé durant toute sa grossesse, Katrina était plus petite que la normale.

Pendant qu'elles étaient là-bas, papa n'était pas souvent à la maison, passant presque tout son temps au pub pour fêter l'évènement, ou à la maternité à souffler des relents de gin dans les narines de la petite Katrina. Profitant de son absence, Cheryl a ramené Jenny à la maison. C'était la première fois qu'elle voyait l'appartement depuis que papa y avait emménagé, cinq ans plus tôt. Quand elle a vu dans quelles conditions nous vivions, sa mâchoire s'est affaissée. Elle était horrifiée, surtout quand elle a vu les trous dans les murs et les carreaux cassés.

— Seigneur, mais que s'est-il passé ? n'arrêtait-elle pas de répéter.

J'essayais de ne pas penser à la réaction de papa s'il était rentré à ce moment-là et l'avait trouvée ici, avec nous. J'étais terrorisée et je sursautais au moindre bruit, mais j'étais aussi tout excitée à l'idée de montrer à Jenny le petit placard où je gardais mes sacs plastique remplis d'élastiques ou de stylos-feutres.

— Viens, Jenny, je vais te montrer mes affaires, ai-je dit.

Elle s'est extasiée, déclarant que c'était très utile et que je faisais bien de tout garder.

Elle devait se faire un sang d'encre quand elle est retournée chez mamie et qu'elle lui a raconté ce qu'elle avait vu, car maintenant que maman était mariée avec papa, elles ne pouvaient plus rien faire.

Durant les premières semaines qui ont suivi le retour de maman à la maison avec Katrina, l'atmosphère était plus détendue. Papa semblait avoir réduit sa consommation d'alcool et arrêté de jouer aux courses, et les colères et les bagarres auxquelles j'étais habituée étaient moins fréquentes.

Cependant, la violence physique avait été remplacée par la torture psychologique. Il se servait de Katrina comme d'une arme. Parfois, Jenny et moi étions autorisées à la prendre dans nos bras, et, parfois, il hurlait :

— Ne la touchez pas avec vos sales pattes !

C'était triste de voir Katrina, interloquée, passer brusquement du sourire aux pleurs.

Quand papa et maman voulaient passer l'après-midi au lit, Katrina était laissée aux soins de quiconque se trouvait là, et le plus souvent c'était moi. Je m'asseyais par terre devant la télévision et je balançais doucement son fauteuil de bébé pour l'empêcher de pleurer. Parfois, nous avions le droit de l'emmener faire un tour dans sa poussette, mais, à notre retour, papa nous faisait une scène en nous accusant d'être allées avec le bébé chez « ces poufiasses de l'autre côté de l'avenue ».

Il avait décidé qu'aucun membre de la famille de maman ne verrait jamais son cinquième enfant. Mais mamie et Jenny mouraient d'envie de voir Katrina, si bien qu'un jour que papa était sorti et que nous étions sûres qu'il ne rentrerait pas à la maison avant un bout de temps, nous avons emmené le bébé en catimini de l'autre côté de l'avenue.

Mon cœur battait à tout rompre, parce que je m'imaginais papa déboulant à l'improviste et défonçant la porte.

— Comme elle est mignonne ! murmurait mamie, les larmes aux yeux. Un vrai petit ange.

C'est la seule fois où mamie l'a vue, parce qu'on n'a pas osé la lui amener une deuxième fois.

Quand Kat, ainsi que nous l'appelions, a eu quelques mois, maman et papa ont décroché des contrats de nettoyage dans différentes sociétés de médias du West End. Maman était tout le temps sortie, cavalant d'un bureau à l'autre pour faire le ménage. Elle travaillait le soir et le matin tôt, et parfois même l'après-midi chez des particuliers, à la demande. Papa a demandé à sa sœur aînée, Lesley, et à deux autres personnes rencontrées au pub de lui donner un coup de main en les payant de la main à la main. Parfois, il se rendait sur place pour s'assurer qu'elles faisaient bien le travail, mais la plupart du temps il restait à la maison pour regarder les courses de chevaux à la télé et s'occuper du bébé.

Quand il lui arrivait d'empocher des gains, il commençait par garnir sa réserve de gin, cognac et bière brune, puis, après avoir épluché les pronostics pendant au moins une heure, il filait chez le bookmaker pour miser tout ce qu'il lui restait sur un « placé du jour ».

Il gagnait rarement, et jamais deux fois de suite. Tout le monde le savait sauf lui, apparemment. Aussi, lorsque le cheval qu'il avait si soigneusement choisi chutait au saut d'obstacles ou finissait la course en queue de peloton, il piquait des rages folles. Pendant des heures après cela, le sang échauffé par des quantités immodérées d'alcool, il cassait tout, et gare à ceux qui avaient le malheur de se trouver sur son chemin. C'est pourquoi je m'efforçais au mieux de nous cacher, moi et le chien.

La violence était devenue son mode de vie, mais, ce qui m'effrayait le plus, c'est quand il devenait obscène et ordurier après s'être défoulé en cassant tout ce qui lui tombait sous la main. C'était toujours le même scénario : d'abord la violence, puis les obscénités. Était-ce à cause de la boisson ? Toujours est-il que ni lui ni maman ne semblaient se soucier de ma présence.

— Ça te dirait que je te la fourre dans le cul ce soir, Donna ? demandait-il avec un sourire graveleux, aussi naturellement que s'il lui demandait si elle voulait une tasse de thé.

Maman riait. Je ne savais pas si c'était parce qu'elle trouvait ça drôle ou parce qu'elle était soulagée qu'il se soit calmé. Mais parfois il faisait des choses tellement répugnantes qu'elle avait l'air tout aussi choquée que moi.

Un soir d'été, après que papa eut perdu aux courses, la série *Coronation Street* passait à la télé. J'étais assise avec le chien aux pieds de papa qui était en train de manger des sandwiches aux œufs et au bacon. Il y avait longtemps que je ne l'avais pas vu aussi saoul, et il tanguait d'un côté et de l'autre.

Il mangeait et fumait tout à la fois comme s'il avait été privé de nourriture et de cigarettes pendant une semaine et voulait se rattraper. Il y avait de l'œuf et du ketchup sur sa figure et sur sa chemise, et des morceaux de nourriture sur ses cuisses et le canapé. Le chien, toujours à l'affût d'un petit quelque chose à se mettre sous la dent pour compenser sa maigre ration, s'était rapproché et de longs fils de bave s'écoulaient de sa gueule.

— Ce chien va s'en prendre une, si ça continue, a dit maman depuis son fauteuil. Vire-le de là, Lisa, au lieu de rester plantée sur ton cul.

Mais j'avais beau tirer sur le collier du chien, il ne bougeait pas d'un pouce. En temps normal, il se tenait à bonne distance de papa, ce qui voulait dire qu'il devait être affamé.

— On pourrait avoir la croûte du pain, papa ? ai-je demandé timidement.

Comme il avait la bouche pleine, papa a grogné en postillonnant. Le chien s'est rapproché, et quand papa a levé la jambe, j'ai cru qu'il allait lui donner un coup de pied, mais à la place, il a lâché un gros pet.

— Voilà pour toi, a-t-il dit.

L'odeur a eu l'air d'exciter Eddie encore un peu plus. Il s'est rapproché jusqu'à s'asseoir entre les jambes de papa, répandant de la bave sur son pantalon. Papa a commencé à le faire bisquer en lui tendant une tranche de bacon, puis en la retirant aussitôt. Eddie poussait des petits cris plaintifs que papa trouvait hilarants.

— Donne-lui ta croûte, ne sois pas vache, a dit maman.

Papa a mis le reste de sandwich tout entier dans sa bouche et donné ses doigts à lécher au chien.

— Non, mais vise-moi un peu cette langue, Donna.

— Maintenant, tu sais pourquoi il passe son temps à se lécher les couilles, a ri maman.

— Tu sais ce qui me ferait envie, Lisa ? a demandé papa en défaisant le premier bouton de son pantalon.

— Une tarte Tatin ? ai-je dit, sachant que c'était un de ses desserts préférés.

Papa a réfléchi un moment en se curant les dents.

— Tout compte fait, c'est pas une mauvaise idée. Je crois que je pourrais m'enfiler une *tarte tapin,* il a dit, et maman a éclaté de rire. Mais je crois que je préférerais une bonne pipe bien baveuse.

J'ai regardé maman en fronçant les sourcils. Je ne savais pas ce qu'était une pipe bien baveuse, mais je supposais que c'était quelque chose d'obscène.

Maman a roulé les yeux et éclaté à nouveau de rire.

Au même instant, j'ai entendu papa dézipper sa braguette.

Maman a crié :

— Holà, Frank ! Ça suffit comme ça. Pas devant la gosse.

J'ai entendu des bruits de succion et, quand je me suis tournée vers papa, je n'en croyais pas mes yeux. Il avait sorti sa chose et l'enduisait de jaune d'œuf et de bacon pour la donner à lécher au chien.

— C'est ça, fiston. Prends la bonne saucisse.

— Arrête ça ! a crié maman en balançant un coup de pied au chien, qui a poussé un long cri aigu.

Les yeux de papa roulaient dans leurs orbites.

— C'était trop bon.

— Espèce de dégueulasse ! a crié maman.

Je n'ai pas su si elle s'adressait à lui ou au chien. Elle m'a ordonné :

— Lisa, file dans ta chambre.

J'ai détalé aussi vite que je le pouvais.

Malheureusement, la scène n'arrêtait pas de se rejouer malgré moi dans ma tête. Quelques jours plus tard, maman m'a autorisée à aller voir mamie et Jenny. En temps normal, je ne parlais pas de papa et des choses bizarres qu'il faisait, parce que je ne voulais pas les effrayer, mais cette fois-là, je n'ai pas pu m'en empêcher. J'ai pensé qu'elles allaient peut-être rire, mais Jenny et mamie n'ont pas trouvé ça drôle du tout.

Elles ont commencé à me poser toutes sortes de questions à propos de papa, s'il lui arrivait de toucher mes parties intimes. J'ai dit non, parce que je ne savais pas si les jeux de chatouilles ou de catch comptaient. J'ai commencé à paniquer, préférant ne pas parler des choses que faisait papa, comme de sortir sa quéquette de son pantalon.

Je ne leur ai pas dit qu'il m'obligeait à lui frotter le dos ou à dire quelle paire de nichons était la plus belle dans les magazines, parce que je pensais que tous les papas faisaient la même chose.

Je suis restée chez Jenny et mamie tout le week-end et, quand je suis rentrée à la maison, maman et papa ne m'adressaient plus la parole. Papa avait un gros coquart sur l'œil, ce qui était inhabituel, car généralement c'était maman qui avait les yeux pochés.

J'aimais autant qu'ils fassent comme si je n'existais pas, parce qu'ainsi je n'étais pas obligée de m'asseoir à côté de papa, je pouvais jouer tranquillement dans ma chambre. Et, surtout, quand papa ne parlait pas, il ne tapait pas non plus.

Quand il entrait dans une pièce, je m'esquivais, m'efforçant de préserver la trêve qui s'était instaurée. Quant à maman, elle ne me parlait presque jamais de toute façon. Mais je voyais bien qu'elle était en colère. Elle ne voulait plus que je m'approche du bébé et, brusquement, j'ai dû aller à l'école tous les jours, ce qui avait des avantages et des inconvénients.

Quelques semaines plus tard, j'ai surpris une conversation entre Diane et Cheryl. En apprenant ce que papa avait fait avec le chien, oncle Bob était tellement dégoûté qu'il lui avait cassé la figure. Après cela, papa et maman ont fait une demande de transfert auprès de l'office du logement pour partir s'installer dans un autre quartier.

Un soir que j'étais dans le séjour en train de regarder la télé, papa est entré d'un pas chancelant et il s'est planté devant moi avant que j'aie pu m'esquiver. Tout ce que je voyais, c'étaient les pompons de ses mocassins marron. Je n'osais pas lever les yeux, mais je sentais à son haleine qu'il avait bu.

— OK, Lisa ? a-t-il demandé d'une voix traînante.

J'étais tellement surprise qu'il m'adresse la parole après tout ce temps, que je me suis faufilée entre ses jambes pour me sauver en pleurant dans ma chambre. J'ai sauté dans mon lit et rabattu mes couvertures sur ma tête. J'étais terrorisée quand j'ai entendu ses pas se rapprocher.

— Eh bien, quoi, petite salope, je suis plus assez bon pour toi ? a-t-il dit en passant une main sous les couvertures pour m'attraper la jambe.

Il m'a saisie par la cheville et m'a tirée si violemment du lit que je suis tombée sur la tête. Ça a fait crac et j'ai vu des étoiles.

Maman a dit que c'était entièrement ma faute, que papa cherchait juste à être gentil.

— Je ne comprends pas pourquoi il se donne la peine de t'adresser la parole alors que tu lui as attiré des ennuis en ouvrant ta grande gueule.

Mais j'étais contente qu'il se soit attiré des ennuis. Comme ça, au moins, il allait y réfléchir à deux fois avant de faire n'importe quoi. J'espérais qu'il n'allait plus jamais recommencer maintenant qu'oncle Bob lui avait cassé la figure.

À l'école, je continuais d'être le souffre-douleur de mes camarades, si bien que je m'arrangeais pour être malade le plus souvent possible. La directrice a envoyé plusieurs lettres à maman, mais elle les chiffonnait et les jetait à la poubelle. Au bout d'un moment, la maîtresse a renoncé à exiger des justificatifs d'absence.

Quand je n'allais pas à l'école, j'accompagnais maman au travail, avec ordre exprès de jouer les malades si jamais quelqu'un me posait des questions, comme le vieux monsieur de Notting Hill. Tout était soigneusement planifié. Je devais faire semblant de vomir dans un sac-poubelle. Bien qu'elle ne m'ait jamais rien dit, je savais que maman aimait bien m'emmener, parce que je l'avais entendu dire à papa :

— Elle me rend service, et puis, comme ça, ça m'évite de payer quelqu'un d'autre.

Au début, je trouvais fascinant de déambuler dans

les bureaux vides avec un grand sac-poubelle à la main. Je m'imaginais tous les gens qui travaillaient là, que ce soit dans la publicité, l'édition, la musique ou le cinéma. Chaque bureau racontait l'histoire de celui qui y était assis dans la journée. Ceux des directeurs avaient de gros fauteuils en cuir, des calculatrices et des gadgets de table, comme ces billes métalliques qui tapaient les unes dans les autres selon un mouvement de balancier quand on les poussait. Les designers avaient des feutres magiques et d'énormes blocs de papier à dessin, mais mes préférés étaient ceux des secrétaires. Sur certains, il y avait des photos de jeunes filles en train de rire ou de tirer la langue à l'objectif, et j'aimais bien pouvoir associer un visage avec un bureau. J'ai décidé que plus tard je voulais être secrétaire, pour pouvoir mettre plein de petites choses sur mon bureau (trousse de maquillage, peluches). Comme elles, je voulais avoir des pots remplis de crayons et de stylos, des mugs à café avec des slogans rigolos comme EMBRASSE-MOI. Je savais quelle couleur de rouge à lèvres elles utilisaient parce qu'elles laissaient toujours des marques poisseuses sur le bord de leurs tasses qu'il fallait frotter énergiquement pour qu'elles partent.

Si papa vivait dans la crasse à la maison, au travail, en revanche, il était maniaque. Un jour, il est arrivé pour faire une inspection et a trouvé un verre que je venais de laver qui portait encore une légère trace de rouge à lèvres.

— Tu veux qu'on se fasse virer ? a-t-il râlé en me donnant un grand coup de talon sur les orteils. Tu sais que t'es une bonne à rien ?

Je n'ai plus jamais recommencé.

J'aimais les machines à écrire électriques. Pendant des mois, j'ai résisté à l'envie d'en allumer une, et puis un jour j'ai cédé à la tentation. J'ai sursauté quand la machine s'est mise en marche avec un bourdonnement qui a résonné dans l'immense salle vide. Il m'a fallu des semaines pour oser enfoncer une touche. Il y a eu comme un claquement, et la machine à écrire a tremblé quand la boule a frappé le chariot et que celui-ci s'est déplacé d'un cran. Après m'être assurée qu'il n'y avait personne dans les parages, j'ai tapé *Le chat boit le lait*. Je n'avais pas pensé à insérer une feuille de papier et j'étais horrifiée quand j'ai vu que les mots s'étaient inscrits à l'encre brillante sur le rouleau noir.

Pendant des jours, j'ai vécu dans la hantise que la secrétaire ne découvre que quelqu'un s'était servi de sa machine. Maman allait perdre son travail ou, pire encore, papa allait piquer une crise de rage. Mais rien n'est arrivé, et j'en suis venue à la conclusion que la secrétaire était trop occupée pour avoir remarqué la phrase à propos du chat. De plus, sur la photo, avec sa coupe au carré et son brillant à lèvres, elle avait l'air trop gentille pour chercher des noises à une femme de ménage.

Le fait d'être père a rapidement perdu de son attrait pour papa qui s'est remis à boire et à jouer aux courses. Maman ramenait des liasses de billets chaque semaine, mais à peine avait-elle franchi le seuil qu'il lui tendait un bulletin de jeu et l'envoyait le valider au bureau des paris mutuels. Comme il perdait la plupart du temps, nous devions boucler la semaine avec le strict minimum.

Une fois que maman était au travail, je me suis aperçu qu'il ne restait plus de lait ni de couches pour le bébé. Papa était d'une humeur de chien après avoir perdu une fois encore aux courses.

Mon estomac a chaviré quand j'ai réalisé que j'allais devoir lui demander de l'argent pour pouvoir changer la couche sale de Katy et lui donner à manger.

— On n'a plus de couches ni de lait, papa, ai-je dit en essayant de calmer Katrina qui pleurait dans mes bras.

— Qu'est-ce que tu veux que j'y fasse ? a-t-il demandé en se levant d'un bond pour m'arracher Katrina des bras et l'asseoir sans ménagement sur le canapé. C'est de ta putain de faute.

Il était cramoisi de rage et m'a balancé une claque magistrale. J'ai croisé les jambes pour tenter de contrôler ma vessie, mais le flot d'urine a commencé à se déverser sur le tapis malgré moi.

— C'est toi qui aurais besoin d'une couche, espèce de sale pisseuse.

J'ai fondu en larmes autant à cause de l'humiliation que de la douleur occasionnée par la gifle.

Il s'est approché de la table de nuit de maman et je l'ai vu sortir une pleine poignée de coupons de réduction que j'avais mis de côté. Il me les a mis dans la main et m'a dit de filer à la pharmacie.

Quand j'ai posé mes coupons et un paquet de couches sur le comptoir, la pharmacienne a ouvert de grands yeux.

— Oh ! mais non, a-t-elle dit en fronçant les sourcils. Tu ne peux donner qu'un seul coupon à la fois pour avoir une réduction de dix pence sur chaque paquet acheté.

Papa était furieux quand je suis rentrée les mains vides.

J'ai dû allonger Katrina les fesses nues sur un vieux journal et lui donner un biberon de thé léger en attendant que maman rentre du travail.

J'avais remarqué que maman faisait toujours des câlins à Kat en lui susurrant qu'elle était jolie comme un cœur. J'essayais de me faufiler à côté d'elles sur le canapé, dans l'espoir qu'elle me ferait un câlin à moi aussi, mais elle se raidissait et me repoussait, comme si j'avais été une étrangère et qu'elle m'ait trouvée répugnante. Je ne pouvais pas me souvenir de la dernière fois où elle m'avait embrassée. Tout au plus avais-je droit à un petit baiser pointu comme un coup de bec sur la joue.

Nous ne bavardions ou ne plaisantions jamais ensemble, comme le faisaient mes amies avec leurs mères.

Maman était très froide avec moi, quoi que je fasse pour la contenter, et je n'ai jamais compris pourquoi. Chaque matin, avant de partir à l'école, je faisais la vaisselle de la veille au soir, puis je lavais Kat, l'habillais et lui donnais son petit-déjeuner.

Je faisais sans rechigner toutes les corvées qu'on me donnait, mais j'avais beau faire, je ne recevais jamais l'affection dont j'avais tant besoin.

Avant la naissance de Kat, j'en étais venue à me dire que maman n'était pas une personne affectueuse, mais à juger par la façon dont elle se comportait avec le bébé, ce n'était pas vrai. C'était moi qu'elle n'aimait pas toucher, sauf quand elle ne pouvait pas faire autrement, et cela me rendait très triste.

Mais pouvoir jouer avec le bébé me comblait. Je l'asseyais dans son petit siège à bascule et je jouais à « Sur mes dix doigts » en comptant les doigts de ses petites mains potelées, ou je lui donnais son biberon ou un petit pot pour bébé. Comme maman ne prenait jamais le temps de bien la laver, j'utilisais un gant de toilette humide pour ôter la crasse entre ses orteils et je la chatouillais jusqu'à ce qu'elle rie en donnant des coups de pied et en montrant ses deux petites quenottes du bas.

Quand Kat a eu un an, je venais juste d'en avoir dix, et maman et papa ont obtenu leur nouveau logement. Nous avons quitté l'appartement pour nous installer dans une maison entièrement rénovée à Nunhead. J'ai pleuré, car je ne voulais pas vivre loin de mamie.

Même si je n'étais pas autorisée à la voir souvent, ça me réconfortait de les voir, elle et Jenny, assises sur leur balcon.

Notre nouveau logement était une maison mitoyenne de style édouardien – un palais comparé à notre vieil appartement. Tous les ornements d'époque avaient été ôtés, et les vieilles cheminées, remplacées par un système de chauffage central. Toutes les pièces sentaient la peinture et le papier peint neufs. La maison était dans un état impeccable. Je n'arrivais pas à croire qu'elle était à nous. Elle était si grande !

Au rez-de-chaussée se trouvaient la cuisine et la salle à manger que papa s'est empressé de décloisonner en cassant la cloison à coups de masse pour créer une voûte à l'arrondi inégal.

Au premier étage se trouvaient le salon, les toilettes et la salle de bains, et au deuxième, trois petites chambres. Celle de papa et maman donnait sur le jardin, et les deux autres donnaient sur rue. Katrina, Cheryl et moi étions dans l'une, et Davie, dans l'autre. Diane n'a jamais habité avec nous là-bas, parce qu'elle avait emménagé avec son petit copain. En fait, nous ne l'avions pour ainsi dire pas revue depuis que papa et maman s'étaient mariés.

Dans cette nouvelle maison, le haut était tellement éloigné du bas que, lorsque papa se bagarrait avec maman et qu'il se mettait à tout casser, je pouvais monter me réfugier au deuxième étage, ce qui était un gros avantage par rapport à l'appartement.

Il y avait un jardin sur l'arrière, et quand papa et maman montaient s'enfermer dans leur chambre, je pouvais conduire Kat dehors pour ne pas avoir à écouter leurs grognements. Le jardin était jonché de bris de verre et de cailloux, mais, un jour qu'elle était de bonne humeur, maman m'a promis qu'on planterait des fleurs et des pommes de terre.

Au début, Eddie aussi adorait le jardin, car il pouvait se soulager quand il en avait besoin. Et même s'il se coupait les pattes sur les morceaux de verre, il semblait plus heureux maintenant qu'il pouvait échapper aux coups de pied de papa.

Mais pour finir, le long jardin étroit est devenu sa prison, parce qu'on ne le laissait presque plus entrer dans la maison. Il passait des heures à aboyer et à tourner en rond pour attraper sa queue. Finalement, il a réussi à faire une brèche sous la clôture et, à partir de là, il s'est remis à errer dans les rues, ne revenant que tous les deux jours pour manger les restes que je lui avais mis de côté.

Un jour, papa m'a dit de dire au revoir à Eddie. Quand j'ai demandé pourquoi, il a répondu qu'ils allaient le faire piquer parce qu'il était plein de puces. J'avais demandé plusieurs fois à maman d'acheter du produit pour les puces, mais elle ne l'avait jamais fait. À force de se gratter, Eddie était couvert de plaies.

Maman était dehors, devant la porte, avec Eddie en laisse. Quand j'ai vu sa fourrure tout ébouriffée et ses grands yeux tristes, j'ai eu envie de me jeter à son cou et de pleurer, mais maman m'a repoussée.

— Non, c'est un vrai sac à puces, a-t-elle dit d'un air dégoûté. Il va te les refiler et tu risques de les refiler à Kat.

— Le vétérinaire ne peut rien pour lui ? ai-je demandé, le cœur gros.

— Oh ! mais si, a dit maman. Il peut le piquer. Cette saloperie de chien qui chie dans tous les coins ne nous cause que des ennuis.

J'ai regardé maman s'éloigner avec Eddie et, pendant quelques instants, je suis restée pétrifiée, incapable de faire un geste ou même de pleurer. J'ai entendu papa à l'intérieur, qui ricanait :

— Casse-toi, charogne.

Plus tard, je suis montée dans ma chambre et j'ai pleuré en pensant à mon pauvre chien qui devait être mort à présent. Il avait eu une vie misérable qu'il n'avait pas méritée, parce qu'il était très doux et affectueux, au fond. Il m'a manqué quand il n'a plus été là.

Quand nous avons emménagé à Nunhead, les choses se sont calmées entre papa et Cheryl. Je les ai même vus parler et rire ensemble sur le canapé. Mais brusquement l'atmosphère a changé, et un jour j'ai entendu Cheryl expliquer à maman que papa avait recommencé à la « mettre mal à l'aise ».

Maman lui a dit qu'elle déraillait. À partir de là, papa s'est mis à dévisager Cheryl d'un œil mauvais et à la faire pleurer. Une fois, je l'ai vu fracasser une assiette sur la table juste à côté d'elle et renverser sa tasse de thé par la même occasion.

Je n'ai pas cherché à savoir ce qui se passait ; j'ai filé aussi vite que j'ai pu tout en haut de la maison. J'ai essayé de me boucher les oreilles, mais j'entendais Cheryl qui pleurait et papa qui beuglait :

— C'est ça, montre-nous tes gros nichons, salope !

Maman a ri nerveusement – ce qui était sa façon à elle d'essayer de détendre l'atmosphère. Accroupie sur le plancher dans ma chambre, j'ai repensé à la fois où Cheryl m'avait emmenée chez une amie à elle.

Son amie n'était pas comme nous. C'était une fille riche, habillée à la mode hippie, et qui portait des bagues aux orteils. Je ne sais pas comment Cheryl avait fait sa connaissance, mais, en tout cas, elle ne ressemblait à aucune de ses autres amies. Son nom était Gail, et elle habitait dans un petit appartement à l'entresol d'une maison mitoyenne.

Le sol était entièrement recouvert de tapis, et il y avait de gros poufs éparpillés un peu partout et un foulard rouge drapé autour d'un abat-jour dans un coin. Gail se tenait au-dessus de la cuisinière et remuait le contenu d'une grande casserole. L'odeur me piquait les yeux, et elle m'a expliqué que c'était une soupe au poivre.

— Tu n'as jamais mangé de poivre ? a-t-elle demandé en riant.

Quand j'ai répondu non, j'ai vu rougir Cheryl malgré la lumière rose dans la pièce. Gail m'a fait goûter une cuillerée de soupe, et ça m'a retourné le cœur. Ce n'était pas à cause de la soupe, qui avait plutôt bon goût, mais parce qu'en tendant le bras, ses cheveux étaient retombés en arrière, révélant un énorme suçon à la base de son cou. Je savais ce que c'était parce que le cou de maman en était couvert quand papa était venu vivre à la maison. Pour moi, les mots « amour » et « suçon » n'allaient pas vraiment ensemble. Pourquoi aurait-on voulu faire mal à une personne qu'on aimait ? Pour essayer d'oublier la marque violette, je me suis concentrée sur ma soupe tout en épiant ce que se disaient Cheryl et Gail à voix basse.

— Il n'arrête pas d'essayer de me toucher, dit Cheryl. C'est un obsédé. Il me dégoûte.

Gail, assise jambes croisées sous sa longue jupe à fleurs, m'a désignée d'un signe de tête, l'air soudain soucieux :

— Mais pas elle, n'est-ce pas ?

Cheryl s'est étranglée comme si Gail venait de dire une énormité.

— Non, bien sûr que non ! Elle n'a que dix ans.

Elles parlaient de papa. Même si je ne savais pas ce que signifiait obsédé, je savais ce que « toucher » voulait dire.

Je l'avais vu souvent passer sa main sous la jupe de maman ou dans son corsage pour toucher ses seins, et je me demandais s'il était allé aussi loin avec Cheryl. Cette pensée m'écœurait. Peut-être qu'oncle Bob allait revenir pour lui donner une correction.

Papa ne se comportait plus comme avant avec moi. Il n'avait pas agité sa chose sous mon nez ou essayé de me caresser depuis un bout de temps. Mais il continuait à vouloir jouer à « hue dada » et à se déguiser, et parfois ses mains touchaient mes parties intimes par accident.

Mais ça n'était pas la même chose que « toucher », n'est-ce pas ?

Quelques jours plus tard, une autre grosse dispute a éclaté. Je me suis recroquevillée sur le plancher dans ma chambre, les genoux ramenés contre ma poitrine, et j'ai commencé à me balancer d'avant en arrière.

Soudain, j'ai entendu claquer la porte d'entrée, puis la grille. J'ai sauté sur mes pieds, couru à la fenêtre et vu Cheryl qui remontait la rue à toutes jambes. J'étais triste. J'ai pensé que je ne la reverrais plus jamais. Autour de moi, tous les gens disparaissaient.

Je n'avais pas revu mamie et Jenny depuis que nous avions déménagé. Une ou deux fois, j'étais allée rendre visite à Diane et son petit copain dans leur appartement, mais à mon retour papa m'avait menacée et traitée de tous les noms, laissant clairement entendre que je devais choisir mon camp. Étant donné que j'étais obligée de supporter papa à longueur de temps, ce fut presque un soulagement quand Diane a cessé de nous rendre visite, mais le soir, quand je faisais ma prière, je demandais toujours au bon Dieu de veiller sur elle.

Maintenant que Cheryl était partie, elle aussi, je supposais qu'elle allait se réfugier chez Diane, mais je n'avais aucun moyen de m'en assurer. Nous n'avions pas le téléphone – papa n'en voulait pas – et même si nous en avions eu un, elle n'aurait pas appelé de crainte que ce soit lui qui décroche. Elle savait que, s'il découvrait que nous étions en contact, il aurait fait de ma vie un enfer.

Mon frère Davie, qui avait presque dix-sept ans, était le dernier des grands à être encore à la maison. Il n'avait pas le droit d'aller dans le séjour et ne pouvait pas se servir de la cuisine quand papa y était. Résultat : il passait aussi peu de temps que possible à la maison. Il allait chez des amis ou à Peckham, chez mamie et Jenny, une ou deux fois par semaine.

Une nuit, j'ai été réveillée par des hurlements. Davie et papa étaient en train de se disputer sur le palier, à l'extérieur de ma chambre. C'était pour le moins insolite, car, depuis que nous avions emménagé dans la nouvelle maison, papa ne décochait plus un mot à Davie. De son côté, Davie n'aurait jamais osé dire ou faire quoi que ce soit qui puisse mettre papa en colère.

Soudain, j'ai entendu Davie qui criait :

— Je m'en vais et j'emmène Lisa !

J'ai sauté du lit et ouvert la porte juste au moment où papa le repoussait violemment contre le mur du couloir.

Davie s'est tourné vers moi et a demandé :

— Avec qui est-ce que tu préfères être ? Eux ou moi ?

Mon cœur a chaviré. J'étais incapable de choisir. Davie était trop jeune pour s'occuper de moi, et il n'avait pas d'argent. Mais, si je ne partais pas avec lui, je savais que j'allais perdre mon frère comme j'avais déjà perdu mamie, Jenny, Freda, Diane et Cheryl.

Sans me laisser une chance de répondre, papa a poussé Davie dans sa chambre, où il est tombé à la renverse sur son lit.

— Ne t'avise pas de faire sortir la gamine de la maison, sinon je te fais la peau, pauvre naze.

Comme il fallait s'y attendre, Davie quitta peu après définitivement la maison. Pour aller où ? Je n'en avais pas la moindre idée.

Pendant des années, je n'avais pas eu le droit de mentionner mamie ou Jenny, et maintenant, papa avait ajouté mon frère et mes sœurs à la liste rouge. Chaque fois qu'il mettait la main sur une photo d'eux, il la déchirait en mille morceaux. Aux gens qui me demandaient si j'avais des frères et sœurs, j'avais ordre de répondre que Katrina était mon unique sœur.

La vie continuait. Maintenant, il n'y avait plus que nous quatre. Papa avait réussi à m'isoler de tous les gens qui m'aimaient. Parfois, le soir, quand j'étais dans mon lit et que j'entendais les grognements et les râles provenant de la chambre voisine, je pensais à mamie et Jenny, et à l'époque bénie où je vivais avec elles.

Quand je pensais à Diane, Cheryl ou Davie, j'étais désespérée. J'avais l'impression qu'ils étaient morts. Mais c'était bien pire encore, car je savais qu'ils étaient en train de vivre leur vie loin de moi et je me demandais s'il leur arrivait de penser à moi. Noël est arrivé, puis mon anniversaire, mais je n'ai reçu de carte d'aucun d'eux. Toute trace des moments que nous avions vécus ensemble avait été effacée.

C'est pourquoi je m'obligeais à ne pas penser à la famille que j'avais perdue, même le soir, sinon mon cœur devenait lourd et mes yeux se remplissaient de larmes. Je m'étais tellement habituée à ne pas prononcer les noms des membres perdus de ma famille que c'était comme s'ils avaient fait partie d'une autre vie.

À l'école, quand on me demandait combien j'avais de frères et sœurs, je n'avais aucun mal à répondre, selon les instructions de papa, que je n'en avais qu'une : Kat.

7

Un jour, en rentrant de l'école, maman m'a annoncé que papa était en prison. Elle ne m'a pas donné d'explication, elle a juste dit :

— Ils l'ont mis au trou.

Mais je me doutais qu'il avait été arrêté parce qu'il avait conduit la voiture d'un ami en état d'ivresse. C'était arrivé à de nombreuses reprises déjà, mais cette fois-ci, il avait dû provoquer un accident et les juges avaient perdu patience. J'étais contente, comme la première fois qu'il avait quitté la maison, avant que maman et lui décident de se marier, parce que l'atmosphère pesante qui régnait à la maison s'est dissipée.

Pendant quelques mois, la chape de plomb qui pesait sur maman et moi s'est évaporée. Chaque jour, je rentrais de l'école le cœur léger, sans crainte ni appréhension. Maman était d'humeur joyeuse, une personne différente. Les rides qui lui barraient le front depuis si longtemps s'étaient estompées. Maintenant que papa était derrière les barreaux, il n'y avait plus de raison pour que mes frères et sœurs ne puissent pas venir à la maison.

— Est-ce que Cheryl peut venir nous voir, maman ? ai-je demandé, osant enfin prononcer son nom à voix haute.

Elle a dit aussitôt :

— Chuut ! Tu ne veux pas que Kat aille le répéter à papa quand il rentrera ?

Si bien que nous n'avons pas cherché à renouer le contact de crainte que papa l'apprenne.

Maman écrivait régulièrement à papa. Elle s'asseyait à la table de la salle à manger, un stylo dans une main et une cigarette dans l'autre, et noircissait une page après l'autre. Elle gardait les lettres qu'il lui envoyait dans le tiroir de sa table de nuit. Un jour, je n'ai pas pu résister à l'envie d'y jeter un coup d'œil. Le papier bleu pâle était très fin et cassant. J'avais du mal à lire son écriture, mais les mots que j'arrivais à déchiffrer étaient grossiers. Il parlait des choses qu'il allait lui faire quand il rentrerait. Je ne comprenais pas tout, mais c'étaient des paroles dures et terrifiantes, certainement pas des mots d'amour.

J'ai compris qu'il n'allait pas tarder à sortir de prison quand j'ai vu maman barrer tous les jours du calendrier. Elle voulait de toute évidence lui faire croire qu'elle se languissait de lui et comptait les jours, alors qu'en réalité, je ne l'avais jamais vue aussi détendue et heureuse.

Il est reparu aussi soudainement qu'il avait disparu, et le gros nuage noir s'est remis à flotter au-dessus de nos têtes. Papa et maman ont passé les premiers jours enfermés dans leur chambre à coucher.

Maman se levait, allait au travail, puis se remettait au lit avec lui quand elle rentrait, pendant que je manquais l'école pour pouvoir m'occuper de Kat. Parfois, ils nous enfermaient dans le jardin, qui était à présent plein de ronces et de mauvaises herbes. J'avais espéré y planter des fleurs et des légumes, mais je n'ai jamais pu le faire.

Après quelques jours de calme, les disputes ont repris. Papa s'est mis à crier, jurer et casser des choses, persuadé que maman l'avait trompé avec d'autres hommes pendant qu'il était en prison. Elle s'efforçait au mieux de le calmer en faisant appel au peu de bon sens qui lui restait :

— Allons, ne sois pas idiot, disait-elle.

Parfois, ça marchait et papa finissait par se laisser convaincre de prendre une tasse de thé en fumant une cigarette qu'elle lui allumait, mais, d'autres fois, ses tentatives d'apaisement échouaient lamentablement. Quelques jours après sa libération, papa l'a battue sauvagement.

Quand je suis descendue à la cuisine, le lendemain, elle avait la figure couverte de bleus, et la peau autour de sa bouche était tout affaissée et molle. Ses mains tremblaient quand elle m'a tendu de l'argent pour aller faire des courses.

— Tu prendras deux paquets de cigarettes et deux livres de tabac à rouler King Edwards, a-t-elle dit en zozotant.

Elle avait une drôle de voix et n'arrivait pas à prononcer les mots correctement. C'est alors que j'ai remarqué qu'il lui manquait deux dents sur le devant. J'ai eu un choc, et j'ai senti les larmes me monter aux yeux.

Mais ni elle ni moi n'avons commenté son état. Elle ne l'aurait pas supporté. J'ai pris l'argent et je suis sortie sans dire un mot.

Plus tard, quand j'étais dans l'escalier, j'ai entendu maman qui disait :

— Espèce d'enfoiré, tu m'as cassé deux dents. T'es content ?

— Je t'ai dit que j'étais désolé, Donna, a-t-il répondu de sa voix grave et éraillée. Je te jure que je te toucherai plus jamais.

Le lendemain, elle est allée chez le dentiste, et à la fin de la semaine elle avait deux nouvelles dents, beaucoup plus belles et blanches que les autres qui étaient toutes tachées de nicotine.

Malgré ce qu'elle venait d'endurer, maman avait presque l'air heureuse. Papa fut aux petits soins pour elle durant les jours suivants. Il l'avait déjà battue férocement par le passé, mais jamais au point de lui casser des dents, et il était contrit. Tous les coquarts, les lèvres éclatées et les nez en sang semblaient dérisoires à côté de cet outrage.

Pour autant que je m'en souvienne, à part une gifle occasionnelle, il ne l'a plus jamais battue après cela. Ça n'était pas nécessaire. Il lui suffisait d'élever la voix en serrant les poings pour que maman file droit.

Quand il a cessé de battre maman, il a commencé à s'en prendre à moi. J'avais onze ans à l'époque, et il me frappait comme il ne l'avait jamais fait jusque-là. Maintenant que je n'avais plus personne pour prendre ma défense, il se sentait libre de me distribuer des gifles et des coups de pied et de poing à volonté.

Les seules personnes avec qui j'avais des contacts étaient lui et maman – et maman n'avait pas l'air de se soucier de ce qu'il pouvait me faire. Il prenait soin de ne pas me frapper au visage, pour ne pas éveiller les soupçons de mes maîtresses à l'école, mais j'avais des bleus sur tout le reste du corps. Il fallait qu'il puisse s'en prendre à quelqu'un quand il perdait aux courses, et ce quelqu'un, c'était moi.

En même temps qu'il devenait de plus en plus violent avec moi, papa se montrait aussi plus affectueux, comme s'il avait pris plaisir à me frapper et me faire pleurer pour pouvoir me prendre ensuite sur ses genoux et me couvrir de ses baisers piquants.

— Tu sais que je t'aime, Lisa ? disait-il en me caressant le front. Tu as toujours été ma préférée depuis que tu es toute petite. Tu le sais ?

Ce n'était pas vrai, car, quand j'étais plus jeune, il me considérait comme une nuisance et m'appelait la « demeurée ». Il me consignait dans ma chambre avec interdiction de parler aux autres pendant des semaines.

C'est seulement depuis que nous avions déménagé à Nunhead, loin du reste de la famille, que papa avait commencé à se comporter plus gentiment. Mais j'acquiesçais de toute façon.

— Moi aussi, je t'aime, répondais-je comme un automate, sachant que c'était ce qu'il voulait entendre.

Je savais que le moindre signe de rejet risquait de le mettre en colère. De plus, quand il était de bonne humeur, il pouvait se montrer gentil. Il était loin d'être parfait, mais il était le seul père que j'aie jamais connu, et maintenant que tous les autres membres de ma famille étaient partis, il était le seul à me témoigner un semblant d'affection. Maman était toujours aussi distante et froide.

Tout le monde savait que papa était d'humeur changeante. Il soufflait le chaud et le froid et pouvait, d'un instant à l'autre, se transformer en furie. À mesure que je grandissais, ses changements d'humeur étaient de plus en plus prononcés. Parfois, il me traitait avec une gentillesse inhabituelle. Tout ce que je faisais était parfait et tout ce que je disais le faisait rire. Il ne se lassait pas de m'embrasser, de me câliner et de me couvrir de compliments, à la grande irritation de maman.

— Tu sais que t'es une petite perle. Tu t'occupes bien de ta petite sœur, tu fais le ménage dans les bureaux et à la maison. Pas vrai, Donna, que c'est une petite perle ?

Maman grommelait sans même me regarder.

— Tu sais que tu vas briser des cœurs quand tu seras grande ? Tous les gars vont essayer de te mettre la main au panier, ricanait-il en me pinçant vigoureusement les fesses.

Maintenant que nous avions déménagé, papa ne craignait plus qu'oncle Bob lui casse la figure et il avait recommencé à se comporter comme avant. Je n'aimais pas quand il parlait de choses sales, mais je prenais garde de ne pas le montrer pour ne pas le mettre en colère.

Toute cette attention et ces compliments de sa part me mettaient mal à l'aise, et ce, d'autant plus que je voyais bien que maman n'aimait pas ça. Un jour, je l'ai entendue qui demandait pourquoi il s'intéressait autant à moi alors qu'il ignorait Kat.

— Après tout, dit-elle, c'est ta *vraie* fille.

— Comment est-ce que tu peux être jalouse de ta propre fille ? a beuglé papa. Tu es complètement tordue, ma parole.

— Je ne suis pas jalouse. Je trouve ça bizarre, c'est tout.

— C'est mon poing dans ta gueule que tu vas trouver bizarre, quand je t'en ferai voir trente-six chandelles.

Je ne comprenais pas pourquoi maman n'aimait pas quand papa était gentil avec moi, d'autant qu'elle savait aussi bien que moi que ça ne durerait pas. Je savais que je finirais tôt ou tard par faire une chose qui le mettrait en colère, comme d'oublier de remuer le sucre dans sa tasse de thé ou de le « regarder d'une drôle de façon », et alors les démons allaient se réveiller et il allait me frapper jusqu'à me faire rouler à terre.

Maman se contenterait de faire claquer sa langue et de lever les yeux au ciel en disant :

— Quelle chienne de vie !

Elle me tenait pour responsable de sa mauvaise humeur.

— C'est plus fort que toi, hein ? Il faut que tu le mettes en rogne, marmonnait-elle entre ses dents.

Mais je savais que je n'avais rien fait de mal, que c'était le caractère de papa. Avec lui, c'était la douche écossaise en permanence ; on ne savait jamais à quoi s'attendre. Parfois, il usait de torture psychologique. Il me traitait de tous les noms et m'interdisait l'accès à toutes les pièces de la maison sauf ma chambre et la salle de bains, exactement comme il l'avait fait avec Davie.

Autrefois, je me sentais soulagée quand il me mettait à l'écart, mais cela ne m'apportait aucune vraie liberté. Je ne pouvais pas sortir pour aller faire un tour dans le parc pendant une heure ou deux, parce que papa contrôlait chacun de mes gestes. Je restais donc enfermée dans ma chambre, où je m'efforçais de m'occuper en lisant un livre, par exemple. Mais cela le rendait encore plus furieux et il changeait de tactique. Parfois, il m'obligeait à m'asseoir par terre avec les mains sur la tête pendant des heures. Si j'avais le malheur de bouger ne serait-ce qu'un muscle sans y être autorisée, je recevais un grand coup de pied et une bordée d'injures en prime.

La souffrance psychique était encore plus difficile à supporter que la souffrance physique. Quand Mr Hyde reparaissait brusquement alors qu'une heure auparavant papa était en train de me couvrir d'éloges et d'attentions, j'étais perdue et affolée. Je me sentais plus seule que jamais, mais je n'étais pas libre d'aller retrouver des amis dehors pour me changer les idées. J'avais beau être exclue, je devais rendre compte de chacun de mes actes. Après des heures, ou parfois des jours, de torture physique et mentale, il contemplait mon visage tout bouffi et mouillé de larmes, et disait :

— You-hou, toi ! Viens un peu ici !

Et tandis que je me traînais à quatre pattes vers lui, je réalisais que je me comportais exactement comme Eddie quand il avait été rossé plusieurs jours de suite. J'étais reconnaissante à mon maître de me donner une deuxième chance. Papa prenait le temps de recracher des ronds de fumée avant de dire :

— Allez, viens embrasser papa, espèce de petite conne.

Une vague de soulagement m'envahissait lorsque je me jetais à son cou. Et, tandis que je sanglotais contre sa poitrine, il me frottait le dos en m'attirant entre ses jambes écartées. Je pleurais sans pouvoir m'arrêter, comme si une digue avait sauté et que toute la souffrance que je portais en moi s'était déversée comme un torrent.

— Je te demande pardon, papa, je ne l'ai pas fait exprès, disais-je sans même me rappeler ce que j'avais fait pour le mettre en colère.

Si maman me voyait pleurer, et bien qu'elle sût ce que j'avais enduré, elle disait :

— Elle va pas recommencer à chialer, nom de Dieu ?

Après cela, papa recommençait à se répandre en affection, et moi, à redouter la prochaine fois où il allait sortir de ses gonds. Chaque fois qu'il pariait sur un cheval, je priais le ciel pour qu'il gagne et ne s'en prenne pas à moi. Et quand je voyais maman préparer son gobelet de cristal préféré et le remplir de glace, je savais que papa allait se mettre à boire du gin-tonic, et aussitôt mon estomac se tordait et j'éprouvais un besoin urgent d'aller aux toilettes. Lorsque maman m'envoyait au magasin pour acheter des bouteilles de cognac, nous savions que les jours suivants allaient être un enfer. Même maman disait que le cognac le rendait fou.

Cette fois, j'avais acquis l'intime conviction que maman me détestait. Le simple fait que j'existe semblait la contrarier. Elle ne m'adressait plus directement la parole, faisant de loin en loin une réflexion désagréable à mon sujet sans me regarder. Je savais qu'elle aimait Kat, parce qu'elle était très tendre avec elle. Elle la câlinait et jouait avec elle, et, bien qu'elle ait rompu les ponts avec Diane, Cheryl et Davie pour faire plaisir à papa, je sentais bien qu'au fond d'elle-même elle les aimait comme elle ne m'avait jamais aimée. Un jour, il s'est passé une chose qui a confirmé mes doutes.

Papa a trouvé une photo de Diane cachée au fond d'un placard à la cuisine, et il est entré dans une rage folle. C'était une photo de confirmation, prise quand

Diane devait avoir sept ou huit ans. Il l'a brandie et j'ai vu combien elle était jolie dans sa petite robe blanche et ses chaussures assorties.

— Pourquoi est-ce que tu gardes ces saloperies ? a crié papa en déchirant la photo comme il l'avait fait avec toutes les autres.

Maman est tombée à genoux et s'est mise à pleurer.

— Non, non, pas Diane. Salaud !

Les larmes ruisselaient sur son visage et j'ai vu que papa était stupéfait de sa réaction. Et moi aussi. C'était la première fois que je voyais maman pleurer pour une chose comme celle-là. En général, elle ne montrait guère d'émotion pour tout ce qui touchait à la famille.

Elle semblait capable de balayer les fragments épars de sa vie passée du revers de la main. Elle avait tourné le dos à tout le monde sauf papa. Mais cette fois, je ne savais que penser. Elle était visiblement attachée à cette photo de Diane, et pour la première fois j'ai compris les immenses sacrifices que maman était prête à faire pour garder papa heureux. Car l'idée qu'elle ait pu rester secrètement en contact avec les autres ne m'avait jamais effleurée. Je ne pouvais pas imaginer un seul instant qu'elle puisse faire des choses derrière le dos de papa.

Ce jour-là, j'ai ressenti de la jalousie. Instinctivement, j'ai su qu'elle n'aurait jamais fondu en larmes sur une photo de moi. Le mépris qu'elle me vouait allait grandissant, comme si j'avais été une tache qui salissait son paysage. Qu'avais-je fait de mal ? Pourquoi me détestait-elle autant ?

Les seules visites que nous recevions étaient celles de la famille de papa. Sa sœur Lesley venait régulièrement, parce qu'elle travaillait avec maman et papa comme technicienne de surface, mais parfois papa et elle se disputaient et on ne la revoyait plus pendant des mois. Lesley avait un fils appelé Charlie qui avait environ quatorze ans et venait à la maison pour fêter Noël. Papa nous faisait rougir à force de répéter que Charlie avait le béguin pour moi. Par moments, mon estomac se tordait quand je percevais une lueur menaçante dans les yeux de papa. Je voyais bien qu'il ne voulait pas que Charlie s'approche de moi, et moi non plus. Les garçons ne m'intéressaient pas. On recevait aussi la visite du frère aîné de papa, Keith, et de sa famille une fois par an. Keith avait une fille d'un an plus jeune que moi. Je jouais avec elle comme cela ne m'arrivait jamais le reste du temps, parce que papa ne voulait pas que je sorte jouer avec mes amies. On s'amusait beaucoup et j'étais triste quand elle devait partir, parce je savais que je ne la reverrais pas avant un an. Papa se comportait comme un père normal quand son frère était là. Je l'ai entendu un jour dire à Keith qu'il aurait voulu m'adopter.

— Je l'aime comme ma propre fille, Keith. Je l'adopterais si je pouvais.

— Je l'ai toujours dit : être un père, ce n'est pas juste faire un petit câlin de temps en temps, a dit Keith. Il faut leur donner de l'amour chaque jour, pas vrai ? Tu n'as pas besoin d'un bout de papier pour lui prouver que tu l'aimes.

— Tu as raison, a dit papa.

Keith savait que papa avait mauvais caractère. Une fois, il s'était disputé avec lui au sujet de la façon dont il traitait maman. Je l'ai regardé en me demandant ce qu'il aurait dit s'il savait que papa me battait moi aussi et que j'avais chaque jour un nouveau bleu sur le corps. Si c'était là une preuve d'amour pour papa, je m'en serais volontiers passée. Je ne voulais pas qu'il m'adopte. J'avais hâte de grandir et de partir, comme mes frères et sœurs, et ne plus jamais revoir papa.

8

J'aimais bien ma nouvelle école, à Nunhead. Là-bas, personne ne me harcelait. Je m'étais fait quelques bonnes amies et j'étais plus assidue. Mais quand papa clignait de l'œil en disant : « Qu'est-ce que tu dirais de rester à la maison pour regarder la télévision ? », il ne me laissait guère le choix.

Cela ressemblait davantage à un ordre qu'à une suggestion. J'aurais préféré ne pas manquer les cours, d'autant que nous étions en train d'apprendre les fractions, mais je ne voulais surtout pas courir le risque de le mettre en colère en refusant de rester à la maison.

Une fois, j'avais fait l'erreur d'être franche avec lui, quand il avait suggéré :

— Allez, reste à la maison, on va jouer au catch.

J'avais refusé, parce qu'il y avait un concours d'athlétisme prévu à l'école ce jour-là. Bien que n'ayant jamais accompli de prouesses sportives, je semblais avoir des dispositions pour le saut en hauteur. J'étais allée en finale et, pour la première fois de ma vie, j'étais sur le point de remporter une compétition.

Mais quand j'ai fait la bêtise de le dire à papa, j'ai vu son visage s'assombrir d'un seul coup, et son sourire se tordre comme s'il s'était transformé en démon.

— C’est ça, casse-toi, pauvre conne.

Il s’est raclé la gorge et m’a craché à la figure. Je savais ce qui allait suivre, mais il était trop tard pour réagir quand il m’a asséné une grande claque sur la nuque et m’a enfoui la figure dans les coussins du canapé.

Finalement, je ne suis pas allée à l’école ce jour-là. Quand maman est rentrée à midi, elle a eu l’air contrariée de me trouver à la maison.

— Elle a encore manqué l’école ? a-t-elle dit, comme si elle avait oublié qu’elle-même m’obligeait à manquer l’école chaque fois qu’elle avait besoin d’une paire de bras supplémentaire. Je suis debout depuis quatre heures ce matin. La moindre des choses aurait été de faire la vaisselle d’hier soir.

— Je ne sais pas ce qu’on va en faire ! a lancé papa par-dessus la page 3 du journal *The Sun*.

J’aurais voulu dire à maman que je n’avais pas manqué l’école de mon plein gré, que j’aurais peut-être pu remporter la troisième ou quatrième place du tournoi. J’aurais pu lui dire que je n’avais pas pu faire la vaisselle parce que papa m’avait obligée à rester assise sur le canapé devant la télé, avec ses jambes enroulées autour de moi, mais je me suis tue, bien sûr. Chaque fois que j’allais chercher le réconfort auprès de maman, elle se moquait de moi.

— Oh non ! Elle va pas se remettre à chialer ? Par pitié, coupez les vannes.

Il était inutile d’essayer de l’attendrir, car elle se rangeait toujours du côté de papa. On aurait dit qu’elle se délectait quand il me battait froid, car, dans ces moments-là, il se montrait particulièrement affectueux avec elle et Kat. Ce n’était qu’une tactique de plus pour me faire me sentir étrangère à la famille.

C’est pourquoi je disais toujours oui quand papa suggérait que je reste à la maison. J’avais appris à mes dépens que refuser son amitié pouvait me coûter très cher. J'arborais un sourire radieux pour masquer la détresse que je ressentais intérieurement. Je m'efforçais de voir le bon côté des choses. Du moins allais-je pouvoir me gaver de bonbons. Papa me tendait un billet d'une livre et m'envoyait chez Izzie, dont la minuscule boutique au sol tapissé de vieux lino sentait le moisi. Je demandais, suivant à la lettre les instructions de papa, quarante tutti frutti, quarante réglisses et quarante caramels. La cigarette aux lèvres, Izzie allait d'un pas traînant dans la réserve et comptait un à un les bonbons qu'elle mettait dans un sac en papier blanc tandis que les gens qui faisaient la queue derrière moi rouspétaient.

Quand je rentrais à la maison, papa avait branché et programmé le nouveau magnétoscope qu'il avait acheté pour pouvoir enregistrer les courses de chevaux.

Il partageait ensuite les bonbons en deux parts égales, puis on s'installait sur le canapé, lui allongé, la tête calée sur les coussins, et moi assise à ma place habituelle. C'était le seul endroit où j'étais autorisée à m'asseoir parce qu'il aimait que je lui caresse les pieds quand il regardait la télévision.

Et gare à moi si l'envie me prenait de m'asseoir dans un fauteuil ou de me retirer dans ma chambre. Chaque fois que je m'arrêtais pour déballer un bonbon, il agitait nerveusement les pieds pour m'intimer de recommencer sur-le-champ à caresser sa vilaine peau rugueuse et crevassée.

L'odeur infecte de fromage et les longs ongles jaunes de ses orteils me donnaient la nausée. À force de les caresser pendant des heures sans discontinuer, j'avais mal au bras, mais c'était un petit prix à payer pour avoir la paix. De temps à autre, il poussait un petit grognement de plaisir en disant :

— Oui, c'est bon comme ça, continue.

Et j'étais trop contente de le satisfaire. Car, quand il était content, il n'était ni hargneux ni violent.

— Tu as les mains les plus douces de la terre, disait-il, exactement comme lorsque je lui lavais le dos quand j'étais petite, et j'étais aux anges.

Papa aimait bien regarder *Columbo* et *Quincy*, mais parfois, quand il était particulièrement bien disposé, on regardait *La Petite Maison dans la prairie*, ma série préférée.

Souvent, j'étais émue aux larmes en voyant combien Charles Ingalls était un bon père, et combien il était fier de sa petite Laura quand elle avait appris une leçon importante. Je me sentais triste sans vraiment comprendre pourquoi, si ce n'est que j'aurais voulu avoir un papa aussi gentil que Charles Ingalls.

Papa riait en me voyant pleurer et il écartait les jambes et m'attirait sur lui. Et tandis que je posais ma tête sur sa poitrine, il me berçait d'un côté et de l'autre. Dans ces moments-là, je redoublais de larmes en me demandant pourquoi il n'était pas tout le temps aussi affectueux. Parfois, quand j'étais allongée sur lui, je sentais quelque chose de dur sous mon ventre.

Je me demandais si c'était son pénis qui durcissait, comme lorsque nous habitions à Peckham et qu'il se touchait devant moi.

Récemment, à l'école, nous avions eu des leçons d'éducation sexuelle, si bien que je savais ce que cela signifiait, et je me sentais coupable et honteuse d'avoir de tels soupçons à propos de mon père. Je me disais que je devais me tromper, mais malgré cela je n'osais pas m'écarter de peur qu'il ne devine mes pensées.

Quand maman n'était pas au travail, il était rare qu'on se réunisse tous ensemble dans la même pièce. Le soir, maman et Kat s'installaient dans la salle à manger pour regarder la télé, pendant que papa et moi regardions le même programme à l'étage. C'était devenu une habitude et personne, jamais, ne soulevait d'objection.

S'il arrivait que Kat monte à l'étage pour jouer avec moi, papa se fâchait, insistant pour que je continue à lui caresser les pieds, et il lui criait de retourner avec maman dans la salle à manger.

Une fois que papa était aux toilettes, Kat est entrée avec un jouet et nous avons commencé à jouer comme nous en avions l'habitude chaque matin après le petit-déjeuner. Quand papa est revenu, il m'a donné un grand coup de pied dans la cheville en grognant :

— Qui t'a dit que tu pouvais t'arrêter de me caresser les pieds ?

Aussitôt, j'ai repris ma place sur le canapé, comme un chien bien dressé, tandis que Kat s'en retournait en pleurant auprès de maman.

Quand j'avais onze ans, et Kat, deux, nous avons toutes les deux attrapé la scarlatine. Nous étions couvertes de petits boutons rouges de la tête aux pieds. Le docteur a prescrit des médicaments et une lotion à la calamine pour calmer les démangeaisons.

Je suis allée dans la salle de bains, je me suis déshabillée et j'ai enduit mon corps du mieux que j'ai pu, mais certaines parties de mon dos, particulièrement irritées, étaient inaccessibles. Je n'osais pas demander son aide à maman, mais, n'ayant pas le choix, je me suis enveloppée d'une serviette et suis allée dans le séjour où elle était en train de fumer une cigarette avec papa.

— Maman, s'il te plaît, tu veux bien me passer de la lotion dans le dos ? ai-je demandé en passant la tête par l'embrasure de la porte.

Elle a rouspété en levant les yeux au ciel.

— Viens ici, a dit papa, assis sur le canapé.

À contrecœur, je me suis approchée et postée entre ses jambes écartées tandis qu'il versait un peu de lotion dans le creux de sa main. J'ai relevé mes cheveux d'une main et je tenais ma serviette enroulée autour de ma poitrine de l'autre pendant qu'il étalait la pommade rose sur mes épaules. C'est alors que j'ai senti qu'il tirait sur la serviette dans mon dos pour pouvoir aller plus bas.

— Il faut que le chien aille traquer ce fichu lapin jusqu'au fond du terrier, a-t-il dit en riant et en laissant courir ses mains sur mes reins et le haut de mes fesses.

Je me suis raidie instinctivement. Maman m'a regardée d'un air dégoûté. Mon cœur a chaviré et je me suis demandé ce que j'avais pu faire pour qu'elle m'en veuille ainsi.

— Allez, c'est bon. Tu veux tout de même pas que je passe de la pommade sur tes œufs au plat, a dit papa en parlant de ma poitrine.

Malgré ma fièvre dévorante, je me suis sentie rougir. J'avais hâte de quitter la pièce, mais, avant que j'aie pu faire un pas, papa m'a attrapée et obligée à m'asseoir sur ses genoux. Il a posé une main sur mon front.

— Mince, elle est brûlante, Donna.

— Ouais, et Kat aussi, a répondu sèchement maman. Viens ici, Kat, viens t'asseoir à côté de maman.

— Oui, mais, là, elle est vraiment brûlante de fièvre, a-t-il insisté. Je vais monter la mettre au lit.

Il m'a passé un bras sous les aisselles pour me soutenir, et nous sommes sortis du salon sous le regard furieux de maman.

Il m'a accompagnée à l'étage et attendu à l'extérieur pendant que j'enfilais une chemise de nuit et que je me mettais au lit, puis il est entré et s'est agenouillé à côté de moi. Tandis qu'il m'embrassait le front, j'ai sombré dans un sommeil agité, à peine consciente que papa s'était allongé à côté de moi.

Je me suis assoupie un moment pour de bon, puis me suis réveillée à nouveau. C'est alors que j'ai senti que papa posait sa main sur le devant de son pantalon et la faisait monter et descendre en cadence. À chaque mouvement, elle cognait contre ma main qu'il tenait plaquée contre sa braguette. Ma première réaction a été la stupéfaction. Je savais que papa était en train de faire quelque chose de mal et d'obscène, et je me sentais coupable de m'être réveillée juste à ce moment-là. J'ai soudain réalisé qu'il était en train de se donner du plaisir en cachette et qu'il pensait que j'étais endormie.

J'ai serré les paupières, osant à peine avaler ma salive de crainte qu'il ne s'aperçoive que j'étais réveillée. Papa avait l'habitude de faire des choses indécentes et grossières, mais il se serait sûrement senti honteux d'être découvert alors qu'il se masturbait. Mon cœur battait à tout rompre et il m'a semblé qu'il s'était passé une éternité avant que sa main moite ne relâche la mienne et qu'il sorte de la chambre.

L'idée ne m'est même pas venue de parler à maman de cet incident ou de la gêne grandissante que j'éprouvais en présence de papa. La plupart du temps, elle voyait bien comment il se comportait, mais se contentait d'en rire en disant : « Oh mon Dieu ! Frank », comme s'il s'agissait d'une bonne blague. Elle était aussi désinhibée que papa pour tout ce qui touchait au sexe. Elle laissait souvent un vibromasseur sur sa table de nuit, à côté de son cendrier, et quand Kat était bébé et qu'elle voulait s'en servir pour se faire les dents, elle s'esclaffait :

— Oh mon Dieu ! Non, Kat. Donne ça à maman.

Maman et papa étaient aussi blasés l'un que l'autre dans ce domaine. Une fois que j'avais laissé mes chaussures dans leur chambre à coucher, j'ai frappé à la porte et demandé si je pouvais les récupérer. Quand je suis entrée, je les ai trouvés en train de faire l'amour, maman à quatre pattes et papa en train de gigoter sur elle, avec juste un bout de drap pour les couvrir. Je suis restée figée sur place, consternée, tandis que papa continuait de remuer en elle. Je me suis sentie rougir de honte, et pour la première fois de ma vie j'ai ressenti de la colère envers maman : je ne comprenais pas comment elle pouvait se comporter ainsi. De la part de papa, rien ne m'étonnait, mais elle était ma mère, et les mères étaient censées protéger leurs enfants, me semblait-il.

Nous étions habituées à voir papa avec sa chose à l'air. En été, il portait un short de bain très court, et quand nous jouions et qu'il levait la jambe pour taper dans le ballon, son sexe dépassait sur un côté. Et quand il était assis et se grattait l'entrejambe sans façon, maman ne disait jamais : « S'il te plaît, Frank, range ça, on voit tout », comme l'aurait fait n'importe quelle mère ou épouse normale.

Vers cette époque, il a commencé à jouer à des jeux de plus en plus physiques avec moi, le catch étant l'un de ses préférés. Il me clouait au sol, les mains ramenées au-dessus de la tête, et me forçait à écarter les jambes avec ses genoux. Maman, qui entrait et sortait de la pièce avec une tasse de thé ou une canette de bière pour papa, voyait bien qu'il pressait ses hanches entre mes cuisses écartées, mais elle ne disait rien.

Je commençais à me demander s'il faisait exprès de me toucher les fesses et la poitrine, mais, malgré ses façons grossières et ce qu'il avait fait dans ma chambre lorsqu'il croyait que j'étais endormie, je n'arrivais pas à croire qu'il avait de mauvaises intentions. Il était mon père. Nous ne faisions que jouer au catch, et maman était souvent dans la même pièce. De plus, à la télévision, j'avais vu des catcheurs s'empoigner par l'entrejambe sans qu'il y ait eu la moindre arrière-pensée dans leurs gestes. Papa était mon père et, même si j'étais horriblement mal à l'aise quand il me pinçait les fesses ou les seins, je m'en voulais d'avoir des soupçons à son égard.

Un jour, il m'a pris la tête en tenaille entre ses cuisses. J'avais la figure plaquée contre sa braguette et j'ai senti son sexe se durcir à travers l'étoffe de son jean. Maman était assise dans le fauteuil, en train de feuilleter le *Reader's Digest*. Je n'arrivais pas à respirer. J'ai paniqué et je me suis mise à crier aussi fort que je le pouvais. Papa m'a relâchée aussitôt et, en roulant de côté, s'est cogné contre le coin de la table de salon.

Une bosse s'est formée au niveau de son arcade sourcilière. J'ai rassemblé tout mon courage, prête à recevoir une claque, mais la claque n'est pas venue. À la place, il m'a regardée avec une expression de stupeur dans les yeux, comme si mes cris l'avaient surpris. Il était habitué à ce que j'obéisse au doigt et à l'œil et n'était visiblement pas content que je me sois rebiffée.

La plupart des jeux de papa impliquaient un contact physique, que ce soit le jockey, quand il me prenait à califourchon sur son dos, ou la brouette quand ma jupe se rabattait sur ma figure, exposant ma petite culotte au grand jour, ou les passes de rugby, ou en été quand il m'aspergeait avec le jet d'eau dans le jardin, jusqu'à ce que mes vêtements deviennent transparents.

Bien que mal à l'aise, j'étais soulagée de ne pas être l'objet de la violence et de la mauvaise humeur de papa. Je m'efforçais de sourire et de ne pas penser aux aspects les plus rebutants. Je faisais comme s'il était Charles Ingalls en train de chahuter avec Bandit.

J'avais onze ans et demi quand une sonnette d'alarme s'est brusquement déclenchée, me mettant définitivement sur mes gardes. J'étais allongée par terre à plat ventre, comme le font souvent les enfants qui regardent des dessins animés. La pièce était sombre et papa était allongé à côté de moi.

En temps normal, nous étions tous les deux assis sur le canapé, lui avec ses jambes posées sur mes genoux ; c'est pourquoi je savourais cet instant de liberté. Curieusement, les rôles s'étaient inversés. Il s'était mis à me caresser les pieds, tantôt chatouillant, tantôt massant vigoureusement mes orteils. C'était une sensation tellement agréable que j'ai compris soudain pourquoi il aimait tant que je lui caresse les pieds. Au bout d'un moment, sa main est remontée jusqu'à mon mollet. Je portais un vieux pantalon de velours ample qui avait jadis appartenu à maman. La seule lumière de la pièce provenait de la télévision. Maman était en bas avec Kat, comme d'habitude, et papa et moi étions seuls.

Il était en train de me caresser le mollet quand, soudain, j'ai senti sa main se faufiler à l'intérieur de ma jambe de pantalon jusqu'en haut de ma cuisse. Je me suis raidie en réalisant qu'il ne pouvait pas avoir glissé le bout de ses doigts sous ma culotte par accident. Ce fut comme si une ampoule électrique s'était subitement allumée dans ma tête. J'ai repensé à toutes les allusions obscènes, les attouchements, les gestes déplacés.

J'ai compris que lorsqu'il avait une érection ou qu'il mettait une cassette porno dans le magnétoscope au lieu de *Quincy*, comme il l'avait fait récemment, c'était volontaire. Je me suis souvenue de Cheryl, qui s'était plainte à son amie Gail de ce que papa cherchait sans arrêt à la toucher, et une vague de panique m'a submergée. Pour la première fois, j'ai compris qui était papa et pourquoi il se comportait comme il le faisait.

Après le choc, c'est la peur qui a pris le dessus. Dès que je l'ai pu, j'ai quitté la pièce et couru me réfugier dans ma chambre où j'ai fondu en larmes. J'étais complètement perdue et désespérée. Que pouvais-je faire ? Je savais que maman ne me serait d'aucun secours.

Au cours des jours suivants, j'ai pensé à aller trouver mamie et Jenny. Je me demandais s'il leur arrivait de penser à moi et pourquoi elles n'écrivaient jamais. Je me demandais où Diane, Cheryl et Davie étaient allés. Si seulement j'avais pu les contacter, ils auraient peut-être accepté de me prendre avec eux. Chaque fois que papa me regardait désormais, j'avais peur qu'il devine mes pensées.

J'avais vu dans une lettre que mamie et Jenny étaient parties vivre dans le Kent, dans un endroit appelé Turnbridge Wells, mais je ne me souvenais pas de leur adresse, juste du numéro de la porte : le dix. Il y avait si longtemps que je m'obligeais à ne pas penser à elles, que je n'arrivais plus à me souvenir du nom de leur rue. Est-ce que cela commençait par un A ou un C ?

Quand j'ai réalisé que, même si je m'en étais souvenue, je n'aurais pas su que faire, j'ai eu beaucoup de chagrin. Jamais je n'aurais osé leur parler de papa et de toutes les choses obscènes qu'il faisait. J'avais trop honte. La seule chose dont j'étais sûre, c'est que je voulais être avec des gens propres, de vrais parents, comme ceux que je croisais avec leurs enfants quand j'allais au supermarché. Mais, déjà, je me sentais salie.

Même en admettant que j'arrive à retrouver mamie, ne risquait-elle pas de voir la honte et la culpabilité qui suintaient par tous les pores de ma peau ? Ne risquait-elle pas de me rejeter en pensant que j'étais devenue comme papa ? Mieux valait garder intacts les souvenirs du passé que de voir la déception sur son visage. J'ai décidé de l'oublier et d'oublier tout le reste de la famille pour toujours.

La seule chose que je pouvais faire, c'était rester le plus possible à distance de papa, mais c'était difficile, car il épiait désormais mes moindres faits et gestes. Il exigeait que je sois toujours à côté de lui. Si je demandais la permission de sortir avec une camarade de classe, il me laissait clairement entendre qu'il s'agissait d'un acte de trahison. Il lui suffisait de cracher dans mes cornflakes ou de me traiter de petite conne, de sale pisseuse, de morue ou de salope pour que je renonce à sortir.

Maman ne m'était d'aucun réconfort. Son expression favorite était : « Elle va pas recommencer à chialer ? Jamais elle s'arrête ? »

Papa voulait contrôler chaque aspect de ma vie : où j'allais, ce que je faisais, où je m'asseyais. Malgré cela, à cause de ses crises de rage, je débordais de gratitude quand il avait un geste gentil envers moi. Je m'efforçais par tous les moyens de ne pas le mettre en colère. Je vivais dans la hantise de ses sautes d'humeur. Il exigeait que je passe chaque minute que j'avais de libre en sa compagnie. C'était devenu une habitude bien rodée.

Mes seuls moments de répit, je les trouvais à l'école ou quand je proposais à maman de l'accompagner au travail. Si bien que je m'arrangeais pour faire le plus possible d'heures de ménage. Je savais que maman ne prendrait jamais ma défense contre papa, mais si je restais près d'elle, oserait-il me toucher ?

9

Par le biais des contacts qu'ils s'étaient faits au sein des radios et télévisions du West End, papa et maman avaient décroché un nouveau contrat de nettoyage dans un immeuble de bureaux situé à Kensington. C'était un vaste édifice tout en marbre, avec des vitres en verre fumé dont la rénovation avait coûté des millions.

Chaque matin à trois heures trente, le réveil sonnait et maman s'extirpait du lit, se préparait en deux temps trois mouvements et filait prendre le bus. Les jours où papa n'était pas trop saoul, il l'accompagnait pour superviser les agents de nettoyage auxquels ils sous-traitaient occasionnellement une partie du travail. Quand papa rentrait à la maison, vers huit heures trente, j'étais déjà levée, habillée et prête à emmener Kat à la crèche.

Maman ne rentrait jamais avant midi, ayant passé toute la matinée à regarnir les stocks de sachets de thé et de rouleaux de papier hygiénique de tous les étages du gigantesque immeuble de bureaux. Le soir, elle ressortait pour faire le ménage dans une agence de publicité et un cabinet d'assurances.

Même si j'aurais préféré rester à la maison pour faire mes devoirs ou regarder la télévision, je l'accompagnais souvent dans sa tournée du soir, car je ne voulais pas rester seule avec papa de crainte qu'il recommence à me toucher.

Je prenais de plus en plus goût à sortir faire le ménage. J'aimais voir les gens sortir du bureau après une journée de travail et les imaginer rentrant chez eux pour mener une vie normale. Car, en ce qui nous concernait, j'avais acquis la certitude que notre vie était tout sauf normale.

Malheureusement, sortir faire le ménage avec maman ne suffisait pas à tenir papa à l'écart. Quand nous rentrions vers neuf heures du soir, Kat était déjà au lit, et il était généralement dans sa chambre en train de regarder la petite télévision portable. Maman prenait une tasse de thé et allait s'installer dans la salle à manger pendant une heure ou deux avant de monter se coucher. Papa, invariablement, me criait de monter, et je n'avais d'autre choix que d'aller dans sa chambre pour voir ce qu'il voulait.

— Viens t'asseoir avec moi, disait-il. Je suis sûr que cette émission va te plaire.

Une fois, quand je lui ai répondu que je préférais regarder la télé en bas, il a bondi tout nu hors du lit et m'a attrapée par les cheveux.

— Qu'est-ce qui te prend ? Je suis pas un nègre, que je sache ?

Le racisme était chez lui une deuxième nature. J'avais une amie d'école jamaïcaine qui s'appelait Janet. Mais une fois qu'elle était venue m'attendre devant la porte, elle avait entendu papa hurler :

— Dis à cette sale négresse de remonter dans son cocotier.

Il va sans dire que notre amitié s'arrêta là, même si sa maman continuait de se montrer très amicale quand nous nous croisions dans la rue.

N'ayant aucun moyen d'échapper aux exigences de papa, je devais monter dans sa chambre et m'asseoir sur le lit à côté de lui pour regarder la télévision ou faire une partie de Cluedo. Papa pouvait être tellement gentil quand il le voulait qu'il était difficile de croire qu'il pouvait être méchant. Quand il était méchant, on n'avait qu'une envie : qu'il redevienne gentil. Mais cette fois les choses ont pris une tout autre tournure quand il a dit :

— Pourquoi tu vas pas te mettre en chemise de nuit pour être à ton aise ?

Je n'en avais aucune envie, mais, plutôt que de prendre le risque de le mettre en colère, j'ai enfilé ma longue chemise de nuit bleue avec un tee-shirt dessous pour cacher mes bras nus et le décolleté en « V » qui dégageait le haut de ma poitrine.

Très vite, il a insisté pour que je me mette en chemise de nuit chaque soir.

— Mets-toi sous les couvertures pour ne pas prendre froid, disait-il.

Un jour que j'étais allongée à côté de lui sous la couette, il s'est retourné de côté et m'a demandé de lui caresser le dos, cette fois, au lieu des pieds. Je lui ai massé le dos pendant des heures, jusqu'à en avoir les muscles du bras tremblant de fatigue.

Par instants, il aboyait des ordres comme : « Plus bas ! » ou bien « Les côtes ! » Si je ne faisais pas exactement ce qu'il voulait, il m'attrapait la main et la guidait avec la sienne, une intonation menaçante dans la voix.

Je devais décrire un grand mouvement en partant du haut de ses fesses pour remonter le long des côtes jusqu'à sa poitrine. S'il avait la chair de poule et des frissons, je savais que je faisais ce qu'il attendait de moi. Si mon bras se relâchait ou que j'étais trop brusque, il devenait furieux. Il me pinçait au sang.

Mais quand je faisais exactement ce qu'il attendait de moi, je m'entendais dire que j'avais les mains les plus douces de la terre et que personne ne savait le caresser mieux que moi. J'étais heureuse de lui faire plaisir, car ainsi je ne m'attirais pas de punition. J'aurais mille fois préféré m'occuper à autre chose, comme n'importe quelle petite fille de mon âge, mais j'étais prête à tout pour qu'il ne se mette pas en colère.

Quand le moment était venu pour moi d'aller me coucher, je sortais de dessous la couette et je me penchais pour lui faire la bise. Je faisais comme s'il était un papa normal, pas violent ni bizarre, et, quand il me faisait la bise et un gros câlin affectueux, j'étais heureuse.

Mais, le plus souvent, il m'attirait sur lui et, sans son jean ou sa boucle de ceinture pour porter à confusion, je sentais bien qu'il avait une érection. Au début, j'étais confuse et désemparée, mais c'était devenu tellement habituel que j'ai fini par ne plus y prêter attention.

Un soir, je venais d'avoir douze ans, il m'a attirée sur lui par-dessus la couette, alors qu'il était nu sous les draps, et il s'est mis à faire courir ses mains sur tout mon corps comme il ne l'avait encore jamais fait auparavant. Il était comme fou quand il a agrippé mes fesses à deux mains et plaqué avec force son sexe en érection contre mon ventre. Il poussait si fort avec ses doigts entre mes jambes que j'ai grimacé de douleur.

Cette fois, je ne pouvais plus faire comme si rien de grave ne se passait. À partir de là, il a recommencé le même manège chaque soir.

Un jour, maman est entrée dans la chambre à coucher alors qu'il me tenait allongée sur lui avec ses doigts entre mes jambes. Je l'ai regardée, affolée. Qu'allait-elle dire ? Car, enfin, elle n'approuvait certainement pas qu'il se conduise ainsi avec moi. Mais elle est ressortie aussi vite qu'elle était entrée, les traits de son visage ne trahissant pas la moindre émotion. Désormais, elle ne pouvait plus dire qu'elle ignorait comment papa se comportait avec moi. Plutôt que de s'indigner comme l'aurait fait n'importe quelle autre femme dans une situation semblable, elle réagissait comme si elle et moi étions des rivales. Ce qu'elle n'avait pas l'air de comprendre, c'est que je ne voulais *aucunement* des attentions de papa – surtout celles dont il m'entourait dernièrement.

Chaque soir par la suite, papa m'imposa le même rituel. Je devais lui caresser le dos, puis il faisait courir ses mains sur tout mon corps. Il devenait de plus en plus fréquent qu'il mette « par accident » une cassette porno dans le magnétoscope alors que j'étais présente. Il se mettait à rire en me voyant prise d'un haut-le-cœur.

Peu après, il a commencé à me caresser les jambes sous la couette. Au début, ce fut un soulagement, car ainsi je pouvais me détendre ; je n'avais pas les bras endoloris par les crampes. Mais j'avais beau essayer de faire comme s'il ne s'agissait là que d'un jeu innocent, regarder la télévision seule au lit avec son papa n'avait rien d'anodin.

Étendue à ses côtés en chemise de nuit, je me sentais terriblement vulnérable. Les larmes me piquaient les yeux tandis que je sentais ses mains remonter le long de mes jambes, puis, avec des mouvements circulaires, s'immiscer entre mes cuisses et les soulever en les écartant. J'étais paralysée, incapable de faire un geste. Il ne fallut pas bien longtemps pour que les choses prennent un nouveau tour encore plus inquiétant : papa a commencé à me toucher entre les jambes.

Pendant quelques jours, il s'est mis à me caresser le côté de la jambe, puis progressivement l'intérieur de la cuisse. La fois d'après, il m'a écarté les jambes pour pouvoir accéder plus facilement à mon entrejambe. Tout cela se passait sans que nous échangions une seule parole, et si lentement que, lorsqu'il a commencé à toucher mes parties génitales, c'était comme si tout s'était fait à mon insu, sans même que je m'en rende compte. Mais dès que son doigt a frôlé ma petite culotte comme par accident, j'ai compris que cet instant avait été préparé depuis des années et que les choses qui me faisaient me sentir coupable et honteuse étaient en train de se réaliser. J'aurais voulu m'arracher à son étreinte, mais j'étais trop terrorisée pour cela.

Car non seulement je craignais sa réaction, mais, au cas où il ne se serait agi que d'un jeu innocent, j'avais peur qu'il ne découvre que j'avais eu des pensées impures et qu'il croie que j'avais l'esprit mal tourné.

Et lorsque le doute n'a plus été permis quant à ses intentions, parce sa main tout entière explorait mes parties intimes, j'ai compris qu'il était trop tard pour faire quoi que ce soit. Je me sentais à la fois complice et totalement désemparée et confuse. La seule façon pour moi de venir à bout de ce dilemme était de faire comme si ce n'était qu'un rêve, une chose qui ne s'était jamais passée. C'est pourquoi je m'efforçais de penser à autre chose pour garder mon esprit occupé.

Ces attouchements se passaient dans un silence oppressant, avec juste la télévision en bruit de fond et quelquefois des halètements. Très vite, et bien que tout entre nous se soit passé de façon tacite, il a pris de l'assurance.

Il me touchait sans ménagement. J'avais très mal, mais je restais étendue sans rien dire, osant à peine respirer et encore moins me plaindre des douleurs qu'il m'infligeait. Je sentais le lit vibrer sous moi tandis qu'il se masturbait avec son autre main. Je m'imaginais bondissant hors du lit et disant bonsoir avant de filer me réfugier dans ma chambre.

Mais aussitôt, j'imaginais papa me courant après pour me donner une correction, et cette pensée suffisait à me clouer au lit. J'aurais voulu protester, me révolter, mais, aussi absurde que cela puisse paraître, je continuais d'espérer qu'il ne s'agissait là que d'un jeu innocent.

Si Katrina n'était pas encore couchée, maman la montait dans la chambre pour dire bonsoir. Elle voyait bien que j'étais sous la couette avec papa et qu'il était nu. J'étais souvent au bord des larmes, mais elle se contentait de faire claquer sa langue en levant les yeux au ciel. Je tentais d'accrocher son regard pour lui faire comprendre que je n'avais aucune envie d'être là, mais elle ne me regardait jamais dans les yeux.

Et malgré le fait qu'elle ait dû se lever au petit matin chaque jour, elle ne me demandait jamais de sortir du lit pour prendre ma place à côté de papa. Elle attendait toujours en bas qu'il m'ait renvoyée dans ma chambre avant de monter se coucher.

Parfois, les attouchements se terminaient dans un soubresaut et des grognements de la part de papa, et parfois il s'arrêtait tout simplement. Cela signifiait que je pouvais m'en aller, sans un regard en arrière et sans un mot. Je regagnais ma chambre. Durant les premiers mois, je pleurai chaque soir en me demandant ce que j'avais fait pour mériter ça.

Presque toutes les fois, après que papa en avait fini avec moi, je l'entendais qui faisait l'amour avec maman dans la chambre.

Il était impossible de ne pas les entendre. Maman gémissait et poussait des grognements particulièrement forts, comme si elle avait voulu que je l'entende.

J'en avais la nausée, car, en dépit de mon jeune âge, je comprenais que papa se libérait avec maman de l'excitation que lui avait procurée les attouchements qu'il m'avait fait subir. Tout cela me paraissait terriblement incestueux et malsain.

Un soir que papa avait abusé de moi, en allant au lit j'ai remarqué que ma culotte était tachée de sang. Je venais d'avoir mes règles. Rouge de honte, j'ai appelé maman dans ma chambre et je lui ai montré mon slip.

Elle a eu l'air aussi mal à l'aise et gênée que moi.

— Attends, je vais chercher ce qu'il faut, a-t-elle dit sans me regarder en face.

Une minute plus tard, elle est revenue avec deux serviettes hygiéniques qu'elle a jetées sur mon lit.

Les jours suivants, papa n'a cessé de se moquer de moi en clamant que j'allais attirer tous les chiens du quartier. J'ai rougi quand il a dit :

— C'est une femme maintenant.

Il faisait régulièrement des remarques au sujet de mon corps qui commençait à se développer. Il continuait de me donner des coups de pied et de poing et de me cracher à la figure, mais le reste du temps il me complimentait sur mon corps et admirait la courbe de mes fesses dans mon jean. Il me faisait essayer des vêtements, m'obligeant à me tourner d'un côté puis de l'autre pour pouvoir les admirer.

— N'est-ce pas que c'est un canon ? disait-il.

Dans ces cas-là, maman se détournait en grommelant, une expression de haine pure dans le regard.

10

Papa abusait de moi depuis des mois quand j'ai fait mon entrée au collège. Je m'y étais presque habituée, et quand sa main s'immisçait entre mes jambes, je me fermais mentalement, m'obligeant à penser à autre chose jusqu'à ce qu'il ait terminé.

Cela, plus le fait que nous ne parlions jamais de ce qu'il me faisait, conférait à la situation quelque chose d'irréel, comme si rien ne s'était passé.

Le jour de la rentrée, je me souviens de m'être sentie différente, pas uniquement parce que les autres filles portaient toutes le blazer réglementaire de l'école et que leurs parents les avaient accompagnées jusqu'à la porte du collège, mais parce que je me sentais salie par le fait que papa, le seul père que j'aie jamais connu, me faisait presque chaque soir des choses qu'il n'aurait pas dû.

Ce n'était pas mon allure débraillée ou le fait de ne pas avoir de trousse ou de compas qui me dérangeait. Ce n'étaient que de petits soucis en comparaison de ce qui se passait à la maison.

Papa m'avait emmenée dans un magasin spécialisé de Victoria pour me faire faire un uniforme et râlait tant et plus tandis que la vendeuse prenait mes mesures.

— J'espère que tu te rends compte de ce que cette saloperie d'uniforme va me coûter.

Mais quand la facture était arrivée, il avait dépensé tous les sous en pariant sur des chevaux, si bien que j'avais dû me contenter d'un gilet et d'une jupe grise achetés au marché. Être la fille la plus mal fagotée de la classe faisait partie de mon quotidien et j'y étais habituée, mais c'était la situation qui régnait à la maison qui me tourmentait.

Ce premier jour de classe, j'avais une demi-heure de retard quand je suis arrivée au collège, la face rouge et moite d'avoir couru. Maman étant au travail, j'avais dû réveiller Kat, lui faire sa toilette et l'habiller avant de la déposer à la maternelle, comme chaque matin.

La seule différence était que ma nouvelle école était beaucoup plus éloignée de la maison que la précédente, ce qui m'obligeait à remonter la côte à fond de train pour arriver à l'heure. Comme j'étais en retard, j'ai dû me présenter au bureau de la principale, Mme Jacobson, qui m'a ensuite amenée elle-même jusqu'à ma classe. Toutes les autres filles étaient déjà en train d'étiqueter leurs nouveaux cahiers et d'étudier l'emploi du temps. Quand Mme Jacobson m'a demandé pourquoi j'étais en retard, j'ai bredouillé que le réveil n'avait pas sonné. Elle m'a regardée avec l'air de quelqu'un qui a décidé de me tenir à l'œil.

Tête baissée, j'ai longé l'allée et pris la première place qui s'offrait à moi, à côté d'une fille appelée Karen Collins. Elle avait de longs cheveux blonds, des yeux bleus et un teint de pêche. Elle avait aussi un goût pour la mode, et, malgré le code vestimentaire strict du collège, s'arrangeait toujours pour porter un petit quelque chose qui la différenciait. Elle était jolie et très soignée de sa personne, alors que j'étais une fille ordinaire à l'allure débraillée.

À ma grande surprise, car elle était le type même de la fille populaire, Karen s'est prise d'amitié pour moi, alors que je n'avais plus aucune amie. Ce qui nous a attirées l'une vers l'autre, c'était notre sens de l'humour et le goût pour les pitreries. Nous nous entendions comme larrons en foire. Pendant les quelques heures que je passais au collège avec elle, j'arrivais à mettre mes problèmes personnels de côté.

Il y avait néanmoins une ombre au tableau : chaque jour après l'école, elle me demandait si je pouvais sortir. Comme n'importe quelle fille de mon âge, je ne rêvais que de ça, mais je savais que papa ne voudrait pas.

Karen vivant non loin de chez moi, nous faisions le chemin du retour ensemble et passions chercher Kat à la garderie. Chaque fois, elle essayait de me persuader de rester un peu, mais, ne sachant pas comment lui expliquer qui était papa et tout ce qu'il me faisait subir, j'étais obligée d'inventer des excuses.

— Je n'ai pas envie, disais-je, ne sachant quelle autre excuse plus plausible inventer.

Je voyais bien qu'elle était intriguée par mon refus alors même que nous avions piqué un fou rire ensemble quelques instants plus tôt. Parfois, bien que je lui aie demandé de ne pas le faire, elle venait frapper chez nous. Papa se levait d'un bond pour aller jeter un coup d'œil à travers les rideaux et s'écriait :

— Encore cette chieuse de Karen. Dis-lui d'aller se faire foutre.

Notre amitié ne se limitait cependant pas à des fous rires ou des pitreries. À mesure qu'une relation de confiance s'instaurait entre nous, j'ai confié à Karen deux ou trois choses au sujet de mon quotidien, comme le fait de devoir emmener Kat à la maternelle chaque matin, raison pour laquelle j'étais toujours en retard. Karen compatissait. Ayant remarqué que la principale me convoquait chaque matin dans son bureau, elle m'a demandé :

— Pourquoi est-ce que tu ne lui dis pas carrément que tu dois déposer ta petite sœur à l'école ?

— Parce que je ne veux pas que maman ait des histoires avec l'école, ai-je répondu, alors qu'en réalité c'était moi qui ne voulais pas m'attirer les foudres de papa si je disais la vérité.

Papa exigeait que je manque le collège de plus en plus souvent. Je devais emmener Kat à l'école, puis rentrer aussitôt à la maison, le cœur lourd. Parfois, il m'envoyait chercher des bonbons, et on regardait une émission qu'il avait enregistrée sur le magnétoscope, mais le plus souvent il déclarait qu'il était fatigué et voulait monter dans la chambre pour regarder la télévision. Chaque fois, je redoutais de l'entendre dire :

— Allez, on monte.

Un jour, je lui ai répondu :

— Il faut vraiment que j'aille à l'école, papa. Madame Jacobson m'a demandé si quelque chose n'allait pas à la maison.

— Et qu'est-ce que tu lui as répondu, pauvre conne ? s'est-il emporté en jetant une cuillère si violemment qu'elle a fait un trou dans le papier peint juste au-dessus de ma tête.

— Rien, j'ai dit pour essayer de le calmer. J'ai simplement répondu que je n'étais pas bien.

— Sale fouille-merde, a-t-il grommelé en écrasant rageusement sa cigarette dans les restes de son sandwich à l'œuf.

Quand maman rentrait à midi, elle ne cillait même pas si elle nous trouvait, papa et moi, dans le lit sous la couette. C'était un soulagement de la voir revenir, parce que je savais qu'après avoir bu une tasse de thé, elle allait se déshabiller et se mettre au lit avec papa pour « faire la sieste » et que je serais libre de partir. Étant donné que Kat ne sortait pas de l'école avant trois heures et demie, il me restait deux heures à tuer. Généralement, j'allumais la télévision pour masquer les bruits que papa et maman faisaient à l'étage, mais il n'y avait jamais de bons programmes à cette heure de la journée, de sorte que je n'avais rien pour me distraire des pensées ténébreuses qui me tournaient dans la tête.

Les traitements que m'infligeait papa me révoltaient, mais maman, la seule personne qui aurait pu m'aider, ne semblait pas se soucier de la façon dont il se comportait avec moi. Parfois, quand il faisait une remarque obscène à propos de mes formes, je la regardais, comme pour lui demander si elle trouvait normal qu'il se conduise ainsi. Mais elle se contentait de ricaner en disant :

— Oh mon Dieu ! Comme si on allait s'intéresser à toi...

La plupart du temps, elle détournait les yeux, incapable de soutenir mon regard plein de larmes, et allumait une cigarette ou tripotait ses fausses dents. J'ai commencé à éprouver un profond ressentiment à son égard. Au lieu des liens d'affection qui unissent normalement une mère et sa fille, un fossé s'était creusé entre nous qui ne cessait de s'agrandir, me faisant me sentir horriblement seule.

Je me demandais ce qu'elle dirait si je lui racontais ce que papa me faisait quand nous regardions la télévision dans sa chambre alors qu'elle était en bas en train de regarder le même programme dans une autre pièce. Il aurait fallu qu'elle soit totalement sourde, aveugle et muette pour ne pas se rendre compte que quelque chose ne tournait pas rond. L'envie de tout lui révéler et de faire éclater la vérité au grand jour devenait de plus en plus impérieuse.

Un après-midi, quand je l'ai entendue sortir du lit et passer devant la porte pour descendre à la cuisine, je me suis levée à mon tour et je l'ai suivie. Je ne savais pas ce que j'allais lui dire, mais je savais qu'il fallait que je parle.

Quand je suis entrée dans la cuisine, elle a dit :

— Tu ferais bien d'aller chercher Kat à l'école. Tu vas être en retard.

J'ai dit :

— Maman, papa fait des choses...

Elle s'est raidie brusquement.

— Quoi ? Qu'est-ce que tu me chantes là ?

J'aurais pu lui dire qu'elle savait de quoi je voulais parler, mais le ton de sa voix, son attitude et l'expression de colère sur ses traits m'ont fait l'effet d'un signal d'alarme.

J'ai continué malgré tout, d'une voix entrecoupée de sanglots.

— Il... me... fait... des... choses... là-haut... C'est pas...de... de ma faute.

Elle a immédiatement fait volte-face, sifflant entre ses dents :

— Ne viens pas me raconter des salades.

— Quelles salades ? a demandé papa en entrant subitement dans la cuisine, une serviette ceinte autour des reins. Qu'est-ce qui se passe ?

— Rien, a dit maman en versant de l'eau bouillante dans deux tasses ébréchées. Il faut toujours qu'elle cherche à attirer l'attention sur elle.

— Je vais lui en donner, moi, de l'attention, a dit papa en me regardant droit dans les yeux. Je vais lui fiche une bonne fessée sur son joli petit cul, ça va pas traîner.

Je suis restée clouée sur place, n'osant pas quitter la pièce. J'ai baissé les yeux sur les pieds nus de papa, dont je connaissais chaque cor et chaque callosité. Après avoir lâché un gros pet, il a tourné les talons et est allé s'asseoir à la table de la salle à manger.

— Oh ! le vilain petit cochon ! a crié maman derrière lui sur le ton de la plaisanterie.

Puis, se tournant vers moi :

— Bon, tu vas chercher ta sœur, espèce de feignasse ?

Après cette brève conversation, elle est devenue encore plus distante et froide qu'avant. Tout ce que je faisais l'irritait sans que je sache pourquoi. Je n'avais que douze ans et j'avais besoin d'être protégée par ma mère, comme n'importe quelle autre fille de mon âge. Mais ma mère à moi ne m'aimait pas. Elle n'éprouvait pour moi aucune affection.

Quelques jours plus tard, j'étais dans la salle de séjour, en train d'essayer de faire un exercice de géographie, mais Kat n'arrêtait pas de prendre mes feutres et de gribouiller sur le bord de la page.

— Arrête ! ai-je dit à plusieurs reprises. Maman, dis-lui d'arrêter.

Assise dans son fauteuil, maman n'a rien dit. Elle m'a juste regardée à travers le brouillard bleu de sa fumée de cigarette. Puis, d'un seul coup, elle a explosé.

Elle s'est précipitée sur moi, m'a arraché mon cahier des mains et l'a déchiré en mille morceaux, sans rien dire d'autre que :

— Ras le cul de cette merdeuse, sale petite pute !

La face rouge de colère, elle s'est jetée sur moi sans cesser de jurer, m'a attrapée par les cheveux et traînée hors de la pièce, puis elle a claqué violemment la porte derrière moi.

Debout sur le palier, les cheveux en bataille et mon tee-shirt déchiré, je tremblais de tous mes membres. Jamais maman ne m'avait frappée comme ça auparavant. J'ai essayé de rejouer mentalement les événements des dernières minutes pour essayer de comprendre ce qui avait pu déclencher une telle fureur chez elle. Que s'était-il passé ? Instinctivement, j'ai trouvé la réponse :

depuis la fois où j'étais allée la trouver dans la cuisine pour lui dire ce que faisait papa, elle bouillait intérieurement. Et cette fois, la coupe avait débordé. À présent, je redoutais qu'elle n'aille tout raconter à papa et qu'il me le fasse payer.

J'ai passé le reste de la journée cachée sous mon lit dans ma chambre. Quand j'ai entendu papa rentrer, je me suis mise à trembler comme une feuille. Il n'a pas fallu bien longtemps avant que retentissent des éclats de voix, celle de maman, stridente et enragée.

— Espèce d'enfoiré ! hurlait-elle.

Depuis ma cachette, sous le lit, j'ai tendu l'oreille, mais j'avais du mal à entendre ce qu'ils se disaient deux étages plus bas, et je n'osais pas sortir sur le palier pour les épier. D'ailleurs, je n'étais pas certaine d'avoir envie de connaître la raison de leur dispute. Tout ce que je savais, c'est que maman me détestait, qu'elle voyait en moi une ennemie sans que je comprenne pourquoi.

J'ai entendu la porte claquer à nouveau et je me suis précipitée à la fenêtre : c'était papa qui descendait la rue à grands pas rapides. J'ai sursauté quand la porte s'est ouverte derrière moi, mais ce n'était que Kat. Elle avait l'air épouvantée, la figure toute sale et striée de larmes. Elle n'avait que quatre ans, et de voir maman se transformer en furie avait dû la terroriser. J'ai ouvert les bras, elle s'y est jetée, et nous avons pleuré ensemble.

Plus tard ce soir-là, quand papa est rentré, il tenait deux bouteilles de cognac à la main, ce qui n'était jamais bon signe. Il est entré dans la cuisine et les a déposées d'un geste brusque sur le plan de travail.

J'ai couru me réfugier dans ma chambre, où je me suis rongé les ongles jusqu'au sang, redoutant le moment où il allait m'appeler, mais il ne l'a pas fait. Le lendemain, je l'ai entendu qui ronflait dans la salle de séjour. Il était manifestement trop saoul pour aller travailler, et maman l'avait laissé cuver son vin. Ce jour-là, je n'ai pas pris le temps de préparer le petit-déjeuner. J'ai habillé Kat en quatrième vitesse, et nous sommes vite sorties avant qu'il ne se réveille et essaie de m'attraper.

Cet après-midi-là, en classe, tandis que Mme Jones nous racontait le mythe d'Icare et de ses ailes de cire, je n'arrivais pas à me concentrer.

En temps normal, j'adorais écouter les mythes et les légendes, mais cette fois je gardais les yeux fixés sur l'horloge en priant le ciel pour que le temps s'arrête. Chaque minute qui passait me rapprochait du moment où j'allais devoir affronter papa.

Brusquement, la porte de la classe s'est ouverte et la principale, Mme Jacobson, est entrée. Ses yeux ont rapidement scruté la classe avant de se poser sur moi. Elle a murmuré quelque chose à l'oreille de Mme Jones, qui m'a demandé de ramasser mes affaires. Mon cœur a fait un bond dans ma poitrine tandis que je me demandais ce qui se passait.

En me conduisant au rez-de-chaussée, Mme Jacobson m'a dit :

— Ta maman est venue te chercher.

Quand nous sommes entrées dans son bureau, maman était là, un sac en plastique sur les genoux, et j'ai vu qu'il y avait ma chemise de nuit bleue à l'intérieur.

Maman a dit qu'il y avait eu un problème dans la famille.

— Je ne souhaite pas entrer dans les détails, a-t-elle expliqué, mais Lisa ne pourra pas venir au collège pendant quelques jours.

— Justement, je voulais vous convoquer au sujet de ses absences répétées, a dit Mme Jacobson, mais étant donné les circonstances, cela attendra.

— Elle est souvent malade, a répondu maman d'une voix où pointait clairement l'irritation.

— Bien sûr, a dit Mme Jacobson en me scrutant intensément de la tête aux pieds. Mais à l'avenir, vous devrez nous fournir un mot d'excuse.

— Bien, je n'ai pas le temps de papoter toute la sainte journée, a dit maman en se levant brusquement. Allons-y, Lisa.

Les questions se bousculaient dans ma tête. Que s'était-il passé ? Est-ce que papa était parti ? Mon cœur s'est mis à battre d'espoir à l'idée qu'il nous avait peut-être quittées. Mais si c'était le cas, où maman m'emmenait-elle avec ma chemise de nuit dans le sac en plastique ?

Quand nous sommes sorties, je lui ai demandé ce qui s'était passé, mais elle ne m'a pas répondu avant que nous n'atteignions l'arrêt du bus.

— C'est lui tout craché, pas vrai ? Il a fini par péter un plomb, a-t-elle dit sèchement.

Elle était tellement en colère que je me suis demandé s'ils s'étaient disputés à cause de moi. J'ai fait un gros effort pour ne pas fondre en larmes, sachant que c'était l'une des choses qui l'insupportaient le plus.

— Où est-ce qu'on va ? ai-je demandé.

— Tu vas aller chez Diane pendant quelques jours.

— Qui ça ? ai-je demandé, stupéfaite.

Je n'arrivais pas à croire qu'elle ait osé prononcer tout haut le nom de ma sœur aînée.

— Diane.

Elle a sorti un papier chiffonné de sa poche de manteau.

— Elle habite à Hackney.

Cette fois, je n'ai pas pu retenir mes larmes. Il y avait quatre ans que je n'avais pas vu Diane, mais cela me semblait une éternité. J'étais tellement bouleversée que j'avais envie de rire et de pleurer à la fois. Mais, petit à petit, j'ai senti la peur me gagner. Si maman savait que papa abusait de moi et qu'ils s'étaient disputés, elle et lui, à ce sujet, elle allait le dire à Diane, et Diane allait le dire à Cheryl et Davie, et mamie et Jenny. À la pensée que tous allaient savoir que j'avais fait des choses sales, ma poitrine s'est serrée. J'avais peur.

— Tu peux arrêter de chialer ? a dit maman. Tu me fais honte. Et d'ailleurs pourquoi tu chiales, hein ?

Quand le bus est arrivé, elle a éteint sa cigarette et l'a rangée dans la poche de son manteau en peau de mouton pour plus tard.

On est restées un moment sans parler, puis elle a dit :

— C'est ta faute, exactement comme Cheryl.

Sur le coup, je n'ai pas compris ce qu'elle insinuait.

— C'est un homme, nom d'un chien ! Voilà ce qui arrive quand on joue les allumeuses.

Ses paroles m'ont fait l'effet d'une gifle. Qu'était-elle en train de dire ? Que je voulais que papa me fasse ces choses ? J'ai rougi comme une pivoine en gardant les yeux fixés sur la vitre devant nous.

— Maman, ai-je sangloté. Tu ne comprends pas. Il me bat quand je ne fais pas ce qu'il veut. Ce n'est pas ma faute.

— Et c'est la mienne, peut-être ?

Après cela, nous n'avons plus parlé. J'ai posé mon front contre la vitre, fermé les yeux et regretté d'être venue au monde. Comment pouvait-elle me jeter la pierre ? Qu'aurais-je pu faire d'autre ?

Quand nous sommes descendues du bus, au bout de la ligne, nous avons longé une grosse artère passante. Maman a jeté un coup d'œil au papier qu'elle tenait à la main pour vérifier l'adresse, et nous nous sommes arrêtées devant une maison délabrée en retrait de la route et précédée d'un jardin envahi par les ronces.

La plupart des fenêtres étaient cassées, et les vitres, remplacées par des feuilles de plastique noir.

— Ce n'est pas possible que ce soit là, a dit maman. Qu'est-ce qu'elle fiche dans ce taudis ?

Elle a poussé la grille rouillée du jardin, et nous nous sommes frayé un chemin parmi les bris de verre et les canettes de bière vide. Nous avons gravi les quelques marches qui menaient à la porte d'entrée, sur laquelle était écrit en grosses lettres noires : ALLEZ VOUS FAIRE FOUTRE. Maman a hésité un instant avant de frapper à la porte, qui s'est ouverte, révélant un garçon d'une vingtaine d'années, avec les cheveux roux et bouclés, des boutons sur la figure et des dents cariées.

— Diane est là ?

— Elle devrait pas tarder, a-t-il dit en hochant la tête.

Il avait l'air bizarre et, quand il nous a emmenées jusqu'au séjour, maman m'a murmuré qu'il devait être un peu simplet.

Dans la pièce, il y avait un vieux canapé marron et un radiateur à gaz dans un coin. Accrochées au mur, en guise de décoration, il y avait deux ou trois besaces brodées de perles qu'une amie de Diane lui avait rapportées d'Inde et avec lesquelles j'avais joué quand j'étais petite.

Maman a demandé au garçon, qui s'était présenté comme étant Ewan, où se trouvaient les toilettes. Il a désigné une porte qui donnait sur l'arrière de la maison. C'est alors que j'ai remarqué le mot CHIOTTES écrit sur la porte de la même main que l'inscription ALLEZ VOUS FAIRE FOUTRE sur la porte d'entrée. Maman aussi l'a remarqué, et sa mâchoire s'est affaissée un court instant.

Ewan s'est esclaffé.

— Chiottes, chiottes.

Diane est arrivée peu après, et je me suis jetée dans ses bras, les joues inondées de larmes. Elle était exactement telle que je me souvenais d'elle : de longs cheveux bruns avec la raie au milieu, les yeux et la peau de la même couleur que ceux de maman. Son manteau afghan était le même que celui qu'elle portait la dernière fois que je l'avais vue. Je suis restée collée à elle et j'ai passé mes doigts dans la douce fourrure blanche.

Ce n'est que lorsqu'elle a ôté son manteau que j'ai vu qu'elle était enceinte. Elle revenait de passer une échographie et a expliqué à maman dans quelle position était le bébé. À les voir toutes les deux ensemble, on aurait dit qu'elles ne s'étaient jamais quittées.

C'est dire si les liens entre elles étaient forts, car je voyais bien d'après leur conversation qu'elles n'étaient pas restées en contact. J'ignorais comment maman s'était procuré l'adresse de Diane, mais je supposais que quelqu'un la lui avait transmise à l'insu de papa.

Diane expliqua qu'ils n'étaient dans cette maison qu'à titre provisoire, jusqu'à ce qu'ils trouvent un logement décent.

— J'espère bien, a dit maman. C'est un vrai taudis. Et qui c'est, cet Ewan ?

— Il fait partie des meubles, a dit Diane en riant. Mais c'est un brave gars.

Quand Diane a suggéré que je monte poser mes affaires en haut, dans sa chambre, j'ai compris qu'elle et maman allaient parler de papa et moi. J'ai voulu aller me poster à côté de la porte entrouverte pour les écouter, mais les lattes du parquet se sont mises à craquer et j'ai renoncé. De toute façon, je n'étais pas certaine de pouvoir supporter d'entendre ce qu'elles allaient se dire. J'avais trop honte.

J'ai monté l'escalier et trouvé la chambre de Diane, sur la gauche. Elle était joliment décorée, avec certains bibelots, que je me souvenais d'avoir vus avant, et des photos de Diane et Cheryl avec maman en pantalon corsaire et chignon banane, qui avaient dû être prises au début des années 1960.

— Salut, Lisa.

Je me suis retournée brusquement. C'était Martin, le petit ami de Diane, debout sur le seuil.

— Bon sang, ce que tu as grandi ! Tu n'étais pas plus que haute que ça la dernière fois que je t'ai vue, a-t-il dit en amenant sa main à la hauteur de sa taille.

— Bonjour, Martin.

— Eh bien, Frank a encore fait des siennes ?

J'ai senti le feu me monter aux joues. J'ai gardé les yeux baissés.

Quand je suis redescendue dans le séjour, maman et Diane étaient toujours en train de parler autour d'une tasse de thé.

— Bref, j'ai préféré l'amener ici pendant un certain temps, parce qu'il a dit que si jamais je la ramenais à la maison, il allait la buter.

Diane a secoué la tête, incrédule.

— Tu seras bien ici, avec nous, pas vrai, Lisa ?

Je me suis couvert la figure avec les mains ; je n'en pouvais plus de pleurer. J'étais perdue. Je ne comprenais pas qui savait quoi. Parce que je ne voulais pas qu'on pense que j'étais une fille dégoûtante, je n'arrivais pas à parler des choses qui me torturaient intérieurement.

Quand maman s'est levée pour partir, elle m'a fait un simple au revoir de la main, mais je me suis élancée et me suis agrippée à elle. Ça m'a fait bizarre de sentir la douceur de son corps et de respirer son odeur. Elle ne m'a pas enlacée. Elle est restée les bras ballants, mal à l'aise. Je priais de tout mon cœur pour qu'elle m'aime autant que je l'aimais moi-même.

Car, malgré sa froideur et sa rudesse, et malgré le fait qu'elle ait laissé papa m'emmener dans son lit, je ne pouvais pas m'empêcher de l'aimer. Je savais que c'était une mauvaise mère, mais, malgré cela, j'avais besoin de son amour et j'aurais fait n'importe quoi pour lui être agréable.

— Je reviendrai te chercher quand il se sera calmé, a-t-elle dit.

J'ai hoché la tête, et Diane m'a tendu du papier hygiénique pour que je me mouche. J'avais envie de demander pourquoi papa voulait me tuer, mais j'avais trop peur d'entendre la réponse, si bien que je suis restée avec Diane sur le pas de la porte à regarder maman s'en retourner par le chemin jonché de bouts de verre.

« Ewan le simplet » s'est révélé quelqu'un de très gentil. On jouait au Monopoly et aux cartes ensemble. Chaque jour, je demandais à Diane si Cheryl et Davie allaient venir, ou si nous pourrions aller voir mamie et Jenny, et elle m'a promis que nous irions bientôt.

La maison avait beau être une ruine, avec des portes et des fenêtres cassées, elle était très propre – beaucoup mieux tenue que la nôtre – et confortable à sa façon. Chaque matin, quand je me réveillais dans mon sac de couchage sur le canapé du salon, la première chose que je constatais était l'absence de peur.

Chaque nouveau jour apportait une légèreté d'esprit. Je n'étais pas plombée par la pensée de ce que papa allait me faire dans la chambre à coucher ou les coups qu'il allait me donner.

C'était comme d'être en vacances. Je ne recevais pas de coups de pied dans les jambes si je passais devant la télé quand il regardait son émission préférée, ou de claques si je renversais un verre d'eau par accident. Mais, surtout, mes parties intimes m'appartenaient. Je commençais à redouter que maman ne vienne me chercher pour me ramener à la maison.

— Est-ce que je ne pourrais pas rester ici avec vous, Diane ? ai-je demandé.

— Allons, Lisa, tu sais bien que ta place est avec maman.

— Maman serait sûrement d'accord, ai-je répondu, songeant qu'elle serait même sûrement contente d'être débarrassée de moi.

— Non, a dit Diane, me faisant prendre conscience que je n'aurais jamais dû lui poser la question. Avec le bébé qui va bientôt arriver, ce ne serait pas raisonnable.

— Oui, bien sûr. Je comprends.

J'ai commencé à me résigner à l'idée de devoir retourner vivre avec papa, même si j'en avais l'estomac retourné. Une petite partie de moi-même continuait d'espérer que maman m'oublierait purement et simplement, mais ce ne fut pas le cas.

J'étais chez Diane depuis une semaine exactement quand j'ai aperçu maman qui remontait l'allée en direction de la porte d'entrée. Mon cœur a chaviré d'un seul coup. Il était temps de rentrer.

Diane nous a accompagnées jusqu'à l'arrêt du bus. Quand le bus est arrivé, j'avais tellement pleuré que j'avais l'impression de porter un masque de sel.

Diane m'a demandé gentiment :

— Qu'est-ce qui ne va pas ? Tu étais en larmes quand tu es arrivée et tu es à nouveau en larmes parce que tu rentres à la maison ? Qu'est-ce qui se passe ? Pourquoi est-ce que tu pleures ?

J'ai réalisé qu'elle ne savait pas ce que je devais endurer quand j'étais à la maison. Maman m'a empoigné le bras fermement et m'a forcée à monter dans l'autobus.

— J'ai mal ! ai-je crié par-dessus mon épaule. Tu vas me manquer.

— On va venir vous voir. Promis ! a crié Diane quand le bus a démarré, mais je savais bien qu'elle ne le ferait pas.

Je suis restée sur la plateforme du bus, accrochée à la barre d'appui, et j'ai regardé Diane qui agitait la main.

— Est-ce que je ne pourrais pas aller chez mamie et

Jenny plutôt ? ai-je demandé à maman sur le chemin du retour.

Elle a laissé échapper un petit rire grinçant.

— Tu veux rigoler ? Tu ne t'imagines tout de même pas qu'elles veulent de toi ?

Je ne voulais pas la croire, mais une petite voix intérieure s'ingéniait à me répéter que personne n'était jamais venu prendre de mes nouvelles et j'ai ressenti comme un coup de poignard en pleine poitrine. Je savais qu'ils avaient tous peur de papa, mais papa était seul alors qu'ils formaient un groupe d'adultes. Je les imaginais encerclant la maison en brandissant des torches, comme dans les films, quand les habitants du village décident de chasser un méchant. Si seulement ils avaient pu le faire, la vie aurait été complètement différente. Nous aurions pu être à nouveau tous réunis et heureux.

11

Quand nous sommes arrivées à la maison, maman a glissé sa clé dans la serrure, et mon estomac s'est noué. La maison était complètement silencieuse, car Kat était encore à l'école.

— Tu ferais mieux de monter lui dire bonjour, a dit maman avant même que j'aie retiré mon manteau.

— Je ne veux pas, ai-je chuchoté, effrayée à l'idée qu'il puisse m'entendre.

— Tu montes là-haut, un point c'est tout, a-t-elle ordonné. Et ne le mets pas de mauvais poil. J'ai les nerfs à bout.

Je me suis traînée jusqu'au premier, où j'ai entendu un vague son de télévision. Il était assis sur le canapé du séjour, vêtu d'un court peignoir en tissu éponge. Il a éteint le poste quand je suis entrée.

— Bonjour, papa, ai-je dit en allant m'asseoir dans un fauteuil en face de lui, ce qui était contraire à la norme, car habituellement je devais m'asseoir à ses pieds.

Il n'a rien dit, se contentant de me dévisager avec une expression de haine dans les yeux. Je n'arrivais pas à croire que maman m'avait ordonné de monter le voir alors qu'elle savait qu'il était d'une humeur de chien. J'ai baissé les yeux, lui jetant occasionnellement un regard dans l'espoir de voir ses traits s'adoucir, mais en vain. Je me souvenais de toutes les fois où il avait soufflé le chaud et le froid, et je savais qu'arriverait un moment où il me dirait de m'approcher. Je n'avais pas envie de rester avec lui dans cette pièce qui sentait le renfermé sans savoir si j'allais recevoir des coups ou des caresses ou des baisers baveux. Mais je savais que, si je me levais en disant : « Je sors, parce que je n'en peux plus », je n'aurais pas le temps d'atteindre la porte.

Fidèle à lui-même, il n'a pas tardé à se lever, exhibant ses parties intimes tandis qu'il resserrait la ceinture de son peignoir, et dit : « Je monte dans la chambre », me faisant ainsi comprendre que je devais le suivre. Ce que j'ai fait le cœur lourd.

— Va te mettre en chemise de nuit, a-t-il dit quand je suis entrée derrière lui.

Lentement, j'ai obtempéré sans le regarder.

— Allez, grouille ! a-t-il dit sur un ton presque joyeux. Je n'ai pas que ça à fiche.

Le lendemain, je me suis réveillée pour découvrir que j'étais devenue une paria. Tandis que papa était en train de boire une tasse de thé avec maman et Kat, il me criait des obscénités.

— Espèce de petite salope, merdeuse, pisseuse, va te faire foutre, toi et toutes les autres garces de ton espèce.

Je pleurais en silence en me demandant comment je pourrais bien faire pour *foutre le camp*.

Pendant que papa criait ses injures à travers la fine paroi de la chambre à coucher, j'entendais maman ricaner et faire des blagues. Peut-être cherchait-elle ainsi à le calmer, mais je savais qu'au fond d'elle-même elle était contente que papa m'ait bannie, car ainsi il reportait toute son attention sur elle et Kat. J'avais l'impression que ma tête allait exploser. Il fallait que je me sauve. J'allais fuguer et vivre sous les ponts, n'importe où.

Ça ne pouvait pas être pire que ça. Aussi vite que je le pouvais, j'ai enfilé mes affaires de la veille et mes chaussons, et dévalé l'escalier deux à deux en faisant un court arrêt dans la salle à manger pour prendre mon anorak resté sur le dos d'une chaise. Je l'ai attrapé, mais, quand je me suis retournée pour partir, papa était devant la porte, vêtu d'un simple string. Il était essoufflé d'avoir couru pour me rattraper.

— Tu ne sors pas d'ici, a-t-il dit, menaçant.

— Si, ai-je répondu, sur un ton de défiance qui m'a surprise moi-même. Tu me hais, et tu me..., tu fais tout le temps du mal.

J'aurais voulu lui dire que je n'aimais pas qu'il mette sa main entre mes jambes pendant qu'il se masturbait, mais ma témérité avait des limites.

Il a bondi vers moi, et je me suis recroquevillée sur moi-même, prête à recevoir des coups. Mais il m'a plutôt prise dans ses bras en me serrant si fort que j'ai eu aussi mal que s'il m'avait donné une claque ou un coup de pied. Je pouvais à peine respirer.

Mon visage était enfoui dans son épaule droite, si bien que je ne pouvais pas voir l'expression de ses traits. Je n'arrivais pas à savoir s'il s'agissait d'une marque d'affection ou d'une punition. Quand il m'a reposée à terre, j'ai vu qu'il avait les yeux voilés.

— Tu sais bien que je t'aime, a-t-il dit, mais si jamais tu essaies de faire une connerie comme de fuguer, je te tuerai. Tu as compris ?

J'ai hoché la tête. J'avais bien compris. Pour moi, papa était tout-puissant. Je n'avais jamais vu personne lui tenir tête. Tout le monde avait peur de lui. Quelle chance avais-je de m'en tirer ?

Toute chose qui m'était précieuse, papa finissait tôt ou tard par la mettre en pièces pour me punir d'une faute imaginaire, soit avant, soit après une gifle, mais jamais à la place de celle-ci. Je m'efforçais donc de ne pas montrer d'attachement particulier pour un objet ou un autre, car je savais que papa le détruirait à la première occasion. Il m'avait rapporté une guitare une fois, qu'il disait avoir trouvée dans la poubelle d'un studio d'enregistrement avec lequel ils avaient un contrat de nettoyage, et j'avais insisté pour apprendre à en jouer. Il m'avait envoyée chercher une méthode d'apprentissage à la bibliothèque et se tenait debout devant moi tandis que j'essayais d'apprendre les accords. Les cordes me lacéraient le bout des doigts et me faisaient cruellement souffrir. Un jour, voyant que je n'arrivais pas à écarter suffisamment les doigts pour faire un accord, il m'a arraché la guitare des mains et l'a envoyée valser d'un coup de pied à l'autre bout de la pièce. Il y a eu un grand crac quand son pied a fendu la caisse de résonance. Mais du moins, après cela, je n'ai plus eu à endurer les leçons de guitare.

Bien que papa ait toujours été un gros buveur, durant cette période, il est passé à la vitesse supérieure et s'est mis à boire des alcools forts. Il s'était constitué un stock de Special Brew pour « rincer » les vapeurs du cognac ou du gin qu'il ingurgitait en grande quantité, et régulièrement il envoyait maman chez le marchand pour refaire ses provisions. Elle devait aussi veiller à ce qu'il y ait toujours des rondelles de citron et des glaçons en quantité suffisante. Au moment des fêtes de Noël, il remplissait le bar de toutes sortes d'alcools différents, bien qu'il fût le seul à y toucher. Au mieux, maman buvait à l'occasion une larme de martini avec beaucoup de limonade.

Elle ne tenait pas la boisson, et, au début de leur relation, quand il la voyait ricaner, papa était persuadé qu'elle flirtait avec d'autres hommes. Il l'avait si souvent rossée à ce sujet, qu'il avait fini par la dissuader de toucher une seule goutte d'alcool.

Durant cette période, papa passait ses journées à boire et n'était que rarement en état de se lever à trois heures et demie du matin pour aller travailler. Quand maman était particulièrement débordée (si une autre femme de ménage était malade, par exemple), elle entrait dans ma chambre et me réveillait pour que je l'accompagne au travail. Après une nuit passée à faire le ménage, je reprenais le bus seule pour rentrer pendant que maman s'en allait faire d'autres ménages de son côté.

Une fois à la maison, je devais me dépêcher de préparer Kat pour l'emmener à l'école. Si j'avais de la chance, papa me laissait aller à l'école, où je passais la journée à bâiller. Sinon, il exigeait que je reste avec lui.

Papa était très pointilleux quant aux verres qu'il utilisait pour boire. Il prenait son gin dans un long verre étroit que maman astiquait jusqu'à le rendre brillant. Pour le cognac, il utilisait un verre arrondi dans lequel il aimait faire tourner le liquide de couleur ambrée comme un vrai connaisseur.

Si exigeant fût-il quant à la forme et la propreté des verres, il ne semblait pas remarquer que lui-même avait l'air d'un clochard. Il ne prenait pas la peine de se laver ou de se raser et portait toujours les mêmes vêtements tachés de nourriture tout au long de la journée. Dans la pièce où il passait ses journées s'empilaient les tasses de thé à demi vides et les vieux journaux et magazines.

À peine avait-il descendu son premier verre que la maison tout entière était en état d'alerte maximum. Avec un peu de chance, il sombrait dans un sommeil profond au bout de quelques heures. Nous devions alors marcher sur la pointe des pieds, nous figeant sur place au moindre craquement du parquet. Parfois, maman ou moi devions nous précipiter pour éteindre une cigarette qui continuait de se consumer entre ses doigts. Une fois, un des coussins du canapé a pris feu et j'ai dû l'éteindre avec l'eau qui restait au fond du seau à glace. Heureusement, il ne s'est aperçu de rien et a continué d'emplir la maison de ses ronflements sonores.

Quand la boisson ne l'assommait pas, elle semblait lui procurer une énergie surnaturelle, et pendant des heures il donnait libre cours à sa rage. Une fois que j'étais assise en face de lui, il m'a questionnée sans répit pour savoir si j'avais mangé sa dernière tartelette à la confiture.

Après deux heures d'un interrogatoire digne de l'Inquisition, j'ai finalement avoué l'avoir mangée alors que ce n'était pas vrai. J'espérais ainsi recevoir ma punition et obtenir ensuite l'autorisation d'aller au lit. Au lieu de cela, il m'a tenue éveillée pendant une heure entière en me jetant ses mégots de cigarettes allumés à la figure et en me répétant que je n'étais qu'une grosse goinfre.

Du fait qu'il restait presque tout le temps à la maison pour boire plutôt que d'aller au pub, nous n'avions pas de répit. Il buvait soit au lit, soit allongé sur le canapé, mais, où qu'il fût, je devais être à ses côtés.

La boisson le rendait totalement irresponsable. Il pariait sans relâche et au petit bonheur, sans même prendre la peine d'étudier les pronostics, juste en se fiant au nom du cheval ou parce qu'il ressentait des ondes psychiques. Une fois, il était sur le point de gagner plusieurs milliers de livres après avoir misé sur un pari multiple, mais, la dernière course étant très serrée, il fallait attendre la photo-finish pour connaître les résultats. Papa tournait comme un lion en cage, avec sa bière à la main, en attendant les résultats. La tension dans la maison était à son comble. Je suis allée m'enfermer dans les toilettes en attendant d'entendre papa pousser un cri et en priant le ciel pour que c'en soit un de joie et non pas le contraire. Soudain, je l'ai entendu qui sautait en criant :

— Ouais ! Putain, ouais !

Mon vœu avait été exaucé.

Même si une grande partie de ses gains est retournée aussitôt dans la poche des bookmakers, il en a gardé suffisamment pour faire des travaux dans la maison.

Il voulait recréer sa version en miniature des bureaux où nous faisions le ménage. Il a commandé plusieurs lots de moquette à longs poils qu'il a commencé à agrafer sur les murs du séjour. Il a aussi acheté des miroirs autocollants qu'il a collés absolument partout.

Enfin, des canapés en cuir vinrent compléter le tableau. J'avais vu une fois un documentaire sur Hugh Hefner, le créateur millionnaire de *Playboy*. Quand papa a eu fini sa rénovation, notre séjour ressemblait à une version bon marché de la tanière de Hefner. Mais il l'adorait.

Mon treizième anniversaire s'est passé comme n'importe quel autre jour. Les gâteaux et les fêtes d'anniversaire ne faisaient pas partie de mon univers, mais j'aurais aimé recevoir ne serait-ce qu'une carte de vœux. J'avais depuis longtemps cessé d'espérer que les autres membres de ma famille se souviendraient de moi – loin des yeux loin du cœur –, mais je m'étais attendue à une carte de la part de maman et je fus déçue de ne pas en avoir.

On était samedi matin, et en temps normal j'aurais dû me lever à six heures pour accompagner maman ou papa au travail, mais ce jour-là ils avaient décidé de rester au lit et je m'en réjouissais. Mes amies du collège faisaient toutes sortes d'activités passionnantes pendant les week-ends, comme suivre des cours d'art dramatique ou de danse, mais mon unique divertissement à moi était une barre de Mars et un paquet de chips au fromage et à l'oignon quand j'avais éteint le gros aspirateur industriel avec lequel j'avais nettoyé la moquette des bureaux et fini de vider toutes les poubelles. Mais le vieux dicton selon lequel ce que tu ne connais pas ne te manque pas est vrai. Pour moi, le plus important était que papa soit de bonne humeur toute la journée. Quand maman s'est finalement levée vers onze heures du matin, j'avais déjà préparé les toasts de Kat et fait la vaisselle de la veille au soir. Comme elle attendait que l'eau du thé se mette à bouillir, Kat a dit :

— Maman, c'est l'anniversaire de Lisa aujourd'hui.

— Ah ouais… J'irai te chercher quelque chose plus tard, d'accord ?

Ça devait être une de ces semaines où papa avait perdu tous les sous du ménage aux courses, parce que, lorsqu'elle est sortie plus tard pour acheter un paquet de cigarettes, elle m'a rapporté un collier en kit et me l'a tendu même pas emballé, avec l'étiquette encore visible (cinquante pence) collée dessus. C'était un fil élastique et un assortiment de dix perles en plastique vert. L'âge recommandé était six ans et plus.

J'ai fait en sorte de cacher ma déception, mais ce n'était pas facile. Je pouvais comprendre que maman n'ait pas assez d'argent pour me faire un cadeau – nous ne comptions plus les fois où nous avions retourné tous les coussins du canapé à la recherche de petite monnaie égarée, et nous sentions comme des millionnaires quand nous trouvions dix pence –, mais c'était le manque d'affection qui me faisait le plus mal.

Ce n'est cependant pas la raison pour laquelle mon anniversaire a été gâché. Quand papa s'est levé, il a immédiatement commencé à faire des remarques sur le fait que j'étais une femme à présent. Il ne cessait de répéter :

— Quand les roses sont rouges, il faut les cueillir, quand les filles sont mûres, il faut les baiser.

J'étais à un âge où je savais ce que « baiser » voulait dire, et cette pensée me terrorisait. Les mots qui sortaient de la bouche de papa ressemblaient à des menaces. Toute la journée, je me suis efforcée de rester aussi loin que possible de lui, craignant qu'il ne cherche à mettre les paroles de sa rengaine à exécution. Je l'en savais capable.

Plus tard cette année-là, le groupe Police a sorti un single intitulé *Don't Stand So Close To Me*, qui racontait l'histoire d'une écolière ayant le béguin pour son prof. Papa me la chantait à chaque occasion.

— Je suis le prof et tu es la petite salope d'écolière, disait-il, tout excité.

Il y avait plus d'un an maintenant que papa abusait de moi. Ironiquement, tout avait commencé au cours d'une de ces courtes périodes où il avait décidé d'arrêter de boire, si bien que je savais qu'il était en pleine possession de ses facultés mentales et ne pouvait invoquer l'excuse de l'alcool. Quand il avait trop bu, il franchissait un cap dans l'indécence et, une fois le cap franchi, indécent, il l'était définitivement, qu'il soit saoul ou à jeun.

C'est durant l'une de ces périodes de boisson à outrance qu'il a commencé à me retirer ma petite culotte. Jusque-là, il m'avait toujours touchée à travers mon slip. Sans ma culotte, je me sentais beaucoup plus vulnérable et j'avais beaucoup plus mal ensuite, car il essayait d'introduire ses doigts en moi.

J'étais soulagée qu'il ne m'adresse pas la parole quand il faisait ces choses ou qu'il n'y fasse pas allusion de façon directe le reste du temps, car ainsi je pouvais plus facilement laisser vagabonder mon esprit. Dans ces moments-là, je pensais au collège. Une fois, j'ai essayé de penser à mamie et Jenny, mais cela m'a fait tant de peine que je ne l'ai plus jamais fait ensuite.

Je ne pouvais pas supporter de penser aux gens que j'aimais quand papa abusait de moi. Je me sentais salie, et cette pensée me torturait plus que tout. Si bien que je réfléchissais à un projet sur lequel nous étions en train de travailler au collège, ou une émission de télévision – des choses banales et sans importance.

Il fallait environ un quart d'heure pour que papa se mette à pousser des grognements en donnant des coups de hanches dans la couette. Quand il avait fini, il retirait ses doigts, me laissant tellement meurtrie que je souffrais chaque fois que j'allais aux toilettes.

Je me glissais tout doucement hors du lit en prenant garde de ne pas faire de gestes brusques qui risqueraient de le mettre en colère. Il était plus facile pour moi de faire comme si rien ne s'était passé si nous ne parlions pas. Je sortais de la chambre sans traîner et sans un regard en arrière. Satisfait et apaisé, il prenait une cigarette et allumait la télé.

Soulagée d'avoir échappé à une nouvelle crise de colère ou de rage, je regagnais ma chambre, où je m'allongeais dans le noir et pleurais, mais le plus souvent j'étais comme anesthésiée. Au bout de quelques minutes, j'entendais maman monter l'escalier, puis ils se mettaient à faire l'amour, et les bruits commençaient.

Comment arrivait-elle à tenir le coup alors qu'elle devait se lever à trois heures trente du matin ? Pourquoi ne me demandait-elle pas de sortir de son lit plus tôt ? Il était en son pouvoir de me sauver, mais elle ne l'a jamais fait. Cette pensée me rendait à la fois furieuse et terriblement triste.

Un soir, alors que papa avait passé la journée à boire, il y a eu un défilé de reines de beauté à la télévision. Tandis que je lui caressais les pieds, il faisait des commentaires sur le physique des miss.

— Non, mais regarde-moi ce cul ! Oh ! bon Dieu que j'aimerais la fourrer, celle-là.

Je me suis senti rougir de honte, et dans un sens j'étais soulagée que nous soyons dans le séjour pendant que maman regardait la télé en bas, dans la salle à manger. Je savais que c'était le cognac qui parlait, car il était beaucoup plus grossier qu'à l'ordinaire.

Quand l'émission s'est terminée, il a attrapé sa bouteille, et un verre et s'est levé. Il a vacillé pendant quelques minutes sur place, puis a dit :

— Viens, on monte.

— J'ai mal au ventre, ai-je répondu, cherchant désespérément une excuse pour ne pas monter dans sa chambre avec lui.

— C'est quoi, le problème ? a-t-il marmonné. T'as tes chaleurs ? J'aime la viande saignante.

— Il faut que je fasse mes devoirs. J'ai un exposé à rendre demain.

— Rien à foutre de tes putains de devoirs.

J'ai senti que j'avais franchi les limites et qu'il commençait à perdre patience.

Il m'a donné un grand coup de talon sur les orteils, et j'ai lâché un cri de douleur.

— Qu'est-ce qui te prend ? Tu veux plus de moi tout d'un coup ?

— Non, papa, ai-je répondu en ramenant mon pied meurtri sous moi.

— Pour qui tu me prends ? Pour un de ces sales nègres avec qui tu fricotes à l'école ?

J'ai haï papa si fort ce jour-là que j'ai eu envie de lui fracasser le crâne avec le gros cendrier en marbre. Mon pied gauche me faisait atrocement souffrir, et je n'avais pas envie qu'il me fasse encore plus mal, mais quand il a insisté pour que je monte pour me coucher avec lui dans son lit, j'ai compris que je n'avais pas le choix. Je savais qu'après un quart d'heure de souffrance et d'humiliation, je serais autorisée à regagner ma propre chambre et à dormir jusqu'au lendemain. Or, ce soir-là, les choses s'envenimèrent à un point jamais atteint jusque-là.

Excité par la boisson, papa a franchi de nouvelles limites. Au lieu de simplement me toucher avec ses doigts, il a déchiré ma culotte, puis s'est mis à genoux et a commencé à me lécher entre les jambes. J'étais aussi choquée que la première fois qu'il m'avait touchée. Je n'arrivais pas à croire ce qui m'arrivait, et pourtant c'était bien réel. Plus j'essayais de me dégager et plus il enfonçait ses ongles dans mes cuisses et m'attirait vers lui. Au bout d'un moment, il s'est arrêté, a regardé sa verge en érection sous la couette et a commencé à se masturber.

Jusqu'ici, je n'avais jamais pleuré ouvertement quand il avait abusé de moi. Mais cette fois, après la façon révoltante dont il s'était conduit, je ne pouvais plus faire comme si rien ne s'était passé et je me suis mise à pleurer. Était-ce parce qu'il était encore plus saoul qu'à l'ordinaire ? Toujours est-il que mes larmes n'ont pas eu l'air de le déranger. Au contraire, même, elles semblaient l'exciter davantage. C'est alors que j'ai compris qu'il ne servait plus à rien de me retenir de crier. Je voulais que maman m'entende.

Je voulais qu'elle me vienne en aide. J'en avais assez de me taire. En temps normal, quand papa me touchait, que ce soit dans la chambre ou dans le séjour, je n'osais pas proférer un son de peur que maman ne nous surprenne. J'avais honte et je savais qu'elle rejetterait la faute sur moi, parce que c'était plus facile.

Papa n'avait jamais eu besoin de me dire de garder pour moi notre petit secret. Je me sentais tellement honteuse et coupable que je n'en aurais jamais soufflé mot à personne, et la menace de sévices physiques était la garantie de mon silence et de ma soumission.

D'ailleurs, à qui aurais-je pu me confier ? J'étais totalement isolée et tenue à l'écart des gens qui auraient pu me venir en aide. Maman avait choisi de fermer les yeux et de faciliter ainsi les choses à papa. Je ne pouvais pas imaginer les mères de mes amies autorisant leur mari à regarder chaque soir la télé au lit avec leur fille. Il lui aurait suffi de s'asseoir avec nous dans le séjour chaque soir, au lieu de regarder la télévision toute seule dans la salle à manger. Quant à alerter quelqu'un du collège ou aller trouver la police, c'était une possibilité qui ne m'avait jamais traversé l'esprit. Curieusement, c'eût été pour moi la pire des choses, car j'avais trop honte.

Et comme si le fait d'abuser de moi avec sa bouche ne suffisait pas, papa s'est mis à en parler pour la première fois, usant de mots épouvantables et choquants à l'extrême.

— Jolie petite chatte bien serrée, a-t-il dit en reprenant sa respiration. Tu sais que tu as un beau petit con. J'adore te brouter.

Ce n'est que beaucoup plus tard que j'ai compris le sens de « brouter », une allusion obscène au cunnilingus.

Dans ma tête, j'essayais de m'évader en pensant à ce qui allait se passer dans le prochain épisode de *Coronation Street* ou *Crossroads*, mais ses attouchements étaient si directs et assidus que je n'arrivais pas à me projeter ailleurs. Ma vie est devenue du jour au lendemain un enfer.

Bientôt, les coups de langue ont fait place aux coups de dent, me procurant des douleurs atroces. Comme je hurlais de toutes mes forces, il s'est arrêté brutalement, s'est relevé et a levé la main comme s'il allait me frapper. J'ai fermé les yeux, rejetant la vision qui s'offrait à moi et qu'aucun enfant ne devrait jamais être amené à voir. Quand il a recommencé, je me suis mordu la lèvre jusqu'au sang pour ne pas crier.

Enfin, il s'est arrêté.

— Va te laver et va te coucher, m'a-t-il ordonné avant de s'effondrer entre mes jambes écartées.

Le sommeil induit par l'excès de boisson avait finalement pris le dessus. Je me suis dégagée de sous lui et j'ai couru me réfugier dans ma chambre en priant le ciel pour que la mort m'emporte pendant mon sommeil.

Quand papa a émergé de sa cuite le lendemain, c'est à peine s'il osait me regarder en face. Il avait perdu momentanément sa superbe, comme s'il avait honte de ce qu'il avait fait la veille. Mais il ne lui fallut pas bien longtemps avant de recommencer. À partir de ce jour-là, les coups de langue et de dent sont devenus la routine.

Il était de plus en plus brutal. Un soir, n'y tenant plus, j'ai roulé hors du lit et couru jusqu'à ma chambre, déterminée que j'étais à ne plus jamais le laisser mettre sa langue ou ses mains sur moi. Mon cœur battait à tout rompre dans ma poitrine. Il me suffisait de quelques pas pour atteindre ma chambre de l'autre côté du couloir, mais le temps semblait s'être arrêté, comme si j'étais en train de vivre un cauchemar où je cherchais à échapper à un tueur en série. Le dos plaqué contre la porte de ma chambre, j'avais l'impression que mon cœur allait exploser. Une terreur absolue s'est emparée de moi quand je l'ai entendu qui arrivait en proférant les pires obscénités. Je me suis mise à gémir lorsqu'il a commencé à donner des coups de pied dans la porte derrière moi.

J'ai été brusquement projetée sur le lit, et l'instant d'après il était sur moi, complètement nu et m'écrasant de tout son poids jusqu'à me couper le souffle.

M'agrippant par les cheveux d'une main, il s'est mis à me secouer violemment la tête d'un côté et de l'autre jusqu'à ce que je sente mes cheveux s'arracher de mon cuir chevelu. Après quoi, il a déchiré les boutons de ma chemise de nuit pour exposer ma poitrine.

Curieusement, ce geste m'a semblé encore plus humiliant que tout ce qu'il m'avait fait subir jusque-là. C'était trop intime. Je ne voulais pas qu'il me voie.

Pendant tout ce temps, il ne cessait de répéter les mots « petite salope », comme s'il récitait un mantra.

Quand il s'est relevé, je voyais littéralement trente-six chandelles. C'est à peine si j'ai senti le coup de pied qu'il m'a décoché avant de partir, mais j'ai compris que jamais plus je ne pourrais chercher à lui échapper. Sauf si j'étais prête à lui enfoncer un pieu dans le cœur.

Une nouvelle routine avait vu le jour. Il se sentait désormais libre de faire ce qu'il voulait avec mon corps, me retournant comme ceci ou cela au gré de ses fantasmes. Maintenant, quand j'allais me coucher, je devais essuyer le sperme qui me dégoulinait sur la figure ou les fesses. Il s'est mis à parler profusément, et tout seul, comme s'il racontait un film porno, du genre qu'il aimait me montrer sur son magnétoscope.

Il disait tout haut ce qu'il allait me faire ensuite, et pendant tout ce temps je restais inerte, tel un corps mort. Je ne criais plus aussi fort, mais intérieurement j'étais dans un état d'agitation extrême. Quand je l'ai entendu cracher sur ses doigts pour les lubrifier avant de les enfoncer dans mon vagin, j'ai dû résister de toutes mes forces pour ne pas vomir.

J'avais les chairs tellement à vif qu'elles me brûlaient quand j'urinais. J'avais de la fièvre et des douleurs dans le bas des reins, mais maman refusait que j'aille chez le médecin. Elle me préparait une mixture à base de bicarbonate et d'eau tiède qui m'aidait généralement à me remettre, mais pas toujours.

— Maman, s'il te plaît, j'ai trop mal ! ai-je crié un jour, pliée en deux de douleur sur le plancher. Pourquoi est-ce que je ne peux pas aller chez le médecin ?

— Ce n'est qu'une cystite, nom d'un chien ! Ma parole, à t'entendre, on croirait que tu es à l'article de la mort. C'est la maladie des jeunes mariées. Moi aussi, j'en ai souvent.

— Mais je ne suis pas une jeune mariée, ai-je protesté. Il n'y a pas de raison pour que ça m'arrive.

— C'est précisément pour ça que tu ne peux pas aller chez le putain de toubib. Non, mais, tu imagines ce qu'ils vont penser ? Si tu crois que je vais laisser les services sociaux me prendre Kat, tu te fourres le doigt dans l'œil. Tu n'avais qu'à pas te mettre dans le pétrin.

Ses paroles étaient à la fois ambiguës et limpides. Elle se fichait totalement de ce qui pouvait m'arriver et avait décidé de faire comme si rien ne s'était jamais passé.

J'attendais le jour où elle accepterait de reconnaître ce que papa me faisait subir. À maintes occasions, elle était entrée dans la chambre et avait surpris papa avant qu'il ait pu refermer sa braguette.

Dans ces cas-là, elle détournait promptement les yeux et continuait de vaquer à ses occupations comme si de rien n'était. Et il y avait le fait que je montais presque chaque soir dans la chambre avec papa et qu'il me touchait à chaque occasion sans chercher à se cacher.

Un jour, il m'a mordu la poitrine à travers ma chemise de nuit et s'est retiré juste au moment où maman entrait dans la chambre. Nous avons tous remarqué la marque sombre de salive là où ses dents avaient mordu l'étoffe, et j'ai vu les yeux de maman s'écarquiller avant qu'elle ne reprenne son expression impassible.

Parfois, m'attrapant la main, il la plaquait sans vergogne sur la braguette de son jean en disant :

— Regarde ce que tu as fait, vilaine.

Maman détournait promptement les yeux. Et maintenant que je faisais cystite sur cystite, elle ne voulait rien savoir.

Ne rien voir, ne rien entendre, ne rien dire… Telle était sa devise. Ce qu'elle refusait de voir ne pouvait pas lui faire de mal.

12

Maman m'avait abandonnée à papa, et maintenant qu'il abusait de moi sans pitié, sa situation à elle s'en trouvait améliorée. Il était toujours aussi imprévisible, irascible et violent, fracassant tout ce qui lui tombait sous la main et hurlant à faire trembler les murs de la maison, mais, depuis qu'il lui avait cassé les dents, il avait tenu parole et ne levait plus la main sur elle.

C'était moi, à présent, la cible de ses crises de rage, sauf qu'il prenait garde de ne pas me frapper à la figure.

À ce stade, je continuais d'aller à l'école de façon épisodique. S'il m'avait fait un coquart ou laissé toute autre marque visible, les services sociaux auraient ouvert une enquête, et il le savait certainement.

Papa avait beau être un monstre, il n'était pas stupide au point de se faire pincer alors qu'il pouvait m'infliger des blessures à des endroits invisibles. Il s'était procuré une tapette à mouches avec laquelle il me frappait jusqu'à ce que j'aie le dos et les fesses couverts de boursouflures rouges.

Parfois, c'est à peine si je pouvais m'asseoir tant j'avais mal aux fesses. Il avait également pris l'habitude de me mordre, laissant partout sur mon corps la marque violette de ses dents.

Je savais que papa attendait impatiemment le moment où je quitterais définitivement l'école, car alors les chances pour que les services sociaux interviennent dans ce qu'il considérait comme une affaire strictement privée seraient quasi nulles, et il pourrait sans crainte exercer sur moi sa domination.

Le collège était mon unique refuge ; quand papa m'interdisait d'aller en classe, j'étais au désespoir. J'aimais tellement apprendre. L'anglais et le théâtre étaient mes matières préférées. J'aimais lire à voix haute devant la classe, et Mlle Connelly, notre professeur, me disait souvent que j'aurais dû être comédienne.

À l'heure du déjeuner, j'allais parfois à la bibliothèque pour feuilleter des pièces de théâtre que je lisais en imitant tous les personnages. Je rêvais de pouvoir les interpréter un jour sur scène. J'avais trouvé une brochure consacrée au Théâtre national pour la jeunesse, mais je n'osais espérer que je pourrais un jour assister à l'un de leurs ateliers d'été. Les cours de théâtre étaient les seuls moments où j'arrivais à oublier complètement mes problèmes. Je m'en voulais de me laisser maltraiter par papa. Je me sentais salie, et c'était un soulagement pour moi de pouvoir entrer dans la peau de quelqu'un d'autre pendant une demi-heure, fût-ce celle d'un arbre se balançant dans le vent !

La petite salle de théâtre du collège était entièrement rouge avec de gros projecteurs accrochés au plafond. Quand nous les allumions, une odeur âcre de poussière brûlée se répandait dans l'air, et tout le monde se mettait à tousser et à cracher, mais pour moi c'était l'odeur même du théâtre : le masque et l'illusion.

Un jour, les gens de l'atelier de musique et de théâtre ont décidé de monter ensemble *The Boy Friend*, une comédie musicale qui se passe sur la Côte d'Azur dans les années 1920. Malgré mes absences répétées, il fut décidé que je tiendrais le rôle de lady Brockhurst, l'épouse autoritaire. Pour la première fois de ma vie, je me suis sentie valorisée. Dans cet univers dénué de violence, j'ai pu me débarrasser de la chape de culpabilité qui pesait sur mes épaules. Cependant, mon euphorie fut de courte durée : que se passerait-il si papa refusait que j'aille au collège ? Et comment pourrais-je participer aux deux représentations prévues alors qu'il ne me laissait jamais sortir après l'école ?

Est-ce un hasard ? Toujours est-il qu'à cette époque je fus autorisée à aller plus souvent qu'à l'ordinaire au collège, si bien que je pus assister à presque toutes les répétitions. Quand vint le moment des représentations, sans doute conscient que s'il refusait il risquait de mettre la puce à l'oreille à l'équipe pédagogique, papa ne souleva pas d'objections.

Karen jouait une garçonne des années 1920, un rôle très glamour qui lui allait comme un gant, mais qui ne nous empêchait pas de piquer des fous rires pendant les répétitions. Les soirs de représentation, chaque membre de la troupe scrutait la salle à travers la fente des rideaux dans l'espoir d'apercevoir ses parents. J'étais soulagée que papa et maman ne soient pas présents, car je craignais que papa ne cherche noise à d'autres gens.

Après la première représentation et après avoir ôté notre maquillage, Karen et moi sommes allées au pub avec le reste de la troupe pour boire un cocktail léger. J'avais l'impression de revivre. L'alcool aidant, je me suis sentie plus joyeuse que je ne l'avais été depuis des années.

Karen était ma seule amie, l'unique personne qui arrivait à me faire rire et oublier mes problèmes. Avec elle, je devenais quelqu'un d'autre, une personne libre. Je ne lui ai jamais révélé ce qui se passait à la maison, si bien que le collège n'était qu'une sorte de longue comédie où je tenais le rôle de quelqu'un d'autre. Elle n'arrivait pas à comprendre pourquoi je ne pouvais jamais sortir le soir. Ce n'était pas faute de vouloir, loin de là, mais c'était tout simplement impossible. La plupart du temps, je devais accompagner maman pour faire des ménages, et, quand je rentrais à la maison, vers neuf heures, papa se livrait à son rituel nocturne de sévices sexuels avant de m'autoriser à aller au lit.

— S'il te plaît, Lisa. On rigolerait bien, disait-elle. Il y a une soirée disco à la maison de la jeunesse.

Mais, chaque fois, je répondais :

— Je ne peux pas, Karen. Il faut que j'aille aider ma mère à faire des ménages.

Un jour, je lui ai dit que je devais rentrer à la maison le soir pour masser les pieds et le dos de papa. Ce fut la seule explication un peu proche de la réalité que je lui aie jamais donnée.

— Quoi ? C'est pas un peu glauque ? a-t-elle dit en fronçant les sourcils.

J'aurais voulu lui dire qu'il se passait des choses infiniment plus glauques, mais je ne l'ai pas fait parce que j'avais peur. J'avais peur qu'elle me juge, tout comme je me jugeais moi-même, qu'elle pense que c'était ma faute. Quelle sorte de fille étais-je pour laisser mon propre père me faire des choses pareilles ?

Parfois, quand j'attendais le bus pour aller au travail avec maman, j'apercevais Karen qui me faisait bonjour depuis l'autre côté de la rue. Mon cœur se serrait quand je la voyais ainsi, en compagnie d'autres amies. C'est à partir de ce moment-là que j'ai pris conscience de tout ce dont j'étais privée.

J'avais quatorze ans et j'aurais dû profiter pleinement de ce qui aurait dû être les meilleures années de ma vie, mais à la place je me retrouvais à devoir faire des ménages et subir des sévices sexuels.

Parfois, Karen venait frapper chez nous malgré tout, avec l'espoir que je changerais d'avis. Dans ces cas-là, j'entrouvrais la porte de quelques centimètres seulement, car je savais que papa était en train d'écouter tout ce que nous disions. Debout sur le seuil, Karen me regardait, médusée. Elle ne comprenait pas comment il était possible que j'aie pu à ce point changer de personnalité en à peine deux heures. J'essayais de lui dire avec les yeux : « S'il te plaît, Karen, va-t'en. Il nous écoute. » J'entendais papa grommeler derrière moi : « Petite pouffiasse blonde. Pour qui elle se prend ? » et j'étais obligée de refermer la porte brusquement, de crainte qu'il ne se lève et cherche à intervenir.

Parfois, papa envoyait maman à la porte pour qu'elle se débarrasse de Karen. Il voulait que mes contacts avec le monde extérieur soient réduits au strict minimum.

— Elle est occupée, déclarait maman abruptement.

Pourtant, il n'y avait rien que je désirais tant que de pouvoir sortir et être libre comme toutes les filles de mon âge. Après les deux soirées de théâtre passées avec la troupe du collège, j'avais pris goût à la liberté. Aussi, lorsque Karen me supplia de sortir avec elle un soir, j'hésitai, me demandant si j'avais une chance de pouvoir m'échapper. Elle savait que j'en mourais d'envie et ne voulait entendre aucune excuse.

— Demande à ta mère, juste pour une fois, dit-elle. S'il te plaît, Lisa, on va bien rigoler.

Elle a tellement insisté que j'ai décidé de tenter ma chance. J'ai pensé : « Qui ne tente rien n'a rien. » Et c'est ainsi que, sans vraiment songer aux conséquences, je lui ai dit que je passerais la prendre plus tard.

Dès que j'ai laissé Karen au coin de la rue avec un « À plus tard » faussement enjoué, j'ai senti mon estomac se nouer. J'ai regagné la maison en priant le ciel pour que papa, abruti par l'alcool, soit profondément endormi.

De toute l'année, il ne m'avait autorisée à sortir qu'une seule fois, et c'était pour jouer dans la comédie musicale du collège. Je ne me voyais pas franchir la porte de la maison en annonçant que je comptais ressortir plus tard. C'eût été aussi déplacé que de demander à maman où habitaient mes frères et sœurs.

Papa n'aimait pas que je sorte de la maison, sauf pour aller faire le ménage avec maman, car ainsi j'étais toujours sous son contrôle. Mais, depuis que j'étais sortie avec la troupe du collège et que j'avais découvert le frisson de la liberté, j'y avais pris goût. Il y avait longtemps que je n'avais pas essayé de m'échapper.

Maintenant que j'étais plus grande, je me disais que le jeu en valait peut-être la chandelle. J'avais récemment lu un livre à la bibliothèque qui expliquait que, lorsqu'on se comportait toujours de la même façon, on obtenait toujours les mêmes résultats. C'est pourquoi j'ai pris la décision de changer de tactique.

Quand je suis rentrée, j'ai constaté à mon grand dam que papa, bien qu'ayant passé la journée à boire, n'avait pas l'air fatigué du tout. Pour le dîner, maman avait fait des saucisses pour nous et un steak aux champignons pour papa. Je n'avais rien mangé de la journée, personne ne m'ayant donné d'argent pour m'acheter à déjeuner, et je mourais de faim, mais j'étais tellement appréhensive à l'idée de ce que j'allais leur annoncer que c'est à peine si j'ai réussi à avaler une bouchée.

Pour finir, j'ai lâché le morceau, déclarant que j'allais ressortir pendant une heure ou deux.

Papa m'a regardée comme si je l'avais giflé.

— Tu quoi ? a-t-il demandé, la bouche pleine de nourriture.

— Je vais passer voir Karen, ai-je dit en évitant son regard, mais en rentrant la tête dans les épaules, prête à recevoir une grêle de coups de poing.

Maman s'est levée de table alors qu'elle n'avait pas fini de manger et s'est mise à débarrasser précipitamment les assiettes, manifestement désireuse de rester à distance de la tempête qui se préparait. L'expression de papa était indéchiffrable, mais j'ai remarqué qu'il hochait la tête, comme quelqu'un qui relève un défi.

Sans un regard en arrière, j'ai couru jusqu'à ma chambre, m'attendant à ce qu'il me suive. Mais il ne l'a pas fait, et j'ai soudain pris confiance en moi. Je jubilais en répétant intérieurement « Ouais ! Ouais ! » La liberté n'était tout compte fait pas si difficile à conquérir. Peut-être qu'au fond il s'en fichait, et, même si ce n'était pas le cas, il allait devoir s'y faire. J'étais écœurée à l'idée que les deux dernières années avaient été pour moi un enfer, alors que pour échapper à ses griffes il m'aurait suffi de m'affirmer.

Je me suis débarrassée de mon uniforme de collège et j'ai enfilé une jupe et des chaussures blanches avec un corsage bleu à rayures que j'ai trouvé au fond d'un tiroir. Il y avait une tache de ketchup sur le devant, mais je n'avais rien d'autre.

Quand j'ai grimpé sur le lit pour me regarder dans le petit miroir posé sur le dessus de la commode, je me suis sentie soudain libre comme l'air et tout excitée à l'idée de toutes les sorties que j'allais pouvoir faire. Jusque-là, je n'avais guère profité de la vie, mais j'étais bien décidée à me rattraper.

Je me suis brossé les cheveux, regrettant de ne pas les avoir lavés quand j'avais pris un bain dimanche dernier, et j'ai étalé un peu de vaseline sur mes lèvres et mes cils comme le recommandait Brooke Shields dans un magazine. Finalement, satisfaite de mon apparence, j'ai dévalé l'escalier, impatiente de ressortir avant qu'il ne soit trop tard.

— Salut ! ai-je crié en longeant le couloir.

Juste au moment où j'allais ouvrir la porte, papa est arrivé comme un ouragan. Il m'a saisie par-derrière et m'a poussée la tête la première contre la porte. J'ai senti un goût de sang dans ma bouche quand mes dents se sont enfoncées dans mes lèvres. Tout est arrivé si vite que je n'ai même pas senti la grêle de gifles, de coups de poing et de pied qui a suivi.

— Tu veux aller traîner avec cette garce de Karen, c'est ça ? m'a-t-il hurlé dans les oreilles.

Tout de suite après, j'ai entendu :

— Espèce de sale petite pute.

Chaque coup qu'il me donnait était accompagné d'une bordée d'injures.

Il m'a donné un coup dans le dos qui m'a coupé la respiration, puis m'a secouée par les cheveux jusqu'à me faire perdre l'équilibre. J'entendais le bruit de mon corps qui cognait contre les minces parois de l'entrée.

Je savais que maman était dans la pièce à côté, mais elle n'a pas daigné montrer le bout de son nez. Si elle l'avait fait, elle aurait été obligée de se demander pourquoi papa se conduisait comme un mari psychotique et non comme un père.

Juste au moment où je croyais qu'il en avait fini avec moi, il a glissé une main sous ma jupe, empoigné ma culotte et s'est mis à me secouer violemment.

On aurait dit un chien qui jouait avec un os. J'ai entendu le craquement de l'étoffe et senti l'élastique qui m'entrait dans la chair.

Pour finir, d'un grand coup de pied aux fesses, il m'a jetée dehors. J'ai atterri de tout mon poids sur les genoux et je l'ai entendu qui faisait claquer la porte derrière moi.

L'espace d'une minute ou deux, je suis restée sonnée, incapable de bouger. Puis l'adrénaline a repris le dessus, me poussant à l'action. Il fallait que je déguerpisse avant qu'il ne sorte et me traîne à nouveau à l'intérieur. Je me suis relevée et j'ai commencé à marcher en claudiquant. J'étais encore tout étourdie et j'espérais que personne n'avait vu la scène. J'avais beau avoir vu toutes sortes de choses terribles, je n'en étais pas moins une adolescente timide qui ne voulait pas être humiliée devant tout le quartier.

La maison de Karen ne se trouvait qu'à quelques minutes à pied. Pendant tout le chemin, j'ai regardé par-dessus mon épaule, persuadée que papa allait surgir tel un monstre à tout moment.

Pour empêcher ma culotte déchirée de tomber, je me servais de mes poings comme d'une ceinture, et quand je suis entrée dans le hall de l'immeuble de Karen, je n'ai eu d'autre choix que de la retirer et de la jeter dans le vide-ordures. J'étais dans tous mes états, mais j'avais appris à cloisonner mes sentiments.

C'était une question de survie. J'avais traversé des épreuves nettement pires, si bien que, quand je suis arrivée chez Karen, au troisième étage, j'ai remisé mon angoisse et ma souffrance dans le compartiment qui contenait toutes mes expériences douloureuses.

Malgré tous mes efforts pour faire bonne figure, Karen a tout de suite deviné que quelque chose n'allait pas.

— Qu'est-ce qui s'est passé, Lisa ? a-t-elle demandé. Tu n'as pas l'air dans ton assiette.

J'ai haussé les épaules en riant sans lui donner d'explication. Nous sommes parties pour profiter pleinement d'une de nos rares sorties ensemble, mais tout le temps je regardais par-dessus mon épaule, terrifiée à l'idée de voir débouler papa.

Nous sommes allées dans une maison de la jeunesse, et je n'ai pas pu m'empêcher d'envier tous les garçons et les filles qui pouvaient venir ici chaque soir pour jouer au ping-pong ou écouter Duran Duran sur la stéréo. Karen m'a acheté un coca et un paquet de chips, et nous sommes allées nous asseoir à côté d'un groupe de garçons un peu plus âgés qui s'occupaient de la sono.

— Ça boume, les filles ? a demandé l'un d'eux, et nous avons ri, le nez dans nos paquets de chips.

Quand nous nous sommes dit au revoir, au coin de la rue, le soleil couchant sombrait à l'horizon. Je m'étais bien amusée, mais je savais que plus jamais je n'oserais ressortir avec elle. Mon estomac s'est noué quand j'ai commencé à remonter lentement l'allée qui menait à notre porte défraîchie. Je savais que j'allais devoir payer d'une façon ou d'une autre ma petite échappée.

Comme il fallait s'y attendre, papa s'est montré particulièrement cruel au cours des semaines suivantes. Il ne manquait jamais une occasion de me rappeler ma « trahison » et, me passant un bras autour de la gorge pour me couper la respiration, il me menaçait :

— Ne t'avise jamais de recommencer, sale petite pute.

Il était tellement plein de haine et de rancœur, que j'ai perdu tout espoir de retourner au collège un jour. Les maisons de la jeunesse étaient faites pour les adolescents normaux, pas pour les gens comme moi.

13

Un jour, en rentrant de l'école, j'ai trouvé maman à la cuisine en train de déchirer en mille morceaux une feuille de papier. Je me suis demandé si c'était une lettre que lui avait écrite une de mes sœurs. Mais, sur un petit bout de papier, j'ai reconnu distinctement l'écriture de Jenny.

— C'est une lettre de Jenny ? ai-je demandé, manquant presque sursauter en réalisant que je venais de prononcer son nom à voix haute.

— Mamie est morte, a dit sèchement maman en jetant la lettre dans la poubelle, puis en vidant le contenu du cendrier par-dessus.

— Non !

C'était comme si j'avais reçu un coup de poing en plein estomac. J'ai couru jusqu'à ma chambre et j'ai pleuré, pleuré sans pouvoir m'arrêter. J'étais tellement habituée à refouler toute pensée relative à mamie ou au reste de ma famille qu'au début j'ai eu du mal à me souvenir à quoi elle ressemblait (naturellement, il n'y avait aucune photo d'elle à la maison). Mais je n'avais pas oublié combien je me sentais protégée et en sécurité quand je m'asseyais sur ses genoux pour lui faire un câlin. Ne pas avoir pu lui dire une dernière fois combien je l'aimais me mettait au désespoir, et j'espérais qu'elle ne m'avait pas complètement effacée de sa mémoire, durant ces dernières années, comme j'avais été obligée de le faire avec elle. Le chagrin que je ressentais était immense. J'avais toujours gardé espoir que nous nous retrouverions un jour, quand je serais suffisamment grande pour me libérer de maman et papa. Je m'imaginais me présentant à sa porte, enfin libre. Maintenant, elle était partie pour toujours en emportant une petite partie de moi.

Plus tard, quand j'ai entendu papa qui riait à la cuisine en chantant le refrain du *Magicien d'Oz* : « Ding, dong, la sorcière est morte ! », j'ai regretté de ne pas avoir le courage de le tuer.

Je commençais à me demander si maman était capable d'éprouver le moindre sentiment. Sa mère, qui n'avait fait que lui donner affection et soutien, avait été mise à l'écart longtemps avant que papa ne fasse son apparition. Et maintenant que mamie était morte, maman ne versait pas même une larme.

Quelle sorte de femme était-elle pour tourner ainsi le dos à sa propre famille pour un homme qui abusait ouvertement de sa fille ? Cela faisait des années qu'elle n'avait pas revu sa mère ou aucun de ses frères et sœurs.

Mais, le pire de tout, c'était qu'elle avait choisi de faire passer papa avant tous ses enfants. Le bébé de Diane devait avoir pas loin de deux ans maintenant, mais elle ignorait si c'était un garçon ou une fille. Cheryl s'était présentée chez nous, une fois, avec son fiancé pour supplier maman de venir à son mariage, mais elle l'avait envoyée promener. Quant à Davie, elle ne semblait pas se soucier de savoir s'il était mort ou vivant. Tout cela pour un homme qui la trahissait désormais de la façon la plus cruelle qui soit en abusant de sa propre fille.

À ses yeux, papa était un dieu. Elle était prête à tout pour le contenter, y compris me sacrifier. Je ne comprenais pas comment maman pouvait aimer un tel homme. C'était comme s'il l'avait envoûtée, tel un serpent hypnotisant sa proie. De plus, elle était trop fière pour reconnaître qu'elle avait choisi un vaurien, comme disait mamie. Elle avait accepté de sa part des choses qu'aucune autre femme n'aurait tolérées, si bien qu'elle ne pouvait plus faire machine arrière.

En 1980, le film *Le Lagon bleu* est sorti, avec Brooke Shields, alors âgée de quatorze ans, dans le premier rôle. Dans la presse, on ne parlait que de ça, et je me souviens d'avoir lu dans *The Sun*, le journal de papa, que la question de savoir s'il s'agissait ou non d'un film « porno ado » avait soulevé un vif débat. Papa était devenu obsédé par ce film.

— Elle est tellement sensuelle, disait-il. Elle exsude le sexe par tous les pores de sa peau.

Il a commencé à me comparer à Brooke Shields, même si le seul trait que nous avions en commun était des cheveux châtains. Il a emporté un poster d'elle dans les toilettes, et, quand je l'ai vu ensuite, il était couvert de sperme. Peu après cela, il a commencé à me dire que j'exsudais le sexe moi aussi, mais je savais que ce n'était pas vrai ; il disait cela pour pouvoir se dédouaner sur moi de ses pulsions malsaines.

Les sévices que me faisait subir papa ne cessaient de s'aggraver. Il me prenait à n'importe quelle heure du jour ou de la nuit sans s'inquiéter de savoir s'il faisait du bruit ou non. Parfois, maman était à la maison, et parfois, il l'envoyait faire des courses et profitait de son absence prolongée pour me soumettre à ses fantasmes les plus avilissants.

Bien qu'il se fût agi d'un rituel désormais établi et auquel j'avais fini en quelque sorte par m'habituer, il y avait encore des choses que je me refusais à faire.

Jusqu'à présent, il m'avait tout fait sauf prendre ma virginité, et je demeurais passive du début à la fin. De temps à autre, il me prenait les mains pour essayer de les envelopper autour de son pénis, mais je me mettais à pleurer, et, bien que furieux devant ma résistance, il passait à autre chose. Une fois, il a essayé de s'introduire dans ma bouche, mais j'ai eu un haut-le-cœur et vomi. Après m'avoir distribué gifles et coups de pied, il a fini par se résigner au fait que je n'étais pas capable de faire ces choses. Mais je savais qu'il allait essayer tôt ou tard de revenir à la charge, car je l'entendais murmurer sur un ton menaçant :

— Ça va pour cette fois...

J'avais développé mon propre système de défenses psychologiques pour pouvoir me détacher de ce qu'il me faisait subir : ce n'étaient que de petites tactiques comme de réciter des poèmes ou des horaires de bus. Parfois même, je lisais un magazine ou regardais la télévision pendant que papa se livrait à ses turpitudes.

Mais je voyais bien qu'il commençait à perdre patience devant ce qu'il considérait comme mon refus de coopérer.

Un jour, il m'a arraché le magazine que je lisais des mains et l'a balancé à l'autre bout de la chambre. Instinctivement, je me suis roulée en boule en me couvrant la tête.

— J'ai l'impression d'être un putain de nécrophile ! a-t-il crié. Je te conseille d'y mettre du tien, ma fille.

La veille, il m'avait obligée à regarder une vidéo porno avec lui. C'était l'histoire d'un nécrophile qui faisait l'amour avec des cadavres ; donc, je savais exactement à quoi il se référait.

— J'en ai ras le cul de tes simagrées ! a-t-il crié en m'attrapant par les cheveux et en me positionnant à genoux entre ses jambes. Tu vas la prendre dans ta main, il a ordonné en m'obligeant à empoigner sa verge, et tu vas la faire monter et descendre, comme ça.

J'avais les joues brûlantes de honte et j'ai senti un flot de bile remonter dans ma gorge parce que je savais qu'il allait vouloir que je le refasse chaque fois. C'était sa façon de procéder quand il avait décidé d'instaurer une nouvelle pratique.

— Et ne t'arrête pas, connasse ! criait-il en m'assénant une gifle sur le côté de la tête. Vas-y, astique.

Heureusement, les choses ne s'éternisèrent pas. Mais il ne fallut pas bien longtemps avant qu'il exige que je recommence, cette fois avec son pénis dans ma bouche.

J'ai pleuré et gémi en tournant ma tête de côté, dans l'espoir qu'il renoncerait, comme il l'avait toujours fait jusque-là quand je protestais trop vivement, mais il m'a maintenu la tête fermement en place.

J'ai essayé de garder la bouche fermée, mais il se servait de sa verge comme d'une masse qu'il cognait contre mes dents.

— Tu cherches à me mordre, espèce de salope ? Tu cherches à me mordre la bite ?

D'un grand coup de pied, il m'a expédiée à l'autre bout de la chambre, où je me suis réfugiée contre la fenêtre. J'entendais les bruits de la rue en contrebas : les mécanos du garage d'à côté riaient et plaisantaient en fourgonnant dans leurs boîtes à outils, totalement inconscients du calvaire que j'étais en train de subir à quelques mètres de là seulement, dans notre séjour.

— Arrête de pleurnicher, sale petite garce, et ramène ton clapet. On va faire un soixante-neuf.

J'avais les yeux tellement bouffis d'avoir pleuré que j'y voyais à peine. Je n'arrivais pas à croire qu'il était possible qu'il me fasse souffrir plus qu'il ne l'avait déjà fait, mais il a commencé à me mordre et à enfoncer ses doigts profondément en moi. On aurait dit un animal dépravé. Était-ce là ce qu'il appelait un « soixante-neuf » ? Je n'en avais pas la moindre idée.

Depuis que papa avait commencé à me toucher, une lourde chape de honte et de culpabilité s'était abattue sur moi, mais maintenant qu'il m'obligeait à jouer un rôle plus actif, cette chape commençait à m'étouffer.

Alors qu'avant j'étais complètement passive, maintenant qu'il me forçait à faire des choses, j'avais l'impression d'être complice de mon propre avilissement.

J'avais beau savoir que ce raisonnement était absurde – aucun enfant n'aurait eu envie de subir un tel traitement –, je ne pouvais m'empêcher de culpabiliser. Quelle sorte de fille étais-je pour faire des choses pareilles ? Je me sentais sale et totalement dépravée. Je ne lui avais pas demandé d'abuser de moi. Je voulais que cela cesse. Mais j'étais arrivée à un point où je m'étais résignée : le destin en avait décidé ainsi pour moi. C'était presque devenu normal.

Mais j'étais encore malgré tout suffisamment consciente pour savoir que ce n'était pas la normalité à laquelle j'aspirais. Je voulais être comme les autres filles de mon âge, pouvoir vivre une vie insouciante, faire des expériences comme essayer de nouveaux vêtements et me maquiller, écouter de la musique et même flirter avec des garçons. Mais je n'avais rien de tout cela. Je n'avais même jamais eu un premier béguin. J'étais retenue prisonnière depuis l'âge de douze ans.

Quand je regardais l'émission *Top of the Pops* à la télévision et que je voyais tous les jeunes danser et s'éclater, je me demandais si cela m'arriverait un jour. Mais je ne voyais pas comment ; pas avec papa pour contrôler mes moindres faits et gestes.

Un jour, il m'a annoncé que nous partions en vacances. Il allait nous emmener, Kat et moi, en Floride pendant trois semaines.

— Et maman ? ai-je demandé, soudain paniquée.

— Je reste ici, elle a dit. Il faut que quelqu'un fasse le boulot. Le ménage ne se fait pas tout seul, que je sache.

Mon estomac s'est noué à l'idée que j'allais me retrouver enfermée trois semaines durant avec papa dans une chambre d'hôtel. Peu importait que ce soit en Floride. Je savais que j'allais vivre un cauchemar. Mais le pire, c'était que Kat allait être là, qu'elle risquait de le voir abuser de moi et peut-être même subir elle aussi des sévices. Peut-être ne serait-il pas capable de se contrôler.

Papa m'a décoché un regard lubrique depuis sa place sur le canapé.

— Qu'est-ce qu'il y a ? a dit maman. Il y en a qui seraient drôlement contentes à ta place.

Je me suis mordu la lèvre pour ne pas dire une chose que je risquais de regretter.

— C'est juste que je ne me sens pas bien, ai-je expliqué.

— Tu ne te sens jamais bien, a répondu maman. Pleurnicher, pleurnicher, c'est tout ce qu'elle sait faire.

Je suis montée dans ma chambre en courant. Maman avait raison : il y a plus d'une fille qui aurait sauté de joie à ma place. Mais je n'étais pas de celles-là. Et papa n'était pas un père comme les autres. Le pire de tout, c'est que j'allais devoir veiller sur Kat et la protéger. Comme toujours, je me sentais totalement démunie et impuissante. Mon seul espoir était que l'instinct maternel de maman allait prendre le dessus à la dernière minute. Elle savait combien il était prompt à se mettre en colère et à devenir violent, et elle savait sans l'ombre d'un doute ce que papa me faisait subir. Comment pouvait-elle continuer à se mettre la tête dans le sable ? Elle n'était jamais dans la même pièce que nous quand papa me violait, mais elle était la plupart du temps dans la maison quand il abusait de moi dans la chambre à coucher pendant des heures. À maintes occasions, elle l'avait vu me toucher de façon inconvenante. Elle était également témoin de son comportement possessif. Il exigeait de savoir exactement ce que j'étais en train de faire à tel instant précis et m'interdisait de sortir le soir comme tous les autres adolescents. Elle savait qu'il était sujet à des crises de rage et de paranoïa, mais, quand elle me voyait pleurer avec mes vêtements déchirés et mes cheveux en bataille, elle se contentait de lever les yeux au ciel en disant :

— Tu vas pas te remettre à chialer ?

En réalité, maman était une femme très intelligente, si bien qu'elle ne pouvait invoquer l'ignorance pour sa défense. Elle était tout sauf stupide. Elle savait pertinemment que papa était un individu dépravé qui se comportait ouvertement de façon obscène avec moi.

Elle était souvent présente quand il exigeait que je parade devant lui dans différentes tenues. Une fois, il a acheté un pantalon à rayures roses qu'il m'a obligée à porter sans culotte dessous :

— Sinon on voit la marque de ton slip.

J'ai essayé de résister tout en faisant en sorte de ne pas le mettre en colère, mais il n'a rien voulu savoir. Maman était assise sur le canapé à côté de lui. Elle fumait sa cigarette, l'air parfaitement calme et immobile, sauf son pied qui n'arrêtait pas de remuer comme si elle battait la mesure.

Je suis montée dans ma chambre pour passer le jean. Il était tellement serré que je pouvais à peine m'asseoir, ce qui n'a pas eu l'air de déranger papa qui, de toute façon, ne voulait rien d'autre que me voir debout et de dos.

— Elle a un sacré petit cul, a commenté papa en se tournant d'un côté, puis de l'autre pour pouvoir m'observer sous tous les angles.

J'ai rougi de honte, consciente que maman bouillait intérieurement. Le mouvement nerveux de son pied la trahissait. Je savais qu'elle était furieuse, mais pas contre lui, contre moi. Elle ne voyait en moi qu'une rivale et faisait comme si c'était moi qui encourageais papa à se comporter ainsi, alors que j'étais une victime innocente. Qu'étais-je censée faire ? Refuser de mettre le pantalon ? Refuser de monter avec lui dans sa chambre chaque soir ? Chaque fois que j'essayais de résister, il devenait violent.

— Attends qu'elle commence à prendre des bourrelets. Elle a déjà un pneu autour de la taille, a dit maman.

— Avec un cul comme ça, elle est assise sur une mine d'or, a dit papa. Il va falloir qu'on te mette en piste, Lisa.

Le plus souvent, il déguisait ses remarques salaces en plaisanteries, afin de les rendre acceptables pour maman, mais elles me rappelaient les choses horribles qu'il me faisait chaque jour, et les larmes me montaient aux yeux.

— Je plaisante, espèce de conne, disait-il en se tournant vers maman. Dis-lui que je plaisante, Donna.

Maman me foudroyait alors du regard en me disant d'arrêter de jouer les victimes.

— Ah ! celle-là et ses larmes de crocodile. Elle pourrait en remontrer à Liz Taylor.

— Est-ce que je peux monter me changer ? demandai-je d'une voix neutre, impatiente de retirer le pantalon à rayures et de remettre mon jean en velours confortable.

— Pourquoi ? Il te rentre dans la fente ? s'esclaffa papa.

L'ignorant, je me suis dirigée vers la porte, mais il n'en avait pas fini.

— Tu sais où me trouver si tu as besoin qu'on te passe un peu de pommade.

Sûrement que maman allait trouver cette remarque déplacée. Mais non. Quand je suis sortie, je les ai entendus qui riaient ensemble.

— Oh ! ce que tu peux avoir l'esprit mal tourné, a-t-elle dit. Si tes blagues étaient des étrons, tu pourrais ouvrir une usine à merde.

C'était l'une de leurs reparties favorites, à tous les deux.

Parfois, maman s'énervait quand il me faisait des compliments, et j'avais l'impression qu'il le faisait exprès pour la faire enrager.

« T'as vu comme elle est fraîche au saut du lit, le matin ? » était un autre commentaire qui avait le chic pour hérisser maman.

Chaque fois, sa réponse était la même :

— Ouais, mais elle a que quatorze ans et elle n'est pas obligée de se lever tous les jours à quatre heures du matin.

Dans ces moments-là, les yeux bruns de maman me dardaient des regards pleins de haine. C'était comme si elle reportait sur moi toute sa colère contre lui, parce que j'étais une cible plus facile. Il était évident que les attentions de papa me révulsaient.

Je faisais tout ce que je pouvais pour dissimuler mon corps, portant un pantalon et des manches longues en toute occasion, même en été. Mais même cela avait le don d'irriter maman qui voyait bien que je faisais tout ce que je pouvais pour m'enlaidir, car elle savait ce que cela impliquait.

Je n'avais pas beaucoup de vêtements. Ma garde-robe était rudimentaire : des habits résistants et pratiques pour faire le ménage et porter à la maison, plus quelques affaires que je mettais pour aller au collège et qui n'étaient pas tout à fait conformes au règlement. Par exemple, s'il était stipulé un gilet gris, le mien était beige et avait feutré au lavage. Je fus constamment rappelée à l'ordre jusqu'au jour où les enseignantes, comprenant que je n'avais pas voix au chapitre, décidèrent de fermer les yeux. À cette époque, le laxisme régnait au sein du conseil scolaire. Rares étaient les fois où mes parents recevaient une lettre au sujet de mes absences répétées du collège, et plus rares encore concernant le non-respect du code vestimentaire.

Tout dans ma garde-robe était fonctionnel. Je n'avais pas de tenues de fête étant donné que je ne sortais jamais, mais un jour papa m'a rapporté une robe d'été couleur d'arc-en-ciel et m'a dit de la passer. Mon cœur a chaviré. C'était une belle robe en soie, comme en rêvent toutes les jeunes filles, mais avec des bretelles toutes fines qui ne masquaient rien de mes épaules.

Je n'aimais pas porter des vêtements décolletés, et lorsque je suis allée l'enfiler dans ma chambre, j'ai eu envie de pleurer. Je venais de m'acheter mon premier soutien-gorge au marché, et je le portais généralement sous un maillot de corps afin de dissimuler au maximum mes formes qui commençaient à se développer et qui ne faisaient qu'aggraver les choses avec papa. J'ai gardé mon soutien-gorge et mon tee-shirt, même si je savais que ce genre de robe se portait sans rien dessous.

Quand je suis redescendue dans le séjour, maman et papa m'attendaient.

— Qu'est-ce qui t'a pris de garder ton maillot de corps ? a demandé maman sur un ton tellement incrédule que j'ai compris qu'elle avait deviné la réponse. Tu as l'air ridicule.

— Ouais, file me retirer tout ça, et le soutif avec, a dit papa.

Mon estomac faisait des nœuds, mais je savais que je n'avais d'autre choix que d'obtempérer. Je suis allée dans la salle de bains pour les ôter. Quand je me suis regardée dans la glace, j'ai vu que la robe m'allait comme un gant, mais je me sentais nue. Je n'étais pas une fille coquette, n'ayant jamais été habituée aux chichis ou aux accessoires. Je suis restée si longtemps dans la salle de bains que papa a fini par s'impatienter.

— Où est-ce qu'elle est passée, nom de Dieu ? l'ai-je entendu beugler.

Je suis redescendue dans le séjour avec les bras croisés maladroitement sur ma poitrine.

Papa a émis un sifflement.

— Vise un peu ça, a-t-il dit comme s'il se moquait de moi. Hé ! Je vois tes petits nénés.

J'ai jeté un regard à maman, comme pour lui demander comment elle pouvait le laisser dire des choses pareilles.

— Baisse les bras, Lisa, et arrête de faire l'idiote, a-t-elle dit. Qui est-ce qui va te voir de toute façon ?

Je n'en croyais pas mes oreilles. Comment osait-elle me poser la question ? Il y avait une pointe de provocation dans sa voix, comme si elle attendait que je dise le fond de ma pensée devant papa. Elle avait sans doute deviné que j'avais envie de crier : « Mon père, ton mari ! Et tu le sais très bien ! » Mais elle n'ignorait pas que j'étais terrorisée. Et qui savait quelle réaction aurait papa si je jetais les masques et parlais ouvertement des sévices qu'il m'infligeait ?

Cependant, plus papa prenait de libertés et plus maman avait du mal à garder son sang-froid. Elle était intelligente et vive, mais pour une raison que je ne m'expliquais pas, elle préférait tolérer son comportement pervers plutôt que de protéger son enfant.

Elle n'avait pas la tête dans les nuages. Elle savait ce qu'il faisait, mais ne disait rien. Pire, même : sa négligence encourageait papa à continuer de me maltraiter jusqu'à briser définitivement ma vie.

Un dimanche, elle l'a vu faire de ses yeux. Papa me tenait coincée entre ses jambes sur le sofa pendant qu'il faisait la sieste après un repas copieux et bien arrosé. Pour la première fois, j'ai vu maman s'asseoir dans le fauteuil face à nous et regarder la télévision au lieu de descendre à sa place habituelle dans la salle à manger.

Papa ronflait, apparemment plongé dans un sommeil de plomb. Il était allongé de côté avec ses pieds sur mes genoux. Soudain, il a reniflé, s'est brièvement réveillé pour changer de position et m'a passé une main entre les jambes pour toucher mon sexe. Je ne suis pas certaine qu'il avait remarqué que maman était dans la pièce, mais il a émis un grognement de plaisir en marmonnant :

— Le petit minou bien juteux de Lisa.

Je me suis dégagée prestement, mais il était évident que maman avait tout vu. Je ne savais pas si je devais m'en réjouir ou non. En dépit de tout, je l'aimais et je ne voulais pas la faire souffrir.

Mais mon sentiment dominant était la peur. Je savais qu'elle allait rejeter la faute sur moi, car rejeter la faute sur papa l'aurait obligée à admettre qu'elle avait sacrifié toute sa famille pour rien. J'ai alors pensé qu'elle attendait, espérant qu'il finirait par se lasser de moi et que je quitterais la maison dès que je serais en âge de le faire, comme Cheryl. Mais il me fallait encore attendre un an et demi avant d'avoir seize ans.

Elle est restée assise dans le fauteuil, telle une statue. Seul son pied battant la mesure et l'expression de colère sur son visage trahissaient ses sentiments. Son regard s'est posé sur la main de papa qui avait repris une position plus acceptable sur ma jambe gauche. Je l'ai regardée comme un lapin affolé, attendant que nos yeux se croisent et fassent jaillir la vérité. Car, enfin, elle ne pouvait plus nier. Elle avait tout vu et entendu. Ce qui me dérangeait le plus, c'était que l'expression de son visage ne reflétait aucune stupeur ni même de surprise, juste de l'ennui. Jusque-là, une petite partie de moi-même continuait d'espérer que je me trompais, que maman vivait sur un petit nuage. Mais plus maintenant. Le message qu'elle venait de faire passer était on ne peut plus clair : jamais elle ne tiendrait tête à papa. Elle m'avait livrée en pâture à cet homme qui pouvait faire de moi ce qu'il voulait, la seule condition étant de ne pas le faire devant elle. Il pouvait se montrer aussi grossier et violent qu'il le voulait, mais pour le reste il devait s'enfermer dans une autre pièce. C'était pour cette raison qu'elle avait pris l'habitude de regarder la télévision seule en bas et m'ordonnait de lui fiche la paix et de monter le rejoindre.

Après une minute ou deux, elle a recommencé à regarder la télé comme si rien ne s'était passé.

Peu après, alors que j'étais toujours coincée entre les jambes de papa, une émission intitulée *Femmes battues* est passée à la télé. La première partie de l'émission montrait des femmes qui me faisaient toutes penser à maman. Elles étaient pour la plupart complètement isolées du reste de leur famille et, bien qu'ayant des coquarts et des côtes cassées, certaines témoignant depuis leur lit d'hôpital, elles étaient toutes déterminées à rester auprès de l'homme qui les battait. L'une d'elles a dit une phrase que maman disait à propos de papa : « C'est un homme qui vous envoûte. »

Mais une des femmes était différente. Elle avait fait de la prison pour avoir frappé son mari à la tête avec une poêle à frire après avoir découvert qu'il avait couché avec sa sœur. Je me suis demandé s'il y avait une chose qui aurait pu mettre maman vraiment en colère et la pousser à prendre une décision qui aurait pu tous nous sauver.

14

J'essayais de ne pas trop penser au prochain séjour en Floride, parce que les scénarios possibles qui surgissaient dans ma tête étaient insoutenables. Quand j'ai dit à Karen où j'allais en vacances, elle a eu l'air incrédule. Comment Lisa, la fille toujours débraillée et sans le sou, pouvait-elle subitement s'offrir des vacances en Amérique ?

J'étais aussi surprise qu'elle, parce que tout l'argent que maman gagnait en faisant des ménages, papa le perdait en jouant aux courses. Certains jours, c'est tout juste si maman avait de quoi se procurer son ticket de bus pour se rendre au travail. Je n'avais jamais de quoi me payer à déjeuner parce que maman n'avait pas d'argent et, quand elle en avait, nous étions tellement habituées à ce que je me passe de manger le midi, que nous n'y pensions même pas. C'était un supplice de regarder les autres manger à l'heure de la cantine. La plupart du temps, nous avions tout juste assez de pain pour faire une tartine de pain grillé à Kat, le matin, si bien que je me passais également de petit-déjeuner. Parfois, quand Karen avait un peu d'argent de rab, elle me donnait de quoi m'acheter un petit pain, mais la plupart du temps je préférais refuser, même si mon estomac criait famine.

— Tu es maigre comme un haricot, disait Karen. Tu n'as que la peau sur les os. Pourquoi est-ce que ta mère ne te donne pas d'argent pour déjeuner ?

— Elle est un peu fauchée en ce moment, répondais-je.

C'est pourquoi ce soudain départ à trois pour la Floride, la dernière destination en vogue, avait de quoi surprendre. Mais Karen fut encore plus surprise quand je lui ai dit que maman ne venait pas avec nous.

— Elle ne vient pas avec vous ? Mais comment est-ce possible ?

— Je ne sais pas, ai-je répondu, embarrassée. Elle ne peut pas prendre de vacances.

En fait, papa et maman avaient eu une dispute à ce sujet. Elle trouvait injuste de devoir rester à « trimer comme une putain de négresse » alors qu'il se payait du bon temps. Après plusieurs violentes querelles et quelques trous supplémentaires dans les murs et les portes, papa avait fini par céder et réservé un séjour pour maman, Kat et moi à Majorque pour les vacances de Pâques.

Je suis restée bouche bée quand maman m'a annoncé que je partais moi aussi. Je ne comprenais pas comment il était possible que papa ait accepté. D'habitude, il trouvait toujours une bonne excuse pour me garder avec lui. Jusqu'à la dernière minute, même dans la navette qui nous emmenait à l'aéroport de Gatwick, j'ai cru qu'il allait changer d'avis.

Les vacances à Majorque nous ont fait l'effet d'un tonique. Dès l'instant où j'ai fait mes adieux à papa (qui m'a discrètement pincé les fesses), je l'ai chassé de mes pensées. Je pense que maman en a fait tout autant. Elle n'était plus la même. Envolées l'amertume et la colère rentrée qui la faisaient bouillir intérieurement quand nous étions à la maison. On l'aurait dit libérée d'un poids immense. Elle aimait prendre le soleil au bord de la piscine pendant que Kat et moi jouions dans l'eau. Elle ne me lançait pas de regards méchants et me traitait presque de la même façon que Kat. J'ai même eu droit une ou deux fois à un câlin. C'était comme si, loin de l'atmosphère délétère de la maison, elle arrivait à me voir comme sa fille et non pas comme une rivale.

Chaque soir nous dînions au restaurant de l'hôtel et nous allions ensuite passer un moment au bar pour regarder le spectacle de danse espagnole. Une fois ou deux, le beau danseur au pantalon noir serré a invité maman à monter sur scène. Je n'osais pas imaginer la réaction de papa s'il venait à l'apprendre.

Maman était beaucoup plus expansive quand elle était en vacances. Elle se liait avec les gens et leur parlait le plus naturellement du monde, chose qu'elle n'aurait pas pu faire quand elle était à la maison.

Un jour, nous avons fait une excursion sur un bateau à fond de verre qui nous a emmenées sur une petite île avec de magnifiques plages de sable blanc cernées par des collines rocheuses. J'étais au paradis.

Tout était tellement extraordinaire. Le capitaine du bateau a préparé une gigantesque paella qu'il nous a servie sur la plage pour le déjeuner. Je n'avais jamais rien goûté d'aussi bon.

Ces vacances étaient d'autant plus extraordinaires que je n'éprouvais plus aucune peur, mais, à mesure que la semaine touchait à sa fin, j'ai senti l'angoisse revenir, et maman a recommencé à être désagréable. Je savais pourquoi. Je savais que c'était parce que nous allions bientôt revoir papa.

Quand nous sommes arrivées à la maison, maman a essayé de prendre l'air détendu pour dissiper la colère qu'elle sentait bouillir en papa.

— Alors, à qui est-ce que vous avez parlé ? a-t-il demandé en nous regardant tour à tour, maman et moi.

— Comment cela, à qui nous avons parlé ? a répliqué maman, prise de court par sa question. À qui veux-tu que nous parlions ?

— À qui est-ce que maman et Lisa ont parlé, Kat ? a demandé papa en se tournant brusquement vers ma sœur alors âgée de cinq ans, qui s'était faite toute petite dans un coin.

Elle avait l'air désemparée, et quand papa a répété sa question en haussant le ton cette fois, j'ai bien vu qu'elle faisait des efforts pour trouver la bonne réponse.

— Tony et Linda, a-t-elle bredouillé.

Tony et Linda étaient le couple qui occupait la table à côté de la nôtre et qui, comme n'importe quel couple sociable, échangeait de temps à autre quelques paroles aimables avec maman à propos de tout et de rien.

Mais papa ne voyait pas les choses sous cet angle.

— Tony et Linda, hein ? C'est qui, ces deux-là ? a-t-il hurlé en assénant un grand coup avec le plat de la main sur la table en verre fumé de la salle à manger.

— Juste des gens qui occupaient la table à côté de la nôtre, a dit maman.

— Un couple de partouzeurs, ouais, a dit papa qui se montait tout seul le bourrichon.

Maman, peut-être encouragée par le fait que papa n'avait pas levé la main sur elle depuis deux ans, a répliqué du tac au tac :

— Tu es complètement taré, ma parole. Et puis, tu es gonflé de me chercher des poux dans la tête après ce que tu as fait...

Son regard s'est porté brièvement sur moi, et j'ai compris qu'elle parlait de moi. J'ai pris peur et saisi la main de Kat pour essayer de quitter la pièce.

— Où est-ce que tu vas ? a demandé papa en me bloquant le chemin.

— Laisse-les partir ! a crié maman.

Sa poitrine se soulevait et s'abaissait comme si elle avait cherché son souffle.

Papa m'a regardée dans les yeux et a murmuré :

— On va s'expliquer plus tard.

J'ai emmené Kat dans sa chambre et on a commencé à défaire nos valises. La joyeuse insouciance de la semaine qui venait de s'écouler avait fait place à un sentiment de terreur. Les cris de maman et papa en train de se disputer résonnaient dans l'escalier. J'ai commencé à secouer nos claquettes pleines de sable pour essayer de m'occuper, mais l'odeur de la mer et de la lotion solaire m'a fait monter les larmes aux yeux. Kat s'est approchée et m'a dit en prenant ma main dans la sienne :

— Papa est toujours en colère, hein ?

— Ne t'inquiète pas, j'ai répondu. Ça va passer.

J'étais tellement triste pour elle. J'aurais tant voulu qu'elle puisse avoir l'enfance normale dont j'avais moi-même été privée. Mais, pour cela, il aurait fallu que maman rompe avec papa, et je ne voyais pas comment c'était possible.

Plus tard, les cris se sont calmés, pour être remplacés par des grognements tandis qu'ils faisaient l'amour. J'ai allumé le radioréveil, et Kat et moi avons écouté Bucks Fizz qui chantait *Making Your Mind Up*.

Au cours des semaines précédant les vacances en Floride en août 1981, j'étais en proie à des sentiments mitigés. Une partie de moi-même avait envie d'aller à Disney World et de rencontrer Mickey, mais mon enthousiasme était refroidi par l'idée que j'allais me retrouver seule avec papa pendant trois semaines. Je m'inquiétais aussi de devoir m'occuper de Kat, une responsabilité qui pesait très lourd sur mes épaules. Cependant, je m'exhortais à regarder le bon côté des choses. Quand papa voulait bien, il pouvait être très gentil. Certes, sa bonne humeur était fragile et ne durait jamais bien longtemps, mais quand je voyais comment les vacances avaient transformé maman, j'espérais qu'il en irait de même pour lui.

La veille du départ, maman m'a semblé plus calme qu'à l'ordinaire. Après dîner, m'étant assurée que nous étions seules, je lui ai fait part de mes inquiétudes :

— Qu'est-ce qui va se passer si papa fait des choses avec Kat dans la chambre ?

C'était une façon indirecte de lui dire ce que j'avais sur le cœur sans avoir à prononcer des mots qui me faisaient horreur.

— Qu'est-ce que tu me chantes là, Lisa ? a dit maman en se frappant le front avec la main. File dans ta chambre. Comme si je n'avais pas déjà suffisamment de soucis comme ça…

Elle ne voulait pas en parler. Sans doute espérait-elle, tout comme moi, que le pire n'arriverait pas. Ce n'était pas pour moi que je me faisais du souci – d'une certaine façon, je m'étais habituée aux brutalités de papa –, mais je me demandais comment maman pouvait laisser Kat partir sans elle. Je n'ai jamais gobé l'excuse selon laquelle elle ne pouvait pas prendre de congés. La sœur de papa, Lesley, qui travaillait avec maman depuis des années, aurait très bien pu la remplacer pendant ces trois semaines.

Le jour du départ est arrivé. Malgré toute mon appréhension, je n'ai pu m'empêcher de ressentir un pincement d'exaltation quand nous sommes montés dans l'avion. Pendant les deux premières heures de vol, tout s'est bien passé. Papa, en mode Dr Jekyll, faisait aimablement la conversation avec l'homme assis de l'autre côté de l'allée. Je l'ai entendu lui dire qu'il était divorcé et emmenait ses deux filles passer des vacances bien méritées. Il avait presque l'air d'un père de famille respectable.

Puis, l'hôtesse a commencé à distribuer les repas, et papa a commandé un double gin-tonic et j'ai remarqué qu'il regardait avec insistance son décolleté quand la femme s'est penchée pour le servir. Après deux ou trois autres verres, il a commencé à dire tout haut qu'il aurait bien aimé « la fourrer ». L'homme avec qui il avait parlé plus tôt a détourné la tête, l'air gêné.

Quand nous sommes arrivés à l'hôtel, à mon grand soulagement, papa m'a laissée seule avec Kat pour que je défasse les bagages pendant qu'il allait au bar. Nous ne l'avons pas revu avant le lendemain matin, quand je l'ai trouvé étendu sur son lit, nu comme un ver. Je me suis empressé de le couvrir avant que Kat ne se réveille. Il était midi passé quand il s'est réveillé. Kat et moi faisions les cent pas, impatientes d'aller à la plage qui bordait l'hôtel et qu'on apercevait depuis la fenêtre de la chambre. Nous avions faim et soif, parce que nous n'avions pas dîné la veille au soir ni mangé ce matin. J'ai trouvé un paquet de chips qui nous restait du voyage et je l'ai donné à Kat pour la caler un peu, mais nous n'osions pas descendre sans l'autorisation de papa.

Néanmoins, tout au long des trois semaines du séjour, nous nous sommes retrouvées entièrement livrées à nous-mêmes dans la journée. Papa, une fois réveillé, filait directement au bar. Kat et moi passions le plus clair de notre temps au bord de la piscine. Comme nous n'avions pas de crème à bronzer, je l'obligeais à porter un tee-shirt ou à s'asseoir sous un parasol.

Malgré tous mes efforts pour me protéger du soleil, j'avais les épaules et les bras couverts de cloques. Ça m'a fait penser à la seule autre fois où j'étais allée en vacances avec papa, quand j'avais sept ans. Il nous avait emmenés passer une semaine à Benidorm quand maman et lui s'étaient mariés. Eux ont passé presque toutes les vacances au lit, nous laissant, Davie et moi, jouer au bord de la piscine. À la fin de la semaine, j'avais la peau complètement brûlée, et une cliente de l'hôtel qui était infirmière a menacé de dénoncer maman aux autorités pour négligence.

Le bon côté de ce séjour en Floride était que Kat et moi n'avons pour ainsi dire pas vu papa. Le pire était que je me réveillais souvent en pleine nuit et le trouvait en train de se masturber sur moi. Il relevait ma chemise de nuit jusqu'à ma taille et allumait la lampe de chevet pour pouvoir regarder ce qu'il était en train de faire. Heureusement, Kat avait le sommeil profond.

D'une certaine façon, papa se sentait obligé de changer ses habitudes à cause de Kat, mais parfois je voyais bien qu'il avait du mal à se retenir.

À mesure que le temps passait, il devenait de plus en plus irascible. Il m'envoyait lui chercher un hamburger et des frites au restaurant qui se trouvait au coin de la rue et, malgré le fait que je revenais toujours en courant, le sandwich et les frites n'étaient jamais assez chauds à son goût. Il balançait alors rageusement la boîte en polystyrène du hamburger contre le mur, puis m'envoyait moi aussi valdinguer d'un bout à l'autre de la chambre pendant que Kat se faisait toute petite dans un coin. Après quoi, il me plaquait sur le lit, et je voyais bien qu'il résistait à l'envie de déboutonner sa braguette pour me fourrer sa chose dans la bouche, comme il l'aurait fait si nous avions été à la maison. Mais plus il refoulait ses pulsions, plus il devenait violent.

Loin d'être un séjour familial idyllique, comme en rêvent tous les enfants, notre équipée s'est transformée en cauchemar. La deuxième semaine, j'ai remarqué que le dos de papa était couvert de griffures.

— J'ai baisé l'accompagnatrice, hier soir, a-t-il dit en se tournant pour inspecter son dos dans la glace. C'est une vraie bête sauvage au lit. Elle m'a réduit le dos en charpie.

Je voyais bien qu'il m'observait dans la glace, attendant une réponse de ma part. Mais j'ai fait exprès de ne pas réagir, parce que je savais que mes protestations, mes cris ou mes larmes ne faisaient que l'exciter encore plus. Quand il est allé s'asseoir sur le siège des toilettes avec un magazine porno, j'ai senti toutefois une larme s'échapper du coin de mon œil.

Kat, qui était en train de jouer avec sa poupée Sindy sur le balcon, est entrée au même moment.

— Pourquoi tu pleures ? a-t-elle demandé.

— C'est rien, ai-je dit. Juste une poussière dans l'œil.

Papa me rendait malade de dégoût. J'en avais assez de vivre une vie pleine de vice et de turpitude, et je n'avais pas envie qu'il me raconte ses frasques sexuelles. Mon seul espoir était qu'il aille « fourrer » ailleurs quand nous rentrerions à la maison, car ainsi il me laisserait peut-être tranquille.

Mais je savais qu'il y avait peu de chances pour que cela arrive parce qu'il ne sortait pour ainsi jamais. À tel point que j'en venais à me demander si maman ne préférait pas qu'il reste à la maison et abuse de moi plutôt que de prendre le risque qu'il ne sorte et rencontre une autre femme avec qui il se ferait la belle. Cette pensée me faisait frissonner d'horreur.

Quelques jours plus tard, j'ai eu la déception d'apprendre qu'il avait également couché avec la charmante jeune femme qui nous servait à dîner et qui était vraiment très gentille avec Kat et moi. J'ai pensé : « On voit bien que tu ne sais pas à qui tu as affaire. »

— Celle-là, c'est ce qu'on appelle un bon coup, a dit papa pour résumer leur aventure.

Il a passé presque tout le séjour à boire comme un trou. Un matin, il m'a avoué qu'il avait failli frapper une femme dans un bar, parce qu'elle lui avait ri au nez quand il lui avait dit qu'il faisait des ménages et qu'elle lui avait demandé s'il avait une serpillière et un seau sur le même ton ironique.

— Cette vieille guenon a bien failli se prendre mon verre en pleine gueule.

Les autres clients de l'hôtel s'inquiétaient de voir qu'il n'avait pas une attitude d'adulte responsable et appelaient souvent la réception quand ils nous trouvaient dans le couloir devant la porte fermée de la chambre, grelottantes et trempées d'avoir nagé dans la piscine. Un jour, une dame est venue pour déverrouiller la porte. Quand elle l'a ouverte et a trouvé papa ivre mort sur la moquette à côté d'un magazine porno, j'ai eu tellement honte que je n'ai pas osé la regarder.

— Tu es sûre que ça va aller, petite ? m'a-t-elle demandé. Tu ne veux pas que j'appelle ta maman ?

J'avais hâte qu'elle s'en aille. J'avais trop peur que papa ne se réveille et me surprenne en train de parler avec une inconnue. Il n'aimait pas que des étrangers fourrent leur nez dans nos affaires.

Ce fut un soulagement de rentrer à la maison. Papa m'avait indiqué avec force détails sordides tout ce qu'il allait me faire quand nous serions de retour, si bien que je savais à quel enfer m'attendre, mais du moins étais-je déchargée de la responsabilité de veiller sur Kat.

Comme toujours, papa passa les premières semaines à incendier maman, car il était persuadé qu'elle avait couché avec des tas d'hommes pendant son absence. J'aurais voulu avoir le courage de lui parler de toutes les femmes avec qui il s'était vanté d'avoir couché quand nous étions en Floride, mais j'ai réalisé qu'elle ne pourrait rien y faire de toute façon. Elle était comme un pur-sang bridé, à qui on avait ôté toute envie de regimber. Si les sévices que subissait sa propre fille ne lui faisaient ni chaud ni froid, ce n'était pas une obscure serveuse de restaurant de Floride qui allait changer quoi que ce soit.

15

Au printemps 1982, je commençais à désespérer. Ma vie était devenue un enfer et mon univers s'était tellement rétréci que je ne voyais aucune issue. Comme si cela ne suffisait pas, papa avait commencé à me dire qu'il avait l'intention de me pénétrer prochainement avec une telle force qu'il allait me déchirer en deux.

Il ne m'avait encore jamais pénétrée, mais je savais qu'à brève échéance, il allait me forcer à copuler avec lui, comme le faisaient les adultes.

Au fil des ans, il avait abusé de moi de façon si vile, que je me sentais complètement entachée et indigne d'aller au collège. La peur était tellement ancrée en moi que je n'osais aller nulle part, de crainte que papa ne me donne une correction s'il apprenait que j'étais sortie sans son autorisation. J'avais le choix entre aller au collège et me sentir salie, indigne et mal à l'aise avec mes camarades de classe, ou rester à la maison et subir toujours plus de sévices. Parfois, je restais à la maison simplement parce que je ne supportais pas de regarder Karen en face, ni toutes les autres filles qui semblaient mener une vie simple et paisible. Je ne supportais pas de voir tout ce à côté de quoi je passais, comme le cinéma, la maison de la jeunesse ou une invitation à sortir avec un garçon pour la première fois. Je me sentais seule et abandonnée de tous, comme une sorte de monstre de la nature. À cette époque, on n'entendait jamais d'histoires de maltraitance, si bien que j'avais l'impression d'être la seule dans mon cas.

Quand maman rentrait du travail le midi, je voyais bien qu'elle était contrariée de me trouver à la maison (non pas parce qu'elle se souciait de mon éducation, mais parce que ma présence l'exaspérait). Je l'avais entendue se disputer avec papa à ce sujet.

— Pourquoi est-ce qu'elle n'est pas allée au collège ? demandait-elle. J'en ai assez de la trouver à la maison chaque jour.

— Qu'est-ce que j'y peux si elle a pas envie d'y aller ? répliquait papa.

J'allais m'enfermer dans la salle de bains pendant qu'ils se querellaient au rez-de-chaussée. J'étais tellement excédée que j'aurais voulu foncer la tête la première dans le miroir jusqu'à ce qu'il ne reste rien de ma figure. J'en étais arrivée à un point où je ne supportais plus de me regarder dans une glace. Après une scène particulièrement virulente de maman, j'ai décidé d'aller au collège chaque jour la semaine suivante.

Mais j'étais prise entre le marteau et l'enclume, parce qu'alors c'était papa qui devenait enragé et m'obligeait à rester à la maison. J'ignore si c'était un calcul de sa part, comme tout ce qu'il faisait, mais il avait réussi à creuser un fossé encore plus grand entre ma mère et moi, un fossé quasiment impossible à combler.

En prévision du jour où nous allions finalement copuler, il a commencé à simuler l'acte en me positionnant de manière à pouvoir placer sa verge entre mes jambes. Je devais me tenir penchée devant lui et serrer les cuisses autour de son pénis pendant qu'il imprimait à son pubis un mouvement d'avant en arrière, ou bien il m'obligeait à m'allonger sur le canapé tandis qu'il s'agenouillait devant moi et plaçait mes jambes sur ses épaules. Je pleurais souvent dans ces moments-là, en particulier quand il pénétrait « accidentellement » mon anus, me causant des douleurs intenses. « Je parie que tu as une jolie petite chatte bien étroite. Je vais te scier en deux » était sa tirade favorite quand il voulait que je sache qu'il n'allait plus attendre bien longtemps avant de passer à l'acte.

À côté de ça, notre relation restait à bien des égards celle d'un père intransigeant et de sa fille docile. Non pas qu'il eût possédé la moindre qualité de père de famille, mais il aimait pouvoir tout contrôler et passait son temps à poser des règles de bonne conduite. En fait, il me traitait comme une gamine, exactement comme Kat. Interdiction de fumer, de jurer, de me maquiller ou de porter des vêtements de jeune fille ou de manger la même chose que maman et lui, parce que je n'aurais pas aimé la sauce piquante du curry. J'en suis venue à réaliser qu'à bien des égards, les filles de ma classe étaient beaucoup plus mûres et évoluées que moi. Mon développement s'était trouvé retardé parce que je n'avais pas été autorisée à grandir comme une adolescente normale. En fin de compte, si l'on exceptait les sévices que je subissais au quotidien, papa me traitait comme une gamine. C'est sans doute pour cette raison que je n'arrivais pas à croire qu'il irait jusqu'à m'ôter ma virginité. Comment aurait-il osé franchir une telle limite ? Chaque jour, je sentais l'appréhension et la peur me submerger, mais au fond de moi je continuais d'espérer qu'il renoncerait le moment venu. J'essayais de me convaincre que, s'il ne l'avait pas fait jusque-là, il ne le ferait jamais.

Mais je me trompais. Il ne faisait que guetter l'instant propice. Il espérait de toute évidence que les traitements qu'il m'avait fait subir jusque-là m'avaient mise en condition et allaient lui faciliter la tâche.

J'étais tellement horrifiée quand il a finalement essayé de me pénétrer que j'ai poussé un cri perçant. Je pleurais et le suppliais de ne pas le faire tant j'avais mal. De toutes les souffrances qu'il m'avait infligées au cours de ces nombreuses années, celle-là était de loin la pire.

Pour la première fois, j'ai vu l'ombre du doute passer sur son front. Ma réaction lui avait fait peur. Par le passé, il lui suffisait de me menacer pour me faire tenir tranquille, mais cette fois c'était comme s'il avait cherché à me tuer, et je n'avais pas pu me contrôler.

Je savais au fond de moi-même que je n'aurais pas dû lui désobéir sous peine d'être rossée, mais je ne pouvais m'empêcher de me tordre de douleur et de lui résister par tous les moyens. Pour finir, il a renoncé et s'est rebraguetté.

J'espérais qu'il s'en tiendrait là, mais non. Ce fut tout le contraire même. Il semblait plus déterminé que jamais et essayait de me pénétrer chaque jour. Quand elle n'était pas au travail, il envoyait maman faire une course ou, sinon, il m'emmenait au travail avec lui le week-end, rien que nous deux. Là, il m'escortait jusqu'aux toilettes, me soulevait jusqu'au rebord du lavabo, puis m'abaissait pour essayer de m'enfourcher sur son pénis, mais je me raidissais tellement qu'il ne parvenait à rien.

À ma grande surprise, il ne se mettait pas en colère comme il le faisait généralement quand je ne me pliais pas à ses caprices. Curieusement, il se montrait plus doux qu'il ne l'avait été depuis longtemps. Il me disait qu'il m'aimait et que j'étais la fille la plus adorable de la terre.

Une fois, il a essuyé mes larmes tendrement et, l'espace d'un moment, j'ai cru que tout cela n'était qu'un mauvais rêve. Je m'imaginais qu'il était un vrai père, aimant et droit, pas quelqu'un qui cherchait à abuser de moi ou à me violer. Mais ma rêverie a volé en éclats presque aussitôt lorsqu'il a tenté à nouveau de me forcer.

Comme rien ne marchait, il est redevenu le tyran de toujours, sa colère et sa frustration refaisant peu à peu surface. Étant habitué à obtenir ce qu'il voulait, il a recommencé à me frapper. À ce stade, je ne voulais qu'une chose : en finir avec ce calvaire. Je savais qu'il arriverait à ses fins d'une façon ou d'une autre, si bien que je m'efforçais de me détendre en m'évadant dans mes rêveries comme j'en avais l'habitude. Mais mon corps, révulsé, ne voulait rien savoir et se fermait sous l'effet d'un violent spasme musculaire. Je ne pouvais pas faire comme si le comportement de papa était normal, car ce n'était pas le cas. Instinctivement, je savais que la seule chose qui l'empêchait de me violer brutalement comme dans les histoires qu'on lisait dans les journaux était la peur de se faire prendre. J'avais à peine quinze ans, j'étais sa belle-fille, et le fait que je lui oppose une telle résistance le désarçonnait. Pouvait-il être absolument sûr que je ne courrais pas trouver la police ?

C'était un parieur invétéré, et le moment était venu pour lui de miser son va-tout.

— Nom d'un chien ! s'est-il emporté un jour en m'empoignant sauvagement par les hanches. C'est quoi ton problème ?

— Je ne veux pas, ai-je murmuré.

— Quoi ? s'est-il écrié, furieux et menaçant. Qu'est-ce que tu as dit ?

— Rien. Ça me fait trop mal.

Soudain, après avoir réussi à contenir bon gré mal gré sa rage et sa frustration après trois semaines de tentatives infructueuses de pénétration, il est passé à l'action. Il était comme fou.

— Ne me raconte pas de salades, espèce de sale petite pute ! a-t-il crié en me criblant les jambes et les orteils de coups de pied.

Empoignant mes cheveux et mon tee-shirt d'une

main, il m'a traînée jusqu'à l'étage où était sa chambre. Maman était sortie. Il a jeté deux serviettes de toilette sur le lit, comme il le faisait généralement quand il essayait de me pénétrer, en me disant : « Ça va pisser le sang. » J'ai commencé à trembler si fort que j'entendais mes propres dents claquer. D'un mouvement rapide, il m'a ôté ma jupe qui était remontée jusqu'à ma taille et tirebouchonnée. Je me suis agrippée des deux mains à mon tee-shirt, comme si ma vie en dépendait, car je ne supportais pas qu'il puisse me voir complètement nue. Il a sorti un sachet en papier contenant un tube de vaseline et une boîte de préservatifs. Il en a enfilé un et m'a enduit le vagin de vaseline, choses qu'il n'avait encore jamais faites jusque-là. Tout simulacre de douceur envolé, j'étais paralysée par la peur et tremblante de la tête aux pieds.

Me plaquant une main sur la bouche, il m'a éperonnée brutalement en me tenant les jambes écartées. La douleur, fulgurante, m'a transpercée comme un fer rouge. C'était comme si sa promesse de me « scier en deux » s'était réalisée. J'ai hurlé de toute la force de mes poumons derrière sa grosse main et fermé les yeux pour ne pas le voir grimacer et pousser des grognements au-dessus de moi. Tout ce que je sentais, c'était une douleur lancinante et le flot des larmes qui coulait dans mes oreilles.

Il lui avait fallu des années pour en arriver à ce point, et, bien que le haïssant de tout mon être, je m'en voulais tout autant de m'être laissé faire. Je ressentais un profond dégoût de moi-même. N'importe quelle autre fille se serait jetée du haut d'un immeuble plutôt que de laisser son propre père la violer. Je n'arrivais pas à comprendre comment mon instinct de survie pouvait être le plus fort ; je me sentais trahie par lui. J'avais tout juste quinze ans, et ma vie n'était rien d'autre qu'un long cauchemar. Le mal qui avait été fait ne pourrait jamais être effacé. Je n'étais plus vierge, et c'était mon propre père qui m'avait volé ma virginité.

Maintenant que « la porte était ouverte », papa est devenu un animal en rut. Tout ce que j'avais subi jusque-là ressemblait à une partie de plaisir en comparaison avec ce qu'était devenue ma vie. Il me violait à chaque occasion et de façon répétée quotidiennement. Les jours où je n'allais pas au collège, il me poussait à l'intérieur de la salle de bains et me pénétrait pendant que Kat mangeait son petit-déjeuner à la cuisine. Une fois, je me souviens d'avoir vomi dans le caniveau sur le chemin du collège, tellement j'étais écœurée par ce qu'il m'avait fait subir quelques minutes plus tôt. Une dame bien, qui était en train de promener son teckel, m'a dit au passage :

— Ce n'est pas la meilleure façon de perdre du poids.

Sa remarque m'a semblé saugrenue, car je ne savais pas à quoi elle se référait, mais j'ai senti le feu me monter aux joues. Je me suis assise sur un muret et j'ai attendu qu'elle s'éloigne suffisamment pour ne pas avoir à croiser son regard. De six à neuf heures chaque soir, j'accompagnais généralement maman dans sa tournée de ménage, mais papa me violait systématiquement quand je rentrais à la maison, soit dans le séjour, soit dans sa chambre à coucher avec la télévision allumée.

Du moins n'étais-je plus obligée de rester coincée entre ses jambes toute la soirée. Cependant, quelques mois plus tard, les choses se sont aggravées. La compagnie qui employait maman lui a demandé de s'occuper de la réception pendant quelques heures chaque soir pour permettre au personnel d'entrer et sortir de l'immeuble. Comme ce travail était mieux payé que les heures de ménage qu'elle faisait en supplément le soir, elle a accepté. Pour la première fois, je me suis retrouvée à devoir rester seule à la maison en compagnie de papa qui en profitait pour me violer dès que Kat était au lit.

Un soir, alors que maman était toujours au travail, papa m'a fait boire de l'alcool.

— Tiens, rince-toi le gosier avec ça, m'a-t-il dit en me servant un verre de riesling. Ça devrait t'aider à te détendre.

Malgré mon dégoût, j'en ai bu une ou deux gorgées. J'ai pensé à ce que j'avais ressenti en buvant un cocktail au pub, le soir de la dernière représentation de la pièce du collège. J'espérais que le verre de vin blanc que m'avait versé papa allait me mettre dans le même état de flottement où plus rien n'avait vraiment d'importance. J'avais envie de m'envoler le plus loin possible de l'horreur que je vivais chaque jour. En buvant le vin, j'ai eu envie de vomir. Le goût me déplaisait, mais j'ai senti presque instantanément une douce chaleur se répandre dans tout mon corps, et la tension que je gardais en moi depuis si longtemps a commencé à se dissiper. Mes épaules, que je gardais perpétuellement relevées comme pour me protéger des coups, se sont relâchées. Ces derniers temps, papa avait pris l'habitude de parler d'amour à longueur de temps. C'est ce qu'il était en train de faire à ce moment, ne s'arrêtant que pour prendre une gorgée de gin ou de vin directement au goulot de la bouteille.

— Je t'aime. C'est plus fort que moi, me dit-il. Et toi, tu m'aimes ?

Je savais que l'amour auquel il se référait n'était pas l'amour qu'un père ressentait pour sa fille. Ce n'était pas l'amour auquel il se référait quand il avait dit à son frère, quelques années plus tôt, qu'il m'aimait comme sa propre fille et voulait m'adopter. Papa essayait de faire bouger les lignes pour rendre plus acceptable ce qu'il m'avait fait. Il essayait d'endosser le rôle du petit ami. Mais il avait été mon père depuis que j'avais quatre ans et, bien qu'il m'ait violée plus souvent qu'il ne se lavait les dents, il resterait à jamais mon père. Je n'éprouvais pour lui que dégoût et répulsion. Il m'observait tandis que je gardais les yeux fixés sur mon verre vide en me préparant mentalement à recevoir la grêle de coups qui n'allait pas tarder à tomber.

— Tu es sourde ou quoi ? Est-ce que tu m'aimes ?

Le vin avait dû me donner le courage qui m'avait toujours fait défaut jusque-là. J'ai pris le temps de bien choisir mes mots.

— Je t'aime comme un père, ai-je murmuré, les larmes jaillissant de mes yeux sans trouver l'audace de lui dire que je le haïssais de toute mon âme. Tu es mon père.

Ce fut comme de faire sauter un fusible.

— Espèce de sale petite pute ! a-t-il hurlé en envoyant valser les verres et les bouteilles avant de se jeter sur moi et de me frapper rageusement. Tu l'aimes, hein, la grosse bite de ton père ?

Je me suis retrouvée renversée à plat ventre sur le sofa, avec la figure enfouie dans les coussins. Pour pouvoir respirer, la seule façon était d'ouvrir tout grand la bouche et ainsi tenter d'aspirer un peu d'air à travers la mousse. Il m'a relâchée un instant, et j'ai tourné la tête de côté. J'ai senti qu'il arrachait ma petite culotte, puis je l'ai entendu qui dézippait sa braguette.

— Je vais te l'enfiler jusqu'à la garde, si c'est ça que tu veux, a-t-il dit.

— Non, non ! ai-je crié, tout haut.

Ou était-ce dans ma tête ? Je ne me souviens plus.

— Tu es ma petite amie, maintenant, a-t-il ricané. Pas ma fille.

Cette fois-là, il m'a pénétré l'anus. La douleur était tellement violente que je me suis entendue hurler, hurler à tue-tête. Après cela, papa n'a plus essayé de me faire boire. Il disait que je ne tenais pas la boisson – mais je crois plutôt qu'il ne supportait pas l'audace que me donnait l'alcool.

16

Deux mois avant mon seizième anniversaire, papa m'a fait arrêter le collège pour de bon. Il ne m'a même pas permis de passer mon brevet blanc. Karen est venue frapper plusieurs fois à notre porte. Elle n'arrivait pas à croire que j'allais manquer les examens.

— Tu es tellement brillante, s'insurgeait-elle. Comment peux-tu espérer trouver un bon emploi sans qualifications ?

Je haussai les épaules, consciente que papa nous épiait. L'idée d'avoir un emploi et de vivre loin de papa ne m'avait jamais effleurée. Je rêvais de m'évader, mais papa m'avait dit qu'il me tuerait plutôt que de me laisser partir et je l'en croyais parfaitement capable.

— Tu es à moi, disait-il, et si jamais tu essaies de franchir cette porte, je te retrouverai et je te ferai la peau, tu m'entends ?

Pour finir, Karen a cessé de venir prendre de mes nouvelles. Quand j'ai réalisé que plus jamais nous ne pourrions piquer de fous rires ensemble, mon cœur s'est serré, mais j'avais tellement l'habitude de refouler mes sentiments que j'ai chassé Karen de mes pensées.

Maintenant que je n'allais plus au collège et que j'avais presque atteint l'âge légal de l'« émancipation », papa devenait de plus en plus tyrannique. Il buvait et jouait comme il ne l'avait jamais fait, et se montrait d'une cruauté inouïe. Il me touchait ouvertement devant maman, me caressant les seins ou les fesses en faisant des remarques salaces. Malgré tout ce qu'il m'avait fait subir, et le fait que je me sentais désemparée et impuissante, je demeurais consciente que tout cela était profondément malsain et je rougissais de honte quand il me touchait. Mais maman continuait de faire comme si elle ne se rendait compte de rien, sortant de la pièce quand papa commençait à se comporter bizarrement avec moi.

À cette époque, elle avait perdu un peu de poids et se montrait plus soucieuse de son apparence. Un jour, elle est allée au supermarché avec son caddie. Quand elle est revenue, parmi les pommes de terre et les canettes de bière se trouvait un petit sac en plastique. Elle l'a sorti de la poussette et l'a placé au milieu de la table de la cuisine.

— Hé ! Frank, vise un peu ça, dit-elle en sortant du sachet ce qui ressemblait à un enchevêtrement de dentelle noire, rouge et rose. Je me suis payé un nouveau slip. Qu'est-ce que tu en dis ?

Elle a déplié la petite culotte et l'a placée devant elle pour avoir l'avis de papa.

Il a grommelé sans relever le nez de son journal et continué de se curer les dents avec une allumette.

— Super ! s'est-elle exclamée en fourrant à nouveau la culotte à nœuds roses et rouges dans le sac et en me décochant un regard furieux.

On aurait dit qu'elle me tenait pour responsable de tout ce que papa m'avait fait et de la façon dont il la traitait. Elle se comportait comme si je lui avais volé son homme. C'est alors que j'ai réalisé combien leur relation avait changé. Des années plus tôt, elle n'aurait jamais osé s'acheter des sous-vêtements ou n'importe quel autre vêtement sans lui demander la permission. Si elle l'avait fait, papa aurait pensé qu'elle avait une liaison avec un autre homme et l'aurait frappée, ou pire. Mais c'était comme s'il avait transféré toute sa jalousie maladive sur moi. Désormais, maman était beaucoup plus libre de ses mouvements, alors que je devais rendre compte de mes moindres faits et gestes, justifier chaque nouvel achat, même un flacon de déodorant.

— Les hommes ne savent pas réprimer leurs instincts. Pourquoi est-ce que tu t'es acheté cette saloperie ?

Ce soir-là, étendue dans le noir dans ma chambre, j'ai fait de mon mieux pour me fermer aux grognements de maman et papa qui faisaient l'amour. Il était insatiable et exigeait d'exercer ses prérogatives conjugales alors même qu'il m'avait violée à trois ou quatre reprises dans la journée. Chaque parcelle de mon corps était endolorie. Une heure ou deux plus tôt, j'étais allongée dans le lit de maman, exactement au même endroit, pendant que papa me transperçait de ses coups de boutoir. Quand il avait fini, il me fourrait le préservatif usagé dans la main et m'ordonnait d'aller le jeter dans les toilettes.

Un jour que maman était allée aux toilettes juste après moi, je l'ai entendue s'exclamer :

— Il y en a dans cette maison qui ne savent pas tirer la chasse d'eau, ma parole !

Elle avait dû voir la capote flotter dans la cuvette des WC.

Papa buvait comme un trou et jouait à longueur de journée. Je n'avais aucun moyen de lui échapper. J'étais prise au piège, enfermée seule avec lui du matin au soir. Je n'étais pas autorisée à sortir seule, sauf pour filer au coin de la rue acheter quelque chose dont maman ou lui avait besoin. Et je devais courir, littéralement. Papa me chronométrait, et pour peu qu'il y ait eu la queue au magasin, je me mettais à paniquer. Quand je rentrais rouge et essoufflée d'avoir couru, papa se persuadait que j'avais couché avec un garçon et il explosait de rage. Il m'emmenait dans le séjour, à l'étage, et là, il introduisait ses doigts dans mon vagin, puis les reniflait.

— Je sens une odeur de sperme, espèce de salope.

— Non, papa, disais-je en me rapetissant dans un coin. Je n'ai rien fait. S'il te plaît, ne me frappe pas.

Un jour, papa a lu une lettre extraite du courrier des lecteurs du journal *The Sun.* Il était question d'une femme qui en avait assez que son mari lui fasse l'amour plusieurs fois par jour.

— Qui est-ce qui a écrit au *Sun* à mon sujet ? a-t-il dit en riant et en nous regardant, maman et moi.

Il s'en est suivi un silence embarrassé durant lequel maman et moi avons lu dans le regard l'une de l'autre.

— Je plaisante, a dit papa en ouvrant la page des sports pour étudier les pronostics.

Plus tard, j'ai lu la lettre en cachette. L'homme était exactement comme papa, doté d'un appétit sexuel insatiable, et son épouse, à bout, priait le ciel pour qu'il prenne une maîtresse. La réponse de la conseillère était que les « relations ouvertes » étaient pavées d'embûches et qu'il valait mieux consulter un conseiller matrimonial.

J'ai réfléchi à ce que signifiait avoir une « relation ouverte » et réalisé que maman et papa, qui étaient toujours les meilleurs amis du monde à leur façon, avaient créé leur propre code de conduite.

Maman permettait à papa de me faire tout ce qu'il voulait dès l'instant qu'il n'allait pas voir ailleurs. Il aurait fallu bien plus qu'un conseiller matrimonial pour réparer les dégâts occasionnés par leur relation.

Je me suis demandé si maman était soulagée que papa ne lui fasse l'amour que le soir et non pas toute la journée, comme il le faisait au début de leur relation, parce qu'il m'avait à sa disposition désormais. Parfois, il attendait que maman soit sortie de la maison avant de m'obliger à me pencher par-dessus la rampe de l'escalier ou à m'allonger sur le canapé ; mais, parfois, il le faisait même quand elle était en train de vaquer à ses occupations au rez-de-chaussée. Il n'utilisait pas de préservatifs pour ce qu'il appelait « tirer un petit coup vite fait ». Dans ces cas-là, il se contentait de se retirer au dernier moment, puis m'ordonnait ensuite de nettoyer les taches. Il était tellement brutal, qu'il m'arrivait de ne pas pouvoir m'asseoir ensuite, sans parler des crises de cystite de plus en plus aiguës.

Maintenant que j'étais plus âgée, papa devenait de plus en plus violent. Il prenait toujours soin de ne pas me frapper au visage, même si parfois il me laissait un bleu ou une marque rouge sur la joue par inadvertance. Mais tout le reste de mon corps portait les stigmates de ses tendances sadiques.

Il suffisait que je le regarde d'une façon qui ne lui plaisait pas ou que j'étale de la margarine au lieu de beurre sur son pain grillé pour qu'il se mette à me pincer ou me mordre les seins ou les fesses.

Ensuite, quand je me regardais dans la glace, je voyais les marques ovales de ses dents sur ma peau. Au fil des jours, elles changeaient de couleur, passant du violet au bleu, puis au vert et au jaune, puis, à peine disparues, étaient remplacées par d'autres plus récentes. Maintenant que mes poils pubiens commençaient à pousser, il s'amusait à tirer dessus pour me traîner d'une pièce à l'autre. Une fois ou deux, après avoir perdu aux courses, il m'a brûlée avec sa cigarette en l'écrasant sauvagement dans le creux de ma main. Mais le plus souvent, quand il fumait, au lieu d'éteindre ses mégots dans le cendrier, il les jetait sur moi, m'obligeant à les esquiver ou à fermer rapidement les yeux. Après, je devais partir à la recherche du mégot avant qu'il ne provoque un incendie. Il prenait un plaisir particulier à jouer à ce petit jeu – qu'il avait l'air de trouver hilarant – quand il avait bu. Quand maman le surprenait, elle le grondait comme un petit garçon en disant :

— Allons, Frank, tu ferais bien d'arrêter si tu ne veux pas qu'on finisse tous en fumée.

Un soir, peu après mon seizième anniversaire, j'ai surpris une conversation qui a confirmé mes pires craintes. Il était environ une heure du matin, et je ne cessais de me retourner dans mon lit sans pouvoir trouver de position confortable, parce que mon dos était tout éraflé après que papa m'eut décoché un coup de pied quelques instants plus tôt. J'avais envie d'aller aux toilettes, mais je n'osais pas me lever de crainte de me retrouver nez à nez avec lui, car je ne l'entendais ni ronfler ni faire l'amour avec maman à travers la cloison.

Mais j'étais tellement pressée que j'ai décidé de tenter ma chance quoi qu'il advienne. Tandis que je descendais à pas de loup pour me rendre aux toilettes du premier étage, je les ai entendus, maman et lui, en train de parler à la cuisine au rez-de-chaussée.

En temps normal, je ne me serais pas attardée pour écouter ce qu'ils se disaient, mais cette fois-là quelque chose m'a arrêtée qui m'a donné des frissons dans toute la colonne vertébrale. Ils discutaient le plus naturellement du monde, comme s'ils avaient parlé de la pluie et du beau temps.

— Mais enfin, tu es censé être son père, pas son amant, arguait maman non sans raison.

— Je sais, mais c'est plus fort que moi, expliquait papa. Il y a un certain temps déjà que j'en suis venu à la considérer comme ma maîtresse plus que comme ma fille. Tu le sais bien.

— Tu m'avais promis d'arrêter, a dit maman. Jamais aucune autre femme n'aurait toléré une telle situation pendant aussi longtemps.

J'ai cru que j'allais tourner de l'œil et vomir tout à la fois. Depuis combien de temps maman était-elle au courant ? À les entendre, on aurait dit qu'ils avaient déjà abordé ce sujet mille fois auparavant. Il n'y avait ni stupeur, ni colère, ni consternation de la part de maman. C'était la preuve formelle qu'elle savait ce qui se passait depuis le début. Comment avait-elle pu le laisser traiter ainsi sa propre fille ? Comment pouvait-elle tolérer qu'il me touche alors qu'elle savait ce qu'il m'avait fait ?

Tant de questions se bousculaient dans ma tête que je me suis sentie défaillir. Je me suis faufilée dans les WC, où j'ai vomi des flots de bile dans le noir. Mon cœur battait à tout rompre. Maman m'avait trahie de la pire façon possible. Elle l'avait laissé me rouer de coups, m'empêcher de mener une vie normale. Comment avait-elle pu me faire ça ? À présent, la honte et la culpabilité pesaient lourdement sur mes épaules. Je me sentais salie. Je n'avais jamais voulu que papa me fasse toutes ces choses, mais je n'avais rien pu faire pour l'en empêcher, et j'en venais à me dire que si maman ne l'avait pas dénoncé à la police ou si elle ne s'était pas mise à hurler et à le frapper avec tout ce qui lui tombait sous la main, c'est qu'elle était fâchée contre moi.

Et je n'arrivais tout simplement pas à comprendre pourquoi. En était-elle venue à se persuader que j'étais la complice consentante des agissements de papa ? J'ai repensé à toutes les fois où elle s'était montrée froide et distante, me décochant des regards mauvais, et j'ai réalisé que j'étais absolument seule au monde. Je n'avais aucun allié, pas même ma propre mère.

Ce soir-là, dans mon lit, tandis que je les entendais grogner et gémir de l'autre côté de la cloison, j'ai pleuré jusqu'à sombrer dans un sommeil sans fond. Le lendemain matin, bien qu'ayant encore le cœur chaviré, j'ai décidé d'aborder le sujet sans détour avec maman quand elle rentrerait du travail. Un sentiment nouveau avait pris naissance en moi et j'espérais que le cauchemar allait enfin prendre fin. Car, enfin, elle ne pouvait tout de même pas me refuser d'aller vivre avec Diane ou Jenny ! Une fois que je lui aurais dit que papa m'obligeait à coucher avec lui contre ma volonté, elle ne pourrait le laisser continuer, n'est-ce pas ? Je sentais que ce jour allait marquer un tournant décisif et j'osais espérer que ma vie allait enfin prendre une nouvelle direction. Car, si nous étions deux contre papa, il ne pourrait plus me terroriser. Il n'avait jamais voulu faire installer le téléphone – il préférait que nous soyons totalement coupés du reste du monde –, mais, si nous nous mettions à crier de toutes nos forces, maman et moi, peut-être que les voisins nous entendraient et qu'ils appelleraient la police.

Quand je suis descendue à la cuisine pour faire la vaisselle de la veille au soir, je me suis mise à me demander si maman était toujours en possession du bout de papier avec l'adresse de Diane. Si j'allais là-bas, je pourrais enfin faire la connaissance de ma nièce ou de mon neveu. Peut-être se souvenait-elle aussi de l'adresse de Jenny dans le Kent. J'allais avoir du mal à regarder les membres de ma famille dans les yeux après ce que papa m'avait fait, mais je savais qu'ils comprendraient que je n'y étais pour rien. Peut-être même seraient-ils fâchés que maman l'ait laissé faire pendant aussi longtemps. En réalisant qu'il allait falloir beaucoup de courage à maman pour accepter de reconnaître ses torts, j'ai senti flancher ma détermination. Car, si maman savait, pourquoi n'avait-elle jamais rien fait pour me venir en aide ? Qu'est-ce qui aurait pu la faire changer subitement ? J'étais en proie à des sentiments contradictoires, je ne savais plus où j'en étais. Je ne voulais rien de plus que mener une vie normale, comme Joanie dans *Happy Days*. Était-ce trop demander ?

Quand papa est entré dans la cuisine et qu'il s'est penché au-dessus de la gazinière pour allumer sa première cigarette du matin, j'étais en larmes.

— Qu'est-ce que tu as ? a-t-il demandé, fidèle à lui-même.

J'avais pris la décision de me comporter en adulte responsable, car je venais d'avoir seize ans, mais je me sentais aussi vulnérable qu'une gamine de six ans. Tout cela était trop lourd à porter et je ne trouvais ni les mots ni le courage d'exprimer ce que je ressentais.

— Elle est au courant, n'est-ce pas ? ai-je dit en gémissant malgré moi, soudain submergée par tous les sentiments que je gardais enfouis en moi depuis des années.

Papa a eu l'air presque gêné. Il a haussé les épaules.

— Et alors ?

Je suis remontée en courant dans ma chambre et je me suis arc-boutée contre la porte avec les pieds en appui sur le bord du lit au cas où papa s'élancerait à ma suite dans l'escalier, comme il le faisait en général. Ce n'est qu'au bout d'une demi-heure que je me suis sentie suffisamment en sécurité pour oser bouger. Il me semblait que quelque chose était en train de changer. Il ne m'avait pas suivie pour me rosser. Je me suis assise au bord du lit et j'ai attendu que maman rentre du travail. J'essayais de répéter ce que j'allais lui dire, mais je ne savais pas par où commencer. Je ne voulais pas m'appesantir sur le fait qu'elle savait, mais n'avait rien fait pour me venir en aide. Il ne fallait pas que je la pousse à se culpabiliser, sans quoi elle allait se mettre en colère et me priver du soutien dont j'avais plus que jamais besoin. Il fallait qu'elle m'aide à m'enfuir de cette maison.

Les yeux fixés sur la pendule, chaque minute qui passait me semblait une éternité. De temps à autre, je jetais un coup d'œil par la fenêtre, mais je devais retourner m'asseoir aussitôt, car mon estomac se nouait sous l'effet de la tension nerveuse. J'aurais voulu pouvoir allumer une cigarette comme le faisait maman quand elle était anxieuse. Je songeais combien il était étrange que mon père m'ait violée et frappée régulièrement sans que ma mère trouve à y redire, alors que l'un et l'autre m'interdisaient de fumer. Je n'étais qu'une enfant, trop jeune pour pouvoir fumer ou dire des gros mots. Papa ne cessait de me répéter qu'il voulait que je garde mon innocence le plus longtemps possible.

Quand j'ai entendu s'ouvrir le portail du jardin, puis tourner la clé de maman dans la serrure, c'est à peine si j'arrivais à ouvrir les yeux tant j'avais les paupières gonflées d'avoir pleuré. Une douleur sourde me vrillait le crâne et je tremblais de la tête aux pieds.

J'étais complètement terrorisée. Comment allait réagir maman lorsque nos regards allaient se croiser maintenant que le lourd secret familial était éventé ? Et papa ? Allait-il se venger sur nous deux ou juste sur moi, comme il l'avait fait pendant toutes ces années ?

J'ai entrouvert la porte de ma chambre et entendu qu'ils se parlaient au rez-de-chaussée. Papa disait :

— Elle est au courant que tu savais. Elle nous a entendu parler hier soir.

Ils ont continué à discuter à voix basse, puis maman a commencé à monter l'escalier.

Quand elle est arrivée sur le palier, elle a poussé un gros soupir en s'exclamant :

— Doux Jésus !

Elle avait dit cela sur un ton théâtral, comme si elle jouait dans une sitcom. Assurément, il s'agissait d'une mise en scène. Car comment aurait-elle pu prendre à la légère une affaire aussi grave ?

J'ai regagné ma chambre en courant. J'étais pétrifiée de honte, comme si j'avais été l'instigatrice et non la victime des agissements pervers de papa. J'étais tellement tiraillée et terrorisée intérieurement que je n'arrivais pas à raisonner normalement.

Quand elle est entrée dans ma chambre, je suis devenue hystérique. Je me suis jetée dans ses bras, les épaules agitées de sanglots. Et quand j'ai senti ses bras autour de moi pour la première fois depuis des années, ce fut comme si une digue se rompait. Tout le chagrin que je gardais enfoui en moi s'est déversé. Je pleurais ma famille, mon enfance, mon adolescence et mes années de collège perdues.

— Allons, allons, ne sois pas sotte, a dit doucement maman, encore qu'avec l'œil sec.

Et c'est alors qu'une voix s'est mise à résonner dans ma tête, m'exhortant à être prudente, et j'ai commencé à répéter sans fin :

— C'est lui qui m'a obligée. Je ne voulais pas. Il m'a forcée.

J'ai senti que maman se raidissait.

— Chut ! Tais-toi, il va t'entendre.

Elle n'était que trop consciente des conséquences de la colère de papa.

Les paroles qu'elle a prononcées ensuite m'ont estomaquée. Elle a dit d'un ton détaché, comme si de rien n'était :

— Allons, calme-toi et viens à la cuisine prendre une bonne tasse de thé. Je ne sais pas, toi, mais moi je meurs de soif.

J'ai cligné des paupières et essuyé mon nez et mes yeux dans la manche de mon pull. Je ne comprenais pas ce qu'elle était en train de faire. Elle se conduisait comme si rien ne s'était jamais passé. Et soudain la lumière s'est faite. Il devait s'agir d'un message codé au cas où papa serait dans l'escalier en train de nous épier. « Prendre une bonne tasse de thé » signifiait endormir les soupçons du salopard qui était au rez-de-chaussée jusqu'à ce que nous puissions nous esquiver en toute sécurité. D'ici là, nous devions nous comporter normalement. Si papa n'avait pas voulu faire installer le téléphone, c'est parce qu'il savait qu'il suffisait de composer le 999 pour appeler à l'aide quand un fou furieux vous fondait dessus pour vous tuer.

Tandis que je regardais maman descendre l'escalier, je me suis sentie libérée du poids immense qui pesait sur mes épaules. Je savais que dorénavant les choses allaient devoir changer. Car comment la vie aurait-elle pu continuer comme avant ?

Je suis restée enfermée dans ma chambre aussi longtemps que je l'ai pu. J'étais incapable de descendre à la cuisine. Je ne savais pas comment me comporter. Je me demandais si papa allait finir par perdre complètement les pédales et me poignarder à mort, comme il avait souvent menacé de le faire. Quand papa m'a crié de descendre pour la deuxième fois, je n'ai pas osé lui désobéir.

Le son de sa voix avait l'air plutôt joyeux compte tenu des circonstances, et j'ai pensé qu'il valait mieux ne pas le mettre en colère. Avec un peu de chance, et maintenant que maman avait cessé de se cacher la tête dans le sable, je n'allais peut-être plus devoir le supporter bien longtemps. Je savais qu'elle savait. Cette fois, elle ne pouvait plus prétendre le contraire.

Je suis descendue au rez-de-chaussée et je suis allée me poster derrière la porte fermée de la cuisine, m'attendant à les entendre se disputer, ou tout au moins à parler de la situation, mais à la place ils avaient l'air de se comporter comme à l'ordinaire, papa déclarant qu'il avait tellement « les crocs » qu'il aurait pu « bouffer un cheval », et maman répondant :

— Je vais te faire un sandwich. J'ai acheté une belle tranche de jambon chez Londis.

Rien n'avait changé, et j'ai presque failli me pincer la joue pour m'assurer que je n'étais pas en train de faire un cauchemar. Comment maman pouvait-elle continuer de lui parler aimablement ? Comment pouvait-elle lui proposer de lui faire un sandwich après tout ce qu'il avait fait à sa fille ? Si un homme avait fait cela à ma fille, je crois bien que je n'aurais pas pu m'empêcher de lui plonger un couteau en plein cœur.

Je suis entrée, et quand papa m'a vue, il s'est arrêté de mettre du sucre dans sa tasse de thé.

— Non, mais, regarde-moi cette gueule ! On dirait une tomate ! s'est-il esclaffé comme s'il s'agissait d'une bonne blague.

Maman a ricané et pris une dernière bouffée de cigarette avant de jeter son mégot dans sa tasse.

— Moutarde ou cornichons ?

— Moutarde, et bien épais, Donna, a dit papa le plus naturellement du monde.

J'ai essayé de consulter maman du regard, mais elle a continué d'étaler la moutarde sur le jambon dont elle était si fière. Peu à peu, j'ai réalisé que le chapitre était clos. Elle ne cherchait pas à faire semblant d'apaiser papa pour l'empêcher de devenir violent ; elle ne cherchait rien du tout. Elle avait simplement accepté la situation. C'était l'ultime trahison. Son choix était fait et elle ne reviendrait pas dessus. Je me suis sentie complètement idiote de m'être laissée aller à croire qu'elle allait m'aider. Rien n'avait changé dans notre étrange famille, si ce n'est que la seule personne qui avait vécu dans l'aveuglement le plus total pouvait enfin voir la réalité.

Cette personne, c'était moi. Ce n'était pas maman – qui savait depuis le début. C'était moi, dont les yeux s'étaient finalement dessillés. Quelques heures plus tard, papa m'a envoyée chez l'épicier et, quand je suis revenue, j'ai entendu maman qui disait :

— Je ne veux pas d'accidents. Il ne manquerait plus que ça.

Je me suis demandé ce qu'elle entendait par là, mais plus tard cette semaine-là j'ai eu la réponse. Maman ne songeait nullement à me mettre hors de portée du bourreau qui avait abusé de moi pendant si longtemps. Son unique préoccupation était que je ne tombe pas enceinte. C'est pourquoi ils avaient décidé de me faire prendre la pilule. Papa m'a emmenée chez le médecin.

— Tu y vas et tu lui dis que tu veux prendre la pilule. Point barre. Pas de blabla, pas de chichis. Tu m'as compris ? il a dit en me tenant par le menton. Et arrange-toi pour qu'il ne voie pas... les marques que tu portes sur toi.

— Oui, papa, ai-je dit en hochant la tête.

J'étais contente de voir qu'il avait du mal à parler des blessures qu'il m'avait infligées : les bleus et les griffures qui me lacéraient tout le dos ; la bosse sur mon tibia, là où il m'avait donné un coup de pied la semaine dernière, et qui ne s'était toujours pas résorbée. Voyant son embarras, j'ai cru naïvement qu'il avait des remords. Je voulais croire qu'il avait encore ne serait-ce qu'un semblant de conscience.

Il m'a dit qu'il allait m'attendre à côté des parterres de fleurs, puis il a ajouté :

— Et souviens-toi : ne réponds pas s'il commence à fourrer son nez dans tes affaires.

J'ai poussé la porte du cabinet et je suis entrée. Une odeur de désinfectant et d'antiseptique flottait dans l'air chaud. J'étais terriblement nerveuse. Je ne voulais pas prendre la pilule et je ne voulais pas que mon père puisse continuer de me violer. Mais je ne savais pas comment l'en empêcher et je n'avais personne vers qui me tourner. J'avais essayé à plusieurs reprises d'appeler maman à l'aide, mais elle avait fait la sourde oreille.

— Maman, s'il te plaît, l'ai-je suppliée. Je n'arrive pas à croire que tu le laisses me faire ça.

— S'il te plaît, Lisa, ne commence pas tes simagrées. Je ne peux rien faire. Tu as seize ans. Tu es une adulte consentante.

— Mais ce n'est pas vrai ! Je suis couverte de bleus et de morsures.

— En ce qui me concerne, tu es sa petite amie. Point final.

Maintenant que j'avais seize ans et que j'étais « émancipée », maman estimait qu'elle n'avait plus le devoir de me protéger. Elle avait été battue comme plâtre pendant des années par cet homme qui l'avait forcée à rompre avec toute sa famille, et maintenant, elle était prête à le laisser violer et battre sa fille sous son propre nez dans la maison familiale. J'ai commencé à comprendre pourquoi elle avait refusé de regarder la vérité en face pendant si longtemps. Si j'avais été plus jeune, elle aurait été obligée d'intervenir de crainte qu'un tiers – le conseil scolaire, par exemple – ne découvre le pot aux roses. Mais maintenant, comme papa et moi n'avions pas de liens de sang et que j'étais légalement en âge d'avoir des relations sexuelles, elle et lui se sentaient libres de jeter un voile sur des années de maltraitance pour repartir de zéro. Il était évident qu'ils en étaient arrivés à un accord : j'avais cessé d'être la fille de papa pour devenir sa maîtresse. Théoriquement, maman était l'épouse qui partageait son lit la nuit, mais, de fait, elle était devenue une sorte de belle-mère.

Ma tête tournait quand je me suis assise dans la salle d'attente du médecin et que j'ai compris que la lumière au bout du tunnel était en train de diminuer à vue d'œil. Je n'arrivais pas à croire que la réponse de maman était de me mettre sous contraceptif plutôt qu'à l'abri du danger. Quelle sorte de femme était-elle donc ?

Mon cœur battait à tout rompre tandis que j'attendais qu'on appelle mon nom. Jusque-là, j'avais toujours réussi à bloquer mes émotions pour pouvoir survivre, mais la trahison de maman était plus que je ne pouvais en supporter. Sentant les larmes me monter aux yeux, je me suis mise à chercher un moyen de me changer les idées. J'ai aperçu une pile de vieux magazines sur la table devant moi. Juste au moment où j'allais en prendre un, j'ai vu papa qui m'observait à travers la vitre en pointant sa montre du doigt comme pour me demander pourquoi cela prenait si longtemps.

Le médecin avait visiblement pris du retard sur ses visites, car j'aurais déjà dû passer depuis un quart d'heure. Une porte s'est ouverte et un homme jeune d'origine indienne est sorti. Il était très grand et portait un turban blanc. J'ai supposé qu'il devait être médecin en voyant qu'il tenait un dossier à la main. Il m'a fait un grand sourire et demandé :

— Tout va bien ?

Je lui ai adressé un demi-sourire et, quand j'ai entendu qu'on appelait mon nom, un sentiment d'appréhension mêlé de soulagement s'est emparé de moi. J'ai longé le couloir jusqu'au bureau du Dr Ainsworth tout en réfléchissant à ce que j'allais dire.

— Est-ce que vos parents savent que vous voulez prendre la pilule ? a-t-il demandé en fronçant légèrement les sourcils.

C'était un homme d'un certain âge, et j'étais tellement gênée que j'osais à peine le regarder. De plus, j'avais peur. Papa m'avait dit de ne répondre à aucune question et je ne savais pas très bien sur quel pied danser.

— Non..., non, ils ne le savent pas, ai-je bredouillé.

J'ai rougi jusqu'aux yeux en songeant à ce qu'il aurait pensé de moi s'il avait su que c'étaient mes parents eux-mêmes qui m'avaient envoyée chez lui, pour que mon propre père ne me fasse pas un enfant. Je ne savais plus où me mettre quand le docteur a continué de m'observer par-dessus ses lunettes.

— Et vous avez seize ans, n'est-ce pas ?

Il a relu ses notes pour vérifier ma date de naissance. Il m'a regardée un moment en silence, comme s'il attendait que je dise quelque chose, puis il a ri doucement en disant :

— Désolé, mais vous avez l'air d'avoir le même âge que ma petite-fille qui n'a que treize ans.

C'était vrai, je savais que je faisais très jeune pour mon âge. Certaines filles du collège portaient du maquillage, ce qui les faisait paraître plus vieilles, mais papa me l'interdisait. À mes yeux, c'étaient des adolescentes normales qui auraient pu avoir un petit ami et désiré prendre la pilule. Je comprenais l'étonnement du docteur, parce que je n'avais pas l'air assez mûre pour avoir des rapports sexuels, et je voyais bien qu'il était décontenancé, même s'il faisait de son mieux pour ne pas le montrer. Je n'étais pas certaine de la procédure et commençais à craindre qu'il n'exige de voir mes parents. Papa me tuerait si cela arrivait. J'ai commencé à sentir des picotements sous les aisselles.

— Très bien, a dit le docteur en ajoutant une note dans mon dossier, puis en saisissant son tensiomètre. Ôtez votre veste pour que je puisse vous examiner.

Finalement, estimant que j'étais en bonne santé, il m'a rédigé une ordonnance pour trois mois. Je me suis sentie comme une criminelle qui s'était défilée en cachant un terrible secret. Je n'ai même pas songé à montrer mes blessures au médecin ou à lui dire que je subissais des sévices depuis des années. Papa était tout-puissant, et je savais sans l'ombre d'un doute qu'il m'aurait tuée si j'avais dévoilé notre secret. Je n'avais jamais vu personne lui tenir tête. Toute ma famille s'était inclinée devant lui et s'était laissé fouler aux pieds, et je n'avais pas le courage de briser mes liens. Si bien que, lorsque le docteur m'a dit : « Au revoir, jeune fille » en agitant la main, j'ai été soulagée de pouvoir m'en aller.

Cependant, quand j'ai vu papa adossé au mur dehors, j'ai tout de suite compris que quelque chose n'allait pas. Il avait l'air hors de lui.

— Tu as pris ton temps, dis donc. Et pourquoi est-ce que tu es toute rouge ? a-t-il demandé en me scrutant de la tête aux pieds.

J'étais en train de chercher quoi lui répondre quand il a ajouté :

— Lequel des deux était-ce ? C'était cet enfoiré de Pakistanais, je parie.

— Non, c'était le docteur Ainsworth, celui aux cheveux blancs, ai-je répondu, soudain sur la défensive.

— Ne me raconte pas de salades. Je t'ai vue lui sourire, au connard avec le torchon sur la tête.

La gifle m'a cueillie du côté droit de la tête, me faisant trébucher et reculer loin de lui.

— Non, papa, c'était le vieux monsieur, le docteur Ainsworth.

— Ne me mens pas, espèce de sale petite pute.

Il m'a empoignée de toutes ses forces par le bras et dit :

— Il t'a touchée, hein ?

J'ai senti la panique me gagner.

— Mais non, papa.

— Tu me prends pour un con ? a-t-il dit en élevant la voix. Je parie qu'il t'a mis la main au panier direct, ce vieux porc.

Une peur panique s'est emparée de moi, et j'ai prié le ciel pour qu'il ne continue pas à me frapper. Je ne voulais pas que quelqu'un nous voie. J'ai regardé par-dessus mon épaule à travers la fenêtre de la salle d'attente.

Heureusement, les patients étaient en train de feuilleter des magazines ou de regarder ailleurs. Aucun ne faisait attention à nous.

Il m'a balancé une autre gifle de l'autre côté de la tête.

— Qui est-ce que tu regardes, petite salope ?

— Personne, papa. Est-ce qu'on peut rentrer à la maison ? Il faut que j'aille aux toilettes.

Je continuais à souffrir d'incontinence quand j'avais peur, exactement comme quand j'étais petite et que je faisais pipi dans ma culotte.

— Voyez-vous ça ! Il faut que mademoiselle aille aux toilettes, a dit papa en s'adressant au ciel avant de rapprocher sa figure de la mienne, plus menaçant que jamais. C'est pour pouvoir essuyer le foutre de ce sale type ? Tu aimes les Pakistanais, hein ?

Il m'a saisie brutalement par la nuque et m'a poussée devant lui en direction du trottoir, au bout de l'allée.

— On va rentrer à la maison, ça oui, tu peux en être sûre.

Mon estomac faisait des nœuds. Tout au long du court chemin qui menait à la maison, papa n'a cessé de vitupérer, ponctuant chaque injure avec des coups. Les gens qui nous croisaient baissaient la tête ou détournaient les yeux, laissant ainsi clairement entendre qu'ils ne voulaient pas intervenir.

— Tu veux savoir comment j'ai su ce que tu as fricoté ? a beuglé papa en m'inspectant de la tête aux pieds. C'est ton fichu manteau qui t'a trahie. Il était boutonné quand tu es entrée dans le cabinet, et maintenant il est défait.

Il arborait l'air triomphant de quelqu'un qui vient de faire une brillante démonstration. Mais son argument était tellement stupide et irrationnel que je savais qu'il ne pouvait pas y croire lui-même. Il cherchait juste une excuse pour me faire du mal. Comme mes larmes semblaient l'exciter, je me suis efforcée de les retenir aussi longtemps que je l'ai pu. Mais j'étais tellement terrorisée que j'ai fini par craquer.

— Allez, espèce de sale petite chialeuse, réponds-moi. Est-ce que tu as retiré ton manteau, oui ou non, pour qu'il puisse te fourrer sa bite dans le cul ?

— Mais j'ai été obligée... de retirer mon manteau, je veux dire. Il a pris ma tension, et ensuite je n'ai pas pris le temps de me reboutonner. C'est tout. Je suis désolée.

— Foutaises ! a-t-il crié sans se soucier de savoir si quelqu'un pouvait l'entendre. Il ne t'a pas fait de prise de sang. Tu n'es qu'une gamine. Tu me prends pour une bille, ma parole.

— Non, pas une prise de sang... La tension, j'ai bredouillé, espérant que si j'arrivais à lui faire entendre raison il finirait par se calmer.

Tandis que nous approchions de la maison, j'ai commencé à traîner les pieds. J'ai pensé que tant que nous étions dans la rue j'étais dans une relative sécurité, mais il m'a attrapée par l'oreille et m'a traînée de l'autre côté de la rue.

— Allez, bouge-toi le cul !

Une camionnette blanche a freiné brutalement pour nous éviter, et j'ai vu le conducteur nous lancer un regard furieux en s'écriant :

— Enfoiré !

À ma grande surprise, papa a levé la main en signe d'excuse. Je n'étais pas habituée à le voir s'aplatir devant quiconque.

Nous avons continué de marcher en silence et j'ai pensé que sa colère s'était calmée, comme cela arrivait parfois. Mais non.

— N'oublie pas que je suis un homme. Je sais ce que les mecs ont dans la tête, a-t-il repris quand nous avons tourné au coin de notre rue. Et je te connais sous toutes les coutures, toi aussi, pas vrai ? Espèce de salope.

Au même instant, une vieille dame nous a croisés, et j'ai vu sa mâchoire s'affaisser de stupeur.

— Et toi, tu peux aller te faire mettre ! lui a-t-il crié.

Quand il a ouvert le portail rouillé d'un grand coup de pied et m'a poussée devant lui, mon sang s'est glacé. Heureusement, il était à jeun. S'il avait été ivre, ç'aurait été bien pire.

Dès que nous avons été à l'intérieur de la maison, il a commencé à me donner des coups de pied en hurlant de toutes ses forces :

— Qu'est-ce qui s'est passé, hein ? Quand il t'a fourré sa saucisse au curry dans le cul, tu as eu tellement chaud que tu as dû retirer ton manteau, c'est ça ?

Il m'a poussée dans la cuisine et j'ai atterri sur les genoux en plein devant maman, qui était assise à la table.

— Qu'est-ce qui se passe encore ? a-t-elle demandé en levant les yeux au ciel et en refermant le journal.

Je me suis remise tant bien que mal sur mes pieds, consciente que papa se tenait derrière moi, et j'ai filé me réfugier dans le renfoncement, à côté du frigo, où je me suis recroquevillée, absolument terrifiée.

Papa est arrivé aussitôt, il m'a attrapée par la gorge et s'est mis à me cogner la tête contre le mur. J'ai senti un flot d'urine s'écouler le long de ma jambe. Je ne pouvais pas me contrôler.

— Maman, ai-je gémi.

— Holà ! Du calme, a-t-elle dit à papa en posant une main sur son épaule. Qu'est-ce qui s'est passé ?

— Il s'est passé que cette salope s'est envoyée en l'air avec le toubib.

Maman a ri. Maman riait toujours dans ce genre de situations. J'avais beau savoir que c'était une tactique pour essayer de détendre l'atmosphère, ça me faisait mal de la voir rire.

— Ce n'est pas vrai...

Papa m'a relâchée et je suis tombée par terre en suffoquant. Il m'a donné un grand coup de talon sur la main, laissant une marque rouge et sanglante.

Après quoi, il a déversé un cendrier plein sur ma tête. J'ai réalisé que je m'en étais tirée à bon compte cette fois, même si mon corps tout entier me faisait souffrir et que ma main s'est mise à enfler.

— Jamais elle s'arrête de chialer, celle-là ? a demandé maman en allant se rasseoir pour reprendre sa lecture du journal pendant que papa ouvrait une canette de bière.

Je suis restée assise sans oser bouger pendant près d'une heure parmi les mégots. Maman fumait une cigarette après l'autre, remplissant à nouveau le cendrier, tandis que son pied battait furieusement la mesure sous la table.

Pour finir, papa a dit :

— Allez, va te laver. Ça schlingue la pisse ici.

Maman n'a même pas levé les yeux, mais, quand j'ai franchi la porte, je l'ai entendue demander à papa s'il était passé chez le pharmacien avec l'ordonnance.

— Non, a-t-il répondu. Elle m'avait mis dans un tel état.

— Super, a dit maman. Je suppose que c'est moi qui vais devoir y aller alors.

Et c'est ce qu'elle a fait.

17

Maintenant que je n'allais plus au collège et que je prenais la pilule, papa ne faisait plus aucun effort pour contrôler ses crises de jalousie. Il était libre de me battre comme plâtre devant maman, crachait des insanités, m'accusant d'avoir couché avec les médecins, le papetier ou le mécanicien qui tenait le garage au coin de la rue. C'était comme si l'histoire s'était répétée, sauf que maintenant c'était moi et non plus maman qui recevait les coups. Il y avait des années qu'il n'avait plus levé la main sur elle.

Envers et contre tout, la relation de papa et maman demeurait immuable. Ils travaillaient ensemble, continuaient de coucher dans le même lit le soir. La seule différence était que maman lui avait donné son consentement et qu'il pouvait me violer autant qu'il le voulait. Le soir, quand ils faisaient l'amour, maman se montrait moins loquace qu'avant, et j'avais remarqué qu'elle rechignait à « faire une petite sieste » dans la journée avec papa quand il le lui suggérait.— Quoi ? Avec elle ici matin, midi et soir ? disait-elle, incrédule. Tu me prends pour une conne ou quoi ?

J'ai réalisé qu'elle devait éprouver une certaine culpabilité, non seulement parce que nous formions une sorte de ménage à trois, mais parce qu'elle avait fait sciemment le choix de laisser perdurer la situation alors qu'elle aurait pu y mettre un terme. Pour cela, un coup de téléphone aurait suffi. J'ai commencé à me demander dans quelle mesure elle ne cherchait pas à se protéger. Après tout, si la situation venait à être découverte, qu'allait-on penser d'elle ?

Le soir, maman continuait de travailler comme réceptionniste, tandis que papa passait son temps à me soumettre à ce qu'on pourrait qualifier de tortures sexuelles. Une fois que Kat était montée se coucher, il m'obligeait à m'agenouiller nue devant lui jusqu'à ce que j'aie confessé avec qui j'avais couché.

J'essayais de le raisonner en lui demandant où diable j'aurais pu rencontrer ces hommes alors que je n'étais jamais autorisée à sortir, mais cela n'avait d'autre effet que de décupler sa colère. En deux gorgées de bière, il me balançait des coups de pied dans la tête ou me sautait sur le dos et, m'empoignant par les cheveux, m'enfouissait la figure dans la moquette pour m'empêcher de respirer jusqu'à ce que je perde connaissance. Ces séances finissaient presque toujours par un viol.

Un soir que papa avait bu sans s'arrêter après avoir perdu sept cents livres aux courses, il a attrapé une bouteille vide et menacé de me la fracasser sur la figure après m'avoir violée avec. J'ai eu tellement peur pour ma vie que, lorsqu'il est allé aux toilettes, je suis sortie en courant dans la rue, à demi nue.

J'avais tout juste réussi à renfiler mon jean, dont il avait déchiré la fermeture éclair, et je n'avais que mes pantoufles aux pieds. J'avais la poitrine complètement à découvert, mais j'ai réussi à saisir une petite veste posée sur la rampe de l'escalier. Quand j'ai franchi la porte, je l'ai entendu hurler :

— C'est ça, tire-toi, connasse !

Je me suis mise à détaler dans l'air froid de la nuit et ne me suis arrêtée que lorsque j'ai été certaine que papa ne me suivait pas. Je grelottais de froid et m'efforçais de me couvrir du mieux que je le pouvais, mais je ne savais pas où aller. Je suis restée assise sur un banc pendant près d'une heure, puis la réalité s'est imposée à moi : je n'avais pas d'argent, presque pas de vêtements sur moi et nulle part où aller. Je n'avais pas la moindre idée de ce que je devais ou pouvais faire.

J'étais tellement habituée à n'avoir aucun contact avec l'extérieur que, lorsqu'une dame est passée et m'a demandé si j'avais besoin d'aide, j'ai secoué la tête. Mon unique option était maman. J'ai trouvé une cabine téléphonique et je l'ai appelée en PCV là où elle travaillait, sachant qu'elle allait répondre au téléphone à la réception.

— Ça ne va pas recommencer, a-t-elle geint comme si je lui cassais les pieds. Tu ferais mieux de venir ici. Je suppose que je vais devoir envoyer un taxi te chercher, vu que tu n'as quasiment rien sur le dos. Ne bouge pas de la cabine téléphonique.

Quand nous sommes arrivés à destination, le chauffeur de taxi a demandé à maman :

— Vous êtes sûre que la petite va bien ?

J'ai aperçu mon reflet dans les glaces qui tapissaient les murs de la réception et j'ai compris pourquoi : j'avais la figure enflée, les cheveux en bataille, et j'étais couverte de griffures et de bleus. Quand je lui ai montré les marques de dents que je portais sur le corps, maman a roulé les yeux comme chaque fois en faisant claquer sa langue.

— Tu devais savoir à quoi t'attendre, pourtant. Tu as bien vu comment il se comportait avec moi, elle a dit.

J'ai soudain explosé :

— Parce que tu crois que j'ai choisi d'être avec lui ? C'est lui qui m'a forcée depuis l'époque où j'étais encore toute petite. Je n'ai jamais eu le choix, et tu n'as rien fait pour me protéger !

— Ne t'en prends pas à moi, a-t-elle dit en haussant les épaules. Tu as seize ans, maintenant.

Je l'ai suppliée de me trouver un endroit où aller.

— Où sont les autres ? ai-je demandé.

Ne pouvais-je pas aller vivre avec le reste de ma famille ?

Maman a eu l'air outrée et épouvantée. Elle ne voulait pas que j'établisse un contact avec Jenny ou mes frères et sœurs, car alors la vérité aurait éclaté au grand jour, et tous auraient deviné qu'elle savait depuis le début les traitements que je subissais.

— Je n'ai pas leurs adresses, a-t-elle répondu. Alors, tu ferais mieux de t'ôter cette idée de la tête. De toute façon, ils n'ont aucune envie de te voir. Pas après tout ça. Que va penser Jenny, à ton avis, quand elle va découvrir ce que tu as fait ?

— Ce que j'ai fait ? ai-je crié, incapable d'en croire mes oreilles. J'étais une enfant. Je suis une victime, maman !

— Écoute, tu vas rentrer avec moi à la maison. Il se sera sûrement endormi entre-temps.

— Comment peux-tu dire une chose pareille ? ai-je demandé, en larmes. Regarde ce qu'il m'a fait.

Elle a saisi l'annuaire des pages jaunes et fait mine de chercher une pension pour moi, puis l'a refermé en disant :

— Non, c'est impossible. Il me tuera.

— S'il te plaît. Je ne veux pas retourner là-bas.

Maman a appelé un hôtel garni et parlé quelques minutes au téléphone. Puis, elle a froncé le nez et raccroché rageusement.

— Merde ! Tu ne peux pas aller là-bas si tu n'apportes pas ta propre couverture !

Cela ne me semblait pas insurmontable. Il y avait sûrement un moyen de se procurer une couverture. Mais maman jugeait de toute évidence préférable de me ramener à la maison où je serais violée et battue par papa. Elle a passé la demi-heure suivante à me supplier de rentrer avec elle, parce que, si je ne le faisais pas, papa la mettrait en pièces. Sans parler de Kat. Qu'adviendrait-il s'il s'en prenait à elle en apprenant que j'avais pris la fuite ?

À l'instant où elle a prononcé ces mots, mon sang s'est glacé dans mes veines et je lui ai posé la question qui me taraudait depuis longtemps.

— Et si jamais il fait à Kat ce qu'il m'a fait ? Est-ce que tu vas la protéger ?

J'ai cru qu'elle allait me frapper.

— Arrête de dire n'importe quoi. C'est sa propre fille, voyons. Où est-ce que tu vas chercher des idées pareilles ?

— Mais moi, il m'a élevée depuis l'âge de quatre ans.

— Ce n'est pas la même chose. Elle et lui ont le même sang !

J'aurais aimé la croire, mais c'était impossible. Si papa était capable de me faire ces choses à moi, il était capable de les faire à n'importe qui.

Je suis revenue à la maison avec maman ce soir-là. Par chance, le lendemain matin, papa avait une telle gueule de bois qu'il n'avait quasiment aucun souvenir de ce qui s'était passé la veille, si bien que je n'ai pas été punie pour avoir tenté de fuir.

Ayant pris goût à la rébellion, j'ai à nouveau fait une tentative de fugue la semaine suivante, mais cette fois papa n'avait pas bu et il s'est lancé à ma poursuite. J'avais pris quelques minutes d'avance quand il a réalisé que j'étais partie et, au début, j'ai cru que j'étais libre. J'étais en train de me demander où j'allais pouvoir aller quand j'ai regardé par-dessus mon épaule et aperçu papa qui arrivait en courant dans ma direction. Il faisait encore jour et j'ai dépassé au pas de course un ancien camarade d'école primaire. Il m'a regardée, stupéfait. Avec mes cheveux en bataille et mes vêtements déchirés, je devais avoir l'air affolée.

— Lisa, il m'a crié. Tu vas bien ?

J'avais l'impression d'être dans un film d'horreur, avec un monstre sanguinaire à mes trousses, mais je m'en suis voulu de ne pas lui répondre. Si je l'avais fait, papa m'aurait entendue et aurait décrété que le garçon avec qui je n'avais pas échangé un mot depuis six ans était un petit ami caché. Il n'a pas fallu bien longtemps à papa pour me rattraper. Après cela, j'ai eu droit à une correction qui a duré plusieurs jours et m'a dissuadée de faire une nouvelle tentative de fuite.

J'étais littéralement paralysée de peur, et papa exerçait sur moi un contrôle de tous les instants depuis si longtemps que j'ai commencé à penser à me suicider. C'était la seule issue. Car il n'oserait tout de même pas s'en prendre à maman ou à Kat s'il me retrouvait en train de me balancer au bout d'une corde dans la cage d'escalier, non ? À partir de là, quand il me violait et que je m'efforçais de m'enfermer dans mes pensées, je réfléchissais au meilleur moyen d'en finir. Tout semblait si simple à la télévision : un coup de rasoir aux deux poignets dans un bain d'eau chaude, et c'était la libération tant attendue. J'avais même pris un rasoir Bic de papa une fois et je l'avais posé sur mon poignet. La réalité était tout autre cependant, et je ne me sentais pas capable de me trancher les veines et de regarder couler le sang. La vérité, c'est que j'avais envie de vivre – simplement, pas avec papa.

Parfois, quand il me tenait coincée entre ses jambes devant la télévision, à la vue d'une émission de voyage ou d'un clip vidéo, je sentais monter en moi comme une bulle d'exaltation. Je devenais de plus en plus consciente de l'immensité du monde. La plupart du temps, j'étais condamnée à ne voir que les quatre murs d'une chambre ou d'un bureau, et je n'avais de cesse de découvrir autre chose. Je ne voulais pas finir baignant dans mon propre sang, parce qu'alors jamais personne n'aurait su que c'était papa qui m'avait assassinée, en réalité.

Un jour que je feuilletais le journal, j'ai vu une quantité d'offres d'emploi sur la dernière page. Certaines faisaient miroiter des salaires à six chiffres, une nouvelle voiture et des vacances à l'étranger pour quiconque était très motivé. Bien que sachant que je ne pourrais jamais décrocher un travail comme celui-là du premier coup, je trouvais cela excitant.

Une idée m'est venue : maman ne supportait plus de me voir, car j'étais devenue la preuve vivante qu'elle était une mère indigne. Je l'avais entendue une fois reprocher à papa de me garder sous sa férule à longueur de journée, déclarant qu'elle n'arrivait pas à se détendre et à se sentir chez elle quand elle rentrait à la maison. J'ai décidé de lui faire comprendre que j'avais envie de travailler. Il n'était pas question d'aborder le sujet avec papa, car je savais que cela m'attirerait des coups.

— Tu ne crois pas que ce serait bien, si je pouvais trouver un travail ? ai-je dit à maman.

— Oui, plutôt, a-t-elle répondu en écarquillant les yeux comme si elle venait d'avoir une idée géniale. Je ne vois pas pourquoi je devrais continuer à me crever la paillasse pour t'entretenir alors que tu n'en fiches pas une.

Au cours des semaines suivantes, maman a évoqué à plusieurs reprises la possibilité de me trouver un emploi. Bien entendu, papa ne voulait pas en entendre parler. S'il avait attendu pendant des années que je sois en âge de quitter le collège, ça n'était pas pour que je me mette à travailler. Il lui suffisait d'élever la voix et de donner un grand coup sur la table pour faire taire instantanément maman. Mais ensuite, elle revenait à la charge, jusqu'au jour où elle a réussi à faire vibrer la corde sensible :

— Elle va ramener un salaire à la maison, Frank. Et ça ne serait pas de trop vu ton manque de chance ces derniers temps.

Elle se référait au fait que tout l'argent qu'elle gagnait en faisant des ménages passait dans les courses de chevaux et que nous avions du mal à joindre les deux bouts. Par deux fois depuis le début de l'année, on nous avait coupé le courant, et nous avions dû nous éclairer à la bougie jusqu'à ce qu'on ait de quoi payer la facture d'électricité. Après cela, papa était allé trouver quelqu'un au pub, de l'autre côté de la rue, qui, moyennant une petite somme, avait trafiqué le compteur pour qu'on ne puisse plus nous couper le courant.

Cependant, certaines semaines, papa et maman n'avaient même pas de quoi s'acheter des cigarettes et devaient se contenter de tabac à rouler. Quand les temps étaient vraiment durs, ils fouillaient la boîte à ordures à la recherche de vieux mégots et de brins de tabac égarés.

La perspective de faire rentrer un peu plus d'argent a dû peser dans la décision de papa. Je suis restée abasourdie quand il m'a donné un coup sur la tête avec le journal, un midi, en disant :

— C'est bon, tu vas chercher du boulot.

J'étais folle de joie. D'un seul coup, le minuscule point lumineux au bout du tunnel s'est élargi ; j'ai retrouvé l'espoir de pouvoir m'évader.

Papa était sceptique quant à mes chances de trouver un emploi.

— Elle a pas de qualifications, non ? a-t-il ricané, méprisant.

Mais, immédiatement, mon regard s'est posé sur une annonce pour un travail de secrétaire stagiaire dans une maison de disques. Au début, papa a dit non, mais quand il a réalisé que le bureau ne se trouvait qu'à dix minutes de marche, son regard s'est éclairé.

— Tu pourras rentrer déjeuner à la maison !

Mon cœur a chaviré, et celui de maman aussi, vu la façon dont elle a roulé les yeux en soupirant.

Le jour de l'entretien d'embauche, j'avais les mains qui tremblaient quand je me suis mise à fouiller dans la commode à la recherche de quelque chose à me mettre. Je ne trouvais rien de vraiment présentable. À part le jean que je mettais pour faire les ménages, je n'avais que mes affaires de collège : une jupe gris clair et un corsage gris, qui était blanc à l'origine.

C'était une belle journée ensoleillée de février, et papa m'a accompagnée à pied jusqu'à la maison de disques. Je sentais que j'étais en train de perdre mes moyens, car, depuis que j'avais décroché l'entretien d'embauche, papa ne cessait de me harceler, déclarant que j'étais une demeurée qui ne savait rien faire de ses dix doigts. Et voilà qu'il continuait.

— Ils ne voudront jamais de toi, dit-il. Tu n'as même pas ton brevet.

Sans même réfléchir, j'ai rétorqué :

— C'est vrai, mais encore aurait-il fallu que je puisse le passer.

— Qu'est-ce que tu cherches à insinuer ? a-t-il dit en s'arrêtant de marcher.

Une sonnette d'alarme s'est déclenchée dans ma tête.

— Je veux simplement dire que, si j'étais restée au collège, j'aurais pu passer mon brevet.

— Alors, c'est ça que tu vas leur dire, que tu n'as pas pu le passer parce que tu n'avais pas le droit d'aller à l'école ? a-t-il demandé. Si tu cherches à me foutre dans la merde, je te ramène direct à la maison.

— Non ! Non...

— Et si je te ramène à la maison, tu peux dire adieu à ton putain de job.

On s'est toisés l'un l'autre du regard au beau milieu de la rue. Tout ce que je pouvais faire, c'était attendre de voir ce qui allait se passer.

— Allons, grouille, tu vas être en retard, a-t-il fini par dire.

Le travail pour lequel je postulais consistait à servir d'assistante au fils du patron, Harry, un garçon de dix-neuf ans qui débutait comme manageur, et un autre gars appelé Graham qui s'occupait de la gestion des spectacles.

Ma seule expérience en tant que dactylo se résumait à la fois où j'avais tapé *Le chat boit le lait* sur la machine électrique d'un des bureaux où je faisais le ménage, si bien que mes chances d'être prise étaient très minces, mais d'un autre côté l'annonce stipulait qu'aucune expérience préalable n'était requise.

J'ai passé l'entretien avec la directrice financière, Ros Newman, une femme aux cheveux et aux yeux noirs comme du jais, avec les ongles les plus longs qu'il m'ait jamais été donné de voir.

Quand j'ai rempli la demande de candidature, j'ai listé les qualifications que j'aurais eues si papa m'avait laissée finir le collège et j'ai laissé en blanc la rubrique « diplômes ».

Elle m'a fait passer un test de dactylo qui lui a semblé concluant. Et quand elle m'a demandé si je connaissais la sténo, j'ai dit que non, mais que j'avais l'intention de m'inscrire à un cours de prise de notes rapide dont j'avais vu la publicité dans le journal. Je ne savais pas exactement en quoi consistait la prise de notes rapide, mais Ros a eu l'air impressionnée.

— Ça montre que tu as le sens de l'initiative, Lisa, a-t-elle dit avec un sourire. Étant donné qu'il s'agit d'un poste de secrétaire débutante, nous ne nous attendons pas à ce que tu sois parfaitement qualifiée. Tu peux te former au fur et à mesure.

J'ai souri en essayant de ne pas penser à papa qui m'attendait en bas. C'est alors qu'elle a dit une chose qui a fait bondir mon cœur dans ma poitrine.

— Parle-moi de toi et de ta famille.

J'ai ouvert la bouche et commencé à bégayer en me souvenant des recommandations que papa m'avait inculquées depuis des années : « Notre putain de vie privée ne regarde que nous. »

Le sourire de Ros s'est évanoui tandis qu'elle attendait une réponse. Que pouvais-je dire à propos de papa et maman qui puisse donner à quelqu'un l'envie de me donner du travail ? J'ai évoqué la seule chose positive que j'aie pu trouver :

— Mes parents travaillent pour une maison de disques du West End depuis des années.

Quand j'ai donné le nom de la compagnie, ses yeux se sont illuminés.

— Oh ! mais bien sûr, a-t-elle dit. Je connais très bien Saul. Ce sont des Juifs, comme nous. Que font tes parents là-bas ?

Peut-être a-t-elle été déçue d'apprendre qu'ils s'occupaient du ménage, mais elle a littéralement rayonné quand j'ai déclaré que maman disait toujours que les Juifs étaient les meilleurs patrons qui soient. C'était une façon positive de présenter les choses, parce qu'en réalité, maman disait :

— J'ai rien contre eux, mais ils vous font bosser comme des nègres pour trois fois rien, ces pingres.

Quand Ros m'a raccompagnée, elle m'a chaleureusement serré la main. J'ai réprimé un rictus de douleur parce que ma main droite me faisait mal depuis que papa l'avait piétinée quand il avait piqué sa crise au sujet du docteur pakistanais. Ros m'a demandé de la rappeler le lendemain matin pour qu'elle me donne sa réponse.

La première chose que papa a voulu savoir, c'est combien j'allais être payée, et si c'était à la semaine ou au mois.

Le lendemain matin, il m'a accompagnée à la cabine téléphonique sous le pont du chemin de fer et a attendu à l'extérieur pendant que j'appelais Ros.

— Bonjour, Lisa, a-t-elle dit. Je suis heureuse de t'annoncer que tu as le job. Peux-tu commencer lundi ?

Papa m'a emmenée au magasin pour que je puisse m'acheter des vêtements : deux jupes et des pulls, ainsi qu'une nouvelle paire de chaussures. J'étais fin prête, et soudain le ciel m'a paru plus bleu. Ce jour-là, mon horoscope du *Sun* disait que ma vie entrait dans un cycle nouveau. Je me sentais pousser des ailes.

18

J'ai commencé à travailler à la maison de disques et, du jour au lendemain, je me suis retrouvée à côtoyer des tas d'artistes. La plupart des gens qui travaillaient avec moi étaient jeunes et insouciants. Ils sortaient faire la fête tous les soirs avec les musiciens. Mon travail consistait à rédiger les contrats, sans oublier de mentionner les exigences des musiciens, comme d'avoir de la vodka et des chips au fromage et à l'oignon à leur disposition dans leur loge. On me proposait souvent des places de concert auxquels, naturellement, je ne pouvais pas aller.

Papa appréciait que je ramène un salaire chaque mois à la maison. Il m'a accompagnée à la banque pour que je puisse ouvrir un compte, où mon salaire fut viré chaque mois. Il en gardait la plus grosse partie, « pour le gîte et le couvert », disait-il, mais j'avais droit à une petite allocation pour m'acheter des serviettes hygiéniques, par exemple, ou une nouvelle jupe.

Je n'étais pas autorisée à sortir avec mes collègues de travail et je voyais bien qu'ils me considéraient un peu comme une bête curieuse. La situation s'est aggravée quand papa et maman ont décidé de venir me retrouver chaque midi au pub en face du bureau. J'étais horriblement mal à l'aise parce que tous mes collègues fréquentaient également ce lieu. Ils devaient se demander pourquoi je ne les saluais jamais. Si je l'avais fait, papa aurait pensé que je m'envoyais en l'air avec eux, même si c'était une femme.

Autrement dit, lorsque j'étais au bureau, je me comportais à peu près normalement, mais le midi je ne regardais pas même les gens avec qui, quelques minutes plus tôt, j'étais en train de bavarder amicalement autour de la machine à café ou du télécopieur. J'étais particulièrement embarrassée quand il s'agissait de Harry ou Graham, mes chefs. C'étaient de jeunes garçons qui flirtaient gentiment avec moi et me décochaient des sourires, comme ils le faisaient avec toutes les autres filles du bureau. Je crois qu'ils ont fini par réaliser que mon attitude réservée n'était pas due à la timidité, mais qu'il y avait un autre problème quelque part.

Parfois, à une heure moins cinq, juste quand je me préparais à aller retrouver papa et maman, Harry me demandait d'aller lui chercher un sandwich œuf mayo et pain complet chez le traiteur. Mon sang se glaçait dans mes veines à l'idée de faire attendre papa, pour qui la seule explication était que j'étais en train de m'envoyer en l'air derrière les meubles de classement.

À la maison, j'étais soumise à un nouveau régime. Chaque jour en rentrant du travail, papa se livrait à une inspection minutieuse de ma petite culotte pour s'assurer qu'il n'y avait pas de traces de sperme. Certains jours, j'avais même droit à un toucher vaginal. Bien qu'il n'y ait eu aucune trace suspecte, j'étais punie si papa estimait que j'étais trop mouillée, car cela signifiait que j'avais fantasmé sur un collègue quand j'étais au bureau.

Il m'arrivait de me demander pourquoi papa m'avait autorisée à aller travailler. Était-ce pour pouvoir passer plus de temps à « faire la sieste » avec maman l'après-midi ? Je priais le ciel pour qu'ils retombent amoureux comme aux premiers jours tout en commençant à chercher un moyen de m'échapper pour de bon. Mais ce n'était pas facile, car ma vie était réglée comme du papier à musique, chaque minute de la journée devant être justifiée. Papa avait calculé le temps qu'il me fallait pour me rendre au travail, et si j'avais ne serait-ce que quelques minutes de retard, il se vengeait de toutes sortes de façons cruelles. Les jours où il ne venait pas me retrouver au pub, il insistait pour que je rentre déjeuner à la maison, si bien que je n'avais jamais un moment de libre. Après que papa eut décrété que j'étais désormais sa maîtresse, maman et lui avaient continué de dormir dans le même lit, mais un jour, en rentrant du bureau, j'ai trouvé maman qui déménageait ses affaires. Elle était en train de s'installer dans ma chambre. J'ai cru que j'allais défaillir.

— Qu'est-ce que tu fais ? lui ai-je demandé, incrédule.

— À ton avis ? a-t-elle répliqué sèchement. C'est Sa Majesté qui l'a exigé, et ses désirs sont des ordres.

Je suis restée paralysée. Il fallait que je trouve d'urgence un moyen de me sortir de ce guêpier. Mais je n'avais personne à qui demander de l'aide.

À Noël 1983, la maison de disques a organisé une fête pour le personnel. Quand je l'ai dit à papa, j'ai pensé qu'il allait m'interdire d'y aller. Mais sans doute a-t-il songé que mes collègues risquaient de se poser des questions si je n'y allais pas, si bien qu'il m'a autorisée à m'y rendre. Il ne voulait surtout pas que je perde mon emploi. Néanmoins, il m'a annoncé qu'il allait m'accompagner… en qualité de petit ami. J'ai été prise de nausée à l'idée de devoir me montrer en public en compagnie de papa, et surtout de devoir le présenter à mes collègues de bureau, si bien que j'ai été soulagée quand j'ai appris que les conjoints n'étaient pas conviés. Mais papa était furieux. Il était déjà allé au magasin avec maman pour m'acheter une robe de daim grise. C'était un truc vraiment très vulgaire qui ne m'allait pas du tout. Elle était tellement moulante qu'elle se retroussait quand je mettais des collants. J'ai imaginé différentes excuses pour ne pas la porter, mais papa a insisté :

— Après tout ce qu'elle nous a coûté !

Il m'a dit que je n'avais qu'à mettre des bas au lieu de collants, avant d'ajouter avec un sourire salace :

— J'ai hâte que tu rentres à la maison.

Mon cœur a chaviré, parce qu'on voyait les contours du porte-jarretelles sous l'étoffe.

Je n'arrivais pas à comprendre ce qui se passait dans sa tête. Pourquoi me poussait-il à aller à une fête de Noël avec une robe provocante et un porte-jarretelles ?

— Je ne me sens pas bien, ai-je dit, pour essayer de me défiler, car je voyais bien qu'il y avait anguille sous roche et que j'allais m'attirer des ennuis.

— Tu y vas, un point, c'est tout ! a-t-il dit.

Ce soir-là, j'ai retrouvé Susie, la fille qui travaillait à la réception, parce que nous avions prévu de prendre un taxi ensemble pour nous rendre à la soirée.

— Tu devrais sortir plus souvent, m'a-t-elle dit. Tu apprendrais à connaître les autres.

Je m'efforçais de ne pas avoir l'air heureuse, car je savais que papa nous observait depuis le coin de la rue et que je ne voulais pas le mettre en colère. Nous sommes arrivées au restaurant et, avant même de mettre mon manteau au vestiaire, je suis allée aux toilettes et j'ai ôté mes bas.

Quand je suis entrée dans la salle à manger, j'ai vu que tous mes collègues semblaient surpris par ma transformation. En temps normal, je portais des vêtements de mémère, mais la robe que je portais ce soir-là était plutôt sexy. J'étais mal dans ma peau et je m'efforçais de me faire aussi discrète que possible pour ne pas attirer l'attention sur moi. J'ai pris une coupe de champagne sur un des plateaux qui circulaient parmi les convives et essayé de me calmer. Comme je n'étais pas habituée à boire, l'alcool m'est monté directement à la tête, mais j'ai réussi à me détendre sans trop me préoccuper de ce qui allait se passer quand je rentrerais à la maison.

Après le dîner, tout le monde était d'accord pour finir la soirée en boîte, sauf moi, car je savais que je devais rentrer. Je me revois faisant la queue au vestiaire. Quand j'ai récupéré mon manteau, Susie a remarqué les bas qui sortaient de la poche et les a montrés à Graham, mon chef. À ma grande honte, je les ai vus rire sous cape. Dehors, Susie et un autre collègue du nom de Neville m'ont mise dans un taxi.

Une fois à la maison, j'ai bondi hors du taxi qui s'est éloigné aussitôt. Quand je suis arrivée devant la porte de la maison, papa l'a ouverte grand et m'a tirée à l'intérieur en m'empoignant par les cheveux. Je ne l'avais jamais vu dans une telle colère. Il m'a battue sauvagement à coups de pied jusqu'à me faire perdre connaissance. Je n'ai qu'un vague souvenir de la scène, mais je me rappelle qu'il criait que j'étais rentrée à la maison à bord d'une Rover blanche (alors que le taxi qui m'avait ramenée était noir) et me demandait qui était dans la voiture. J'étais la plus grosse pouffiasse de tous les temps. La preuve : j'avais même ôté mes bas. Il m'a tiré les cheveux et mordue sur tout le corps. Il m'a arraché ma robe et m'a sodomisée. En temps normal, il faisait en sorte de ne pas me frapper au visage, mais, le lendemain, j'avais un gros bleu d'un côté de la figure. Il m'a interrogée sans pitié toute la nuit en descendant vodka après vodka et en me jetant des cigarettes allumées en visant mes yeux.

Pendant ce temps, maman était en haut. Il est impossible qu'elle ait réussi à dormir alors qu'il hurlait et rugissait comme un possédé. Je me souviens qu'à un moment il m'a fait boire de la vodka pure. J'ai suffoqué et cru que j'allais mourir. Immédiatement après, j'ai vomi, et il a recommencé à me frapper pour me punir.

À la fin, j'étais tellement perdue que j'en étais à me demander qui était le propriétaire de la Rover blanche avec qui j'avais fait l'amour sur la banquette arrière.

L'interrogatoire et les coups ont continué pendant des jours et des jours. Il a fallu que je raconte minute par minute tout le déroulement de la soirée. Il n'arrêtait pas de me parler de la Rover blanche alors qu'il n'y avait jamais eu de Rover blanche. Il m'a même traînée jusqu'au restaurant où s'était tenue la soirée pour que nous refassions ensemble le trajet et que je lui montre l'endroit où je disais avoir pris un taxi.

Depuis que je travaillais dans la maison de disques, jamais l'idée de flirter avec quiconque ne m'avait effleurée, même si les occasions ne manquaient pas dans ce milieu de jeunes musiciens. Je savais qu'un flirt aurait pu me coûter la vie, et dès qu'un garçon se mettait à me tourner autour, je paniquais. Je ne savais pas comment me comporter normalement dans ce genre de situation.

Les vacances de Noël furent un cauchemar, la violence de papa ne désarmant pas. J'avais les nerfs à vif. Le jour de mon dix-septième anniversaire, juste avant le jour de l'An, la sœur de papa, Lesley, est arrivée sans prévenir avec ses deux garçons, Charlie et George, et un autre membre de sa famille que je ne connaissais pas.

À part maman, personne ne savait ce que papa m'avait fait subir. Pour ces gens, j'étais toujours sa fille. J'ai couru me cacher dans la salle de bains parce que je ne savais pas comment me comporter en leur présence. J'ai dû prendre sur moi pour ne pas me mettre à hurler et déballer tout ce qu'il me faisait subir. Papa m'a suivie et m'a ordonné de mettre la robe grise, car nous allions tous au pub. Maintenant que j'étais plus âgée, papa m'autorisait à boire de l'alcool. Debout seule au bout du bar, je me suis réfugiée dans l'alcool pendant que papa bavardait avec son neveu dans un coin. À un moment, je suis allée aux toilettes et, quand je suis ressortie, il n'y avait plus personne. Ils étaient tous partis sans prévenir. J'ai traversé la rue. En arrivant à la maison, j'ai compris qu'ils s'étaient querellés. Tous étaient renfrognés. Comme on me traitait encore en gamine, personne ne s'est donné la peine de m'expliquer quoi que ce soit. En fait, personne ne m'adressait plus la parole. Lesley et ses garçons étaient partis, mais la parente que je ne connaissais pas était toujours là.

Soudain, on a frappé un grand coup à la porte. Des voix ont dit :

— Ils sont là.

Visiblement mal à l'aise, papa s'est levé pour aller ouvrir.

Il y a eu des éclats de voix et des bruits de bagarre. On est sorties en courant pour voir ce qui se passait et on a trouvé papa étendu dans une mare de sang dans l'allée.

Je savais que c'était à cause de moi parce que tout le monde me regardait. Je me suis mise à sangloter comme une perdue. Je savais que papa allait rejeter la faute sur moi et peut-être même me tuer comme il menaçait toujours de le faire. C'était plus que je ne pouvais en supporter. Pieds nus, dans l'affreuse robe de daim grise, je suis sortie en courant dans l'allée et j'ai filé droit au pub de l'autre côté de la rue. Le barman était en train de partir après avoir baissé le rideau.

— Qu'est-ce qui se passe ? a-t-il demandé.

Mais j'ai continué de courir sans répondre.

Je suis arrivée à la cabine téléphonique. Si papa était mort, il fallait que j'avertisse la police, mais si ce n'était pas le cas et que je n'appelais pas les secours d'urgence, il serait fou de rage. J'ai décroché le combiné et appelé à la fois la police et le SAMU. À l'autre bout du fil, la dame du standard m'a dit de retourner chez moi.

Quand je suis arrivée, une voiture de police était en train de se garer devant la maison. J'ai remarqué que papa n'était plus étendu dans l'allée. La porte d'entrée était ouverte, et maman m'a tirée précipitamment à l'intérieur. J'ai entendu quelqu'un expliquer à la police que c'était un malentendu. Papa était assis sur une chaise avec un linge autour de la tête.

À cet instant, j'ai eu brusquement envie de tout déballer. Je voulais que la police sache ce qui se passait et je me suis mise à hurler. Mais la porte d'entrée était déjà refermée, et les flics, repartis. La parente que je ne connaissais pas s'est approchée de moi et m'a giflée.

— Tu te calmes maintenant, poulette, a-t-elle dit. Ton papa va bien. Regarde.

Comme toujours, on ne parla plus jamais de l'incident ensuite, mais papa fit une réflexion qui laissait clairement entendre que Lesley et sa famille étaient au courant de notre « petit secret ». Il a dit que, quand je suis allée aux toilettes ce soir-là, il a vu son neveu Charlie qui me suivait des yeux. Comme il était saoul, papa a dit sans réfléchir :

— Trop tard. Je l'ai eue, celle-là, elle est à moi.

J'aime à penser que, poussé par un sursaut de sens moral, l'un d'eux lui a cassé la figure, mais je ne connais pas toute la vérité.

Peu de temps après le Nouvel An, le frère aîné de papa, Keith, est venu à la maison. Je me souviens de maman disant à papa : « Keith est là », et papa déclarant : « Tu le lui as dit, hein, espèce de salope ? »

J'ai couru me réfugier à l'étage, honteuse et mortifiée. Accroupie sur le palier en haut de l'escalier, j'ai entendu Keith qui disait à papa :

— Mais elle a presque le même âge que ma petite Alison. Comment as-tu pu faire une chose pareille ? Tu disais que tu voulais l'adopter quand elle était petite.

Papa a répondu :

— Je l'aime.

— Et elle ? a rétorqué Keith. Fais-la descendre. Je veux l'entendre de sa bouche.

Papa a monté la première volée de marches et m'a dit :

— Descends et dis-le-lui toi-même.

J'ai vu la colère dans ses yeux et senti la menace dans sa voix, mais il n'était pas question que je descende et dise à Keith, comme l'exigeait papa, que j'étais amoureuse et qu'entre nous, c'était un rêve devenu réalité. C'était un mensonge. Et je n'ai rien pu faire d'autre que pleurer et dire que je ne voulais pas. Keith a dû l'entendre. Dans ma tête, il régnait une telle confusion que j'ai cru que ce serait la fin du cauchemar et que Keith allait m'emmener. Je me suis demandé s'ils m'autoriseraient à vivre dans leur caravane.

Mais, comme tous ceux qui découvraient que cet homme brutal et dépravé couchait avec la belle-fille qu'il avait élevée depuis l'âge de quatre ans, Keith a fermé les yeux. Comme si une jeune fille de mon âge, qui avait toute la vie devant elle, aurait pu faire un choix aussi abominable. Comme si, le lendemain de mon seizième anniversaire, j'avais de mon propre gré, sans contrainte aucune, décidé que cet ivrogne violent et sadique était l'homme de ma vie. Aucun d'eux n'a jamais cherché à connaître la vérité. Aucun d'eux n'a jamais cherché à me parler en présence de papa. Je n'avais personne pour m'aider et je ne savais pas comment m'en sortir seule. Mon isolement était total.

19

En plus de m'obliger à le retrouver chaque jour à l'heure du déjeuner, papa s'est mis à me téléphoner au travail dans la journée pour hurler des obscénités dans le combiné. Susie, la réceptionniste, m'a demandé qui était ce type qui n'arrêtait pas de m'appeler. J'ai dû lui dire que c'était mon petit ami, parce qu'il ne se comportait certainement pas comme un père. Je suis devenue la risée du bureau quand la rumeur s'est répandue que je fréquentais « un vieux croûton » jaloux comme un tigre. Si bien que, chaque fois que papa appelait, Susie reconnaissait sa voix et me disait :

— C'est ton aman barjot.

Je filais prendre la communication dans un bureau vide, là où personne ne pouvait entendre papa aboyer dans le téléphone. Il me menaçait de débarquer au bureau et de tous nous tuer.

Un jour, il m'a appelée en plein après-midi depuis la cabine téléphonique juste en bas pour m'ordonner de sortir immédiatement. Si je n'étais pas là dans les cinq minutes, il allait venir me chercher lui-même. À l'époque, je pensais qu'il était l'homme le plus puissant de la terre et d'une audace qui ne connaissait pas de limites. J'ai pensé que, si je ne sortais pas tout de suite, quelqu'un allait se prendre un coup. Je ne sais pas pourquoi, mais j'étais tellement paniquée que j'ai demandé à voir Ros Newman, la femme qui m'avait fait passer l'entretien d'embauche. Je lui ai dit que je devais rentrer d'urgence à la maison. Je lui ai raconté que j'avais un petit ami très jaloux qui était persuadé que je le trompais avec le propriétaire d'une Rover blanche et que tout avait commencé après la soirée de Noël. Je ne lui ai pas dit que le petit ami en question était mon père et qu'il me gardait littéralement prisonnière. Elle a eu l'air inquiète, mais m'a laissée partir.

Quand je suis arrivée dans le hall, j'ai aperçu papa qui m'attendait. Mes jambes se sont mises à trembler. Il avait l'air fou de rage. Sans se soucier de savoir si on nous regardait, il m'a attrapée par les cheveux et m'a traînée dans le parking jusqu'à une voiture blanche.

— Et ça ? a-t-il hurlé. C'est pas une Rover, peut-être ? Espèce de salope.

J'étais en train de vivre le pire des cauchemars. Après m'avoir bombardée de coups de pied, il m'a saisie par la gorge et m'a plaquée contre le pare-brise arrière. Juste au moment où j'ai cru que j'allais perdre connaissance, il m'a repoussée de côté en hurlant : « Bande de salopes ! », puis il a fondu des deux poings sur le pare-brise arrière et l'a explosé. Il y a eu un instant de stupeur muette. Il semblait abasourdi par sa propre force.

À peu près au même instant, le comptable de la société est passé à côté de nous.

Il a plissé les yeux pour scruter la pénombre, puis, réalisant ce qui s'était passé, a dit d'une voix hésitante :

— Qu'est-ce que vous faites là ? C'est la voiture de Stuart King.

Sur ces entrefaites, toute une foule de gens est sortie des studios pour voir d'où provenait tout ce raffut. La rumeur courait qu'on avait appelé la police. Papa m'a attrapée par le bras et entraînée au loin. Sur le chemin du retour, il faisait des haltes sous chaque porche pour pouvoir me frapper à coups de poing et de pied.

— Qui c'est, ce putain de Stuart King ? me criait-il dans la figure.

J'ai essayé de lui dire la vérité, que je ne lui avais pour ainsi dire jamais adressé la parole depuis que je travaillais là-bas, mais papa ne m'écoutait pas. Une fois à la maison, il m'a violée sauvagement et couverte de morsures.

Comme j'avais parlé à Ros Newman d'un petit ami jaloux et d'une Rover blanche, et que l'instant d'après un membre du personnel m'avait trouvée en train de sangloter à côté d'une Rover blanche au pare-brise explosé, j'ai pensé que la police allait peut-être débarquer, mais non. Je crois que Ros a eu pitié de moi et n'a pas voulu m'attirer d'ennuis supplémentaires.

Je ne pouvais décemment pas retourner au bureau après cela. Quelques jours plus tard, papa a décidé que la comptabilité m'avait roulée. Il m'a conduite jusqu'à la cabine téléphonique au coin de la rue et m'a obligée à réclamer ce qu'il prétendait être mon dû.

Debout à côté de la porte laissée ouverte, il écoutait la conversation et me donnait des coups dans les côtes si je ne disais pas ce qu'il fallait.

J'ai d'abord demandé à parler à la secrétaire du manageur.

— Je ne veux pas avoir l'air d'insister, ai-je dit en m'efforçant de lui faire comprendre télépathiquement que j'étais dans une situation délicate.

— C'est pourtant le cas, non ? a-t-elle répondu. Je vais vous mettre en relation avec Ros.

Ros, qui était plus âgée et plus perspicace, a dit :

— Cela ne te ressemble pas, Lisa. Je crois qu'il y a quelqu'un qui cherche à t'influencer.

Que pouvais-je répondre alors que papa bloquait la porte avec son pied pour pouvoir entendre ce que je disais ? J'ai été soulagée qu'elle ne fasse pas mention de la voiture ni de ce qui s'était passé dans le parking.

— Tu es une bonne employée, m'a-t-elle dit. Ne laisse pas cet homme te gâcher la vie. Fais attention à toi.

J'étais sans travail désormais, mais papa voulait que je retrouve un emploi sans tarder, car il avait besoin de mon salaire. Comme je n'avais aucune qualification, mes options étaient limitées. J'ai néanmoins réussi à décrocher un emploi dans un salon de bronzage de Mayfair. J'ai débuté comme assistante de la personne qui s'occupait des machines et encaissait l'argent, puis j'ai très vite monté en grade et je me suis vu confier davantage de responsabilités. Il m'arrivait même de faire la caisse les soirs où j'étais de service et d'aller déposer l'argent à la banque juste au coin de la rue.

L'un des avantages de ce nouveau poste était que papa ne pouvait pas venir me trouver à tout moment comme il le faisait quand je travaillais à la maison de disques. Il continuait de m'appeler au travail au moins une fois par jour et venait me chercher quand j'étais de service le soir. Quand il n'y avait personne d'autre que moi, il en profitait pour mettre la pagaille en éparpillant les prospectus publicitaires aux quatre vents et en vidant des flacons de produits cosmétiques dans tout le bureau.

Il s'emparait des clés et fouillait les vieux vestiaires où étaient entreposés les objets trouvés, convaincu qu'il s'agissait de placards où nous remisions des tenues olé olé. J'étais terrorisée à l'idée que les propriétaires fassent un saut à la boutique après dîner, comme cela arrivait parfois.

Il y avait une fille du nom de Bridget qui travaillait avec moi. Elle était très dégourdie, ayant vécu à New

York où elle avait tenu un magasin, et, comme elle m'aimait bien, elle m'avait en quelque sorte prise sous son aile. Sans doute avait-elle deviné que quelque chose ne tournait pas rond avec le « petit ami » qui passait me prendre et qu'elle avait aperçu une ou deux fois.

Elle a commencé à me parler de son premier mariage avec un homme violent et m'a expliqué comment elle avait fait pour lui échapper.

Mais j'étais tellement réservée que je n'ai rien laissé filtrer de ma propre situation. J'étais toujours bourrelée de culpabilité et de honte à l'idée que papa soit devenu mon « petit ami ».

Et voilà qu'un beau matin, papa a annoncé de façon plutôt maladroite que maman et lui divorçaient. Je suis tombée des nues. Ni elle ni lui ne m'avaient jamais rien dit à ce sujet, mais il est vrai que nous n'étions pas une famille où il est normal d'avoir ce genre de discussion. J'ai commencé à reprendre espoir, mais je me suis bien gardée de montrer ma jubilation de crainte de recevoir une volée. Maman s'était enfin décidée à prendre le taureau par les cornes. Elle allait nous débarrasser à jamais de papa. J'avais prié pour qu'elle trouve le courage de le faire. Plus tard, alors que papa était à l'étage, occupé à suivre les courses à la télévision, j'ai eu un mot avec maman à la cuisine.

— J'ai appris que vous alliez divorcer, ai-je dit, euphorique.

Maman a froncé les sourcils et plongé un sachet de thé dans la tasse de papa avant de la balancer dans l'évier plein de vaisselle sale. Elle s'est tournée lentement, un rictus fielleux aux lèvres.

— On ne voulait pas, mais on n'a pas le choix, maintenant que Lesley est au courant de ce qui s'est passé. Les gens se posent des questions et on n'a pas envie qu'ils fourrent leur nez dans nos affaires.

Un frisson de terreur m'a parcourue de la tête aux pieds. Les choses n'allaient pas comme je me l'étais imaginé.

— Ça aurait l'air bizarre si on continuait de vivre ici tous ensemble, a-t-elle sifflé entre ses dents.

— Tu veux dire que papa s'en va ?

Maman a hoché la tête.

— Oui, et tu pars avec lui.

— Quoi ! ai-je crié, révoltée.

— Chuuuut ! Il ne veut pas que tu le saches. Ne lui dis surtout pas que je te l'ai dit.

Je n'arrivais pas à croire ce qui m'arrivait. J'ai passé les jours suivants dans un désarroi total. Je ne voyais pas comment faire pour me sortir de ce guêpier. Depuis des années, papa me faisait croire que j'étais inutile, stupide et incapable. Je n'avais pas un sou (papa me confisquait mon salaire chaque mois), pas d'amis et pas de famille hormis maman. J'étais tellement abattue que je ne voyais aucune issue. L'idée de me présenter au commissariat ne m'a même pas effleurée. On était mercredi matin quand papa m'a officiellement annoncé la nouvelle.

— Fais ta valise, on déménage samedi, m'a-t-il dit. Je nous ai loué un appartement en haut de la rue.

— Mais pourquoi ?...

Avant que j'aie pu finir, j'ai reçu la tasse MEILLEUR MARI DU MONDE de papa sur les genoux. Le thé brûlant a traversé ma jupe jusqu'à ma petite culotte. J'ai bondi en criant, et la tasse a roulé à terre.

Papa s'est levé précipitamment du canapé pour la ramasser. L'anse était cassée.

— Regarde ce que tu as fait, pauvre conne.

— Désolée, papa, ai-je dit en reculant instinctivement.

— Arrête de m'appeler papa ! Mon nom est Frank. Appelle-moi Frank, nom d'un chien.

— OK, mais pourquoi est-ce qu'on doit déménager ?

— J'en ai plein le cul de tes questions idiotes ! a-t-il crié en me giflant à la volée.

Un filet de sang s'est écoulé de mon nez.

— Tu fais ce qu'on te dit et tu la fermes, compris ?

— Oui, papa, ai-je dit, paniquée.

Il m'a à nouveau giflée.

— J'ai dit « Frank », tu te souviens ? Je suis pas ton putain de père.

Les jours suivants, je n'ai pas pu avaler une seule bouchée.

— Ce que tu peux être crâneuse, a dit maman, laissant entendre que j'essayais de perdre du poids. Il se fiche pas mal de ta gueule du moment qu'il a un trou à fourrer.

Je me suis effondrée. Je me suis laissée glisser à terre et roulée en boule au pied du mur de la salle à manger.

— Quelle comédienne ! a raillé maman. On devrait te décerner un putain d'Oscar.

— Je ne peux pas, ai-je sangloté. Je ne veux pas partir.

— Dis-le-lui toi-même, a répondu froidement maman. C'est pourtant ce que tu voulais, non ?

— Non ! ai-je hurlé si fort que maman a sursauté.

— Ferme ta putain de gueule, a-t-elle dit. S'il t'entend, il va rappliquer et te filer une dérouillée.

— Où est-ce que Jenny et Diane habitent ?

— Qu'est-ce que j'en sais ? a répondu maman. Tu devrais être contente que je ne le sache pas. Mamie doit faire des sauts périlleux dans sa putain de tombe.

J'ai fermé mes oreilles pour ne pas entendre les horreurs que proférait maman et je suis montée en courant dans ma chambre où, une fois de plus, je me suis demandé si je ne portais pas une part de responsabilité dans tout cela. Je suis remontée des années en arrière, à l'époque où papa était venu vivre avec nous. Je me suis souvenue de ses manières scabreuses, sa nudité, ses attouchements furtifs, et j'ai compris pour la première fois que papa avait échafaudé un plan tordu depuis le tout début. Cela ne faisait pas l'ombre d'un doute ; mais je n'étais pas pour autant tirée d'affaire, car je ne savais pas comment m'échapper.

Le jour du déménagement, maman nous a aidés. Elle riait et plaisantait avec papa, comme s'ils avaient été les meilleurs amis du monde. Quand papa lui a dit au revoir, il lui a donné un long baiser et lui a pincé les fesses.

— On se voit plus tard, Donna, a-t-il dit. À quatre heures, je reviens pour te baiser.

— Gros salaud ! s'est esclaffée maman.

Ils avaient convenu que, chaque matin, maman passerait le prendre en taxi pour qu'ils aillent au travail ensemble. Rien n'avait changé entre eux. Cette histoire de déménagement n'était qu'un écran de fumée destiné à donner aux gens l'impression que papa et moi étions en concubinage.

Ce scénario était dur à avaler pour la famille qui savait que jusque-là il avait toujours été mon père, mais reconnaître qu'il avait abusé de moi depuis que j'étais toute petite et que maman et lui étaient toujours ensemble eût été encore plus dur à admettre et source de trop nombreux problèmes.

L'appartement, situé au premier étage d'une maison mitoyenne, était minuscule et à environ dix minutes à pied de chez maman. Il y avait une toute petite cuisine et une toute petite salle de bains, un salon exigu sur le devant et une chambre sombre sur l'arrière. Il n'y avait pas de meubles, mais papa et maman y avaient pensé.

Quelques jours plus tard, ils m'ont emmenée faire les magasins de meubles. Ils ont fait leur choix en disant au vendeur que c'était pour l'appartement de leur fille et m'ont obligée à signer une demande de crédit pour financer le tout. J'étais paniquée, mais bien trop terrorisée pour soulever la moindre objection.

Quand je me suis retrouvée seule avec papa dans l'appartement, les choses n'ont fait qu'empirer. Il pouvait laisser libre cours à tous ses penchants sadiques. Il buvait comme un trou et était persuadé que je couchais avec des hommes dès qu'il avait le dos tourné. J'ai essayé de lui expliquer que, même si j'avais voulu, je n'aurais pas pu étant donné qu'il était au courant de mes moindres faits et gestes.

— Ah ouais ? Parce que t'aimerais bien t'envoyer tous les mecs du quartier ? a-t-il crié, les traits déformés par la colère. Sauf que t'as pas le temps pour ça ?

Il n'y avait aucun moyen de lui faire entendre raison.

Il ne semblait plus se soucier de laisser des marques sur mon visage. Sa nouvelle marotte consistait à me donner des coups de tête en pleine figure. J'avais le nez en sang et une grosse bosse sur le front.

Plusieurs fois, j'ai cru qu'il allait me tuer. Je courais me réfugier chez maman en espérant que cette fois elle allait accepter de m'aider. Quelle mère n'aurait pas cherché à sauver sa fille dans une situation comme celle-là ?

Une fois, je suis arrivée chez elle avec un œil au beurre noir et la lèvre fendue. Je ne portais que mes sous-vêtements sous mon manteau. J'ai frappé à la porte et sonné pendant un temps infini avant qu'elle ne se décide à ouvrir. J'ai vu que la télévision était allumée, et les rideaux, tirés.

— Pourquoi est-ce que tu continues de venir ici ? a-t-elle crié en ouvrant la porte. Tu veux qu'il me fasse la gueule, c'est ça ?

— S'il te plaît, maman. Ça empire tout le temps. Aide-moi.

— Je ne peux rien faire, a-t-elle répliqué. Et maintenant, retourne d'où tu viens avant qu'il ne rapplique ici et casse tout.

J'ai eu le sentiment que je n'avais d'autres choix que de retourner à l'appartement. Je ne voulais pas que Kat se réveille et soit terrorisée. Le seul point un peu positif de ce nouvel appartement était que Kat n'était plus obligée d'assister aussi souvent aux crises de rage de papa. Maman avait raison. À quoi bon ? Papa savait où j'étais et finissait toujours par me reprendre. J'avais dix-sept ans à présent et je ne voyais rien d'autre à faire que retourner auprès de mon bourreau.

Nous ne sortions pour ainsi dire jamais, ce qui était aussi bien parce que je m'imaginais que tout le monde avait percé à jour notre « secret », et que j'avais trop honte. Papa avait vingt ans de plus que moi ; des années de cigarettes, d'alcool et de malbouffe lui avaient ruiné la santé. Il commençait à perdre ses cheveux, ses yeux ressemblaient à deux raisins secs enfouis sous la chair bouffie de ses paupières.

Le fait qu'il ne se lavait presque jamais n'arrangeait rien. Il avait l'air sale, débraillé et vieux, et le contraste entre nous était tel qu'on nous dévisageait. La plupart des gens pensaient que c'était mon père, jusqu'au moment où il sortait une blague salace ou cherchait à m'enlacer.

En dépit de son allure décatie, papa était toujours fort et rapide. Une fois, je l'ai vu mettre KO deux garçons qui me regardaient, si bien que je redoutais de sortir avec lui, car cela finissait toujours en bagarre. Un jour, nous avons pris le ferry pour la France, parce qu'il voulait s'acheter un stock de cigarettes détaxées. Quand nous sommes arrivés au port, il a fallu deux stewards aidés de plusieurs autres passagers pour le tirer de sa torpeur éthylique. Pendant tout le reste du voyage, il n'a cessé de m'interroger, car il me soupçonnait d'avoir couché avec un homme pendant qu'il dormait. De retour à la maison, il m'a battue comme plâtre et jeté des verres et des cendriers en visant le mur derrière ma tête.

Une fois, il m'a emmenée en boîte à Oxford Street. J'ai bu autant que je le pouvais pour essayer d'oublier la honte que j'éprouvais d'être avec lui. C'était une façon d'endormir la souffrance.

Malheureusement, cet état second m'a conduite à commettre des erreurs. S'il me disait « saute », je m'empressais de sauter. S'il me disait de m'allonger dans le caniveau, je m'exécutais sans répliquer.

Mais quand j'avais bu, je ne réagissais pas aussi vite à ses ordres, et j'avais l'esprit trop confus pour pouvoir argumenter et me défendre. Ce soir-là, au club, il m'a déchiré la lèvre avec ses dents. Le sang s'est mis à gicler, aspergeant tous mes vêtements. Un groupe de filles m'a emmenée dans les toilettes et proposé de me ramener chez ma mère.

Comment pouvais-je leur expliquer que j'étais totalement désemparée et que je n'avais aucun moyen d'échapper à la brute épaisse qui m'attendait dehors ? Pendant tout le chemin du retour ce soir-là, il n'a fait que me battre – dans la rue, dans le taxi – sans que personne ne me vienne en aide. Quand on est arrivés à la maison, il s'est défoulé en me sodomisant, chose qu'il faisait quand il voulait me punir. Heureusement, j'ai perdu connaissance et je n'en ai gardé presque aucun souvenir.

Quand maman est arrivée à quatre heures pour passer prendre papa, je lui ai ouvert la porte. Pour une fois, elle a eu la bonne grâce de prendre l'air soucieux. Ma figure était toute gonflée, mes lèvres fendues avaient doublé de volume et étaient couvertes de sang séché ; la robe que je portais la veille était toute déchirée depuis la taille, et mon corps était couvert d'ecchymoses, de griffures et de morsures.

Après avoir rouspété parce qu'elle devrait aller au travail seule, elle m'a dit de passer la voir le lendemain matin quand je serais levée. Je me suis demandé quelle sorte de protection elle songeait soudain à m'offrir. Je me suis rendormie et c'est papa qui m'a réveillée en me hurlant après parce que j'avais trouvé le moyen d'égarer une de mes boucles d'oreilles.

J'étais tellement terrorisée que j'ai bondi hors de mon lit et couru jusque chez maman. Elle a accepté de me garder deux jours avec elle parce que j'étais salement amochée, et cette fois papa n'est pas venu immédiatement me rechercher. Quand j'ai essayé de parler de la violence de papa, elle a fait la sourde oreille.

— Change de disque, tu veux ? a-t-elle dit. Qu'est-ce que j'ai à voir là-dedans ? C'est ton problème, pas le mien, putain de bordel.

Deux jours plus tard, quand papa est venu pour me reprendre, elle m'a poussée vers la porte :

— Allez, du balai ! Et ne recommence pas à le mettre en boule, parce que, la prochaine fois, je ne t'ouvrirai pas.

Un jour, j'ai pris un taxi en sortant du salon de bronzage, parce que j'avais manqué mon bus et que papa avait insisté pour que je sois là à une certaine heure. Au moment de sortir du taxi, j'ai remarqué qu'il y avait une enveloppe marron sur la banquette à côté de mon sac et, sans réfléchir, je l'ai ramassée. J'ai vu que papa m'observait depuis la fenêtre.

Après qu'il eut inspecté ma petite culotte pour s'assurer qu'elle ne portait pas de traces de sperme, je lui ai montré l'enveloppe. Je n'en croyais pas mes yeux quand j'ai vu qu'elle contenait environ cinq mille livres en billets de banque. Il était aux anges.

— Est-ce qu'on ne devrait pas l'apporter au commissariat ? ai-je demandé.

— Ce que tu peux être cruche, a-t-il dit en jetant des poignées de billets en l'air. Tu vois pas que c'est un putain de don du ciel ?

J'étais tellement conditionnée et abattue, à l'époque, que l'idée ne m'a pas effleurée de cacher l'argent et de m'en servir pour louer un appartement et prendre un nouveau départ dans la vie. Papa était tout-puissant et, où que j'aille, j'étais persuadée qu'il finirait par me retrouver.

Il a dépensé presque tout l'argent à jouer et à boire, mais il a gardé une centaine de livres pour m'acheter un faux diamant, qu'il appelait ma bague de fiançailles. J'avais honte de la porter et je faisais semblant de l'oublier, ce qui le mettait hors de lui. En général, je la glissais au fond de ma poche quand j'arrivais au salon, mais un jour Bridget l'a vue et m'a demandé d'où elle venait. Quand je lui ai répondu que mon petit ami me l'avait donnée, elle a eu l'air préoccupée.

J'ai toujours pensé que les gens savaient qu'il était mon père et qu'il abusait de moi, et cela me faisait honte, comme si c'était ma faute. Je n'avais pas réalisé que Bridget avait des antennes et qu'elle voyait en moi une fille prise au piège d'une relation violente, comme celle qu'elle avait vécue.

20

Juste avant Noël 1984, le propriétaire du salon de bronzage nous a annoncé qu'il emmenait tout le personnel au restaurant, puis chez Tramp, la célèbre boîte de nuit, où les conjoints étaient invités à se joindre à nous après le dîner. Le soir de la fête, j'ai fait semblant d'être malade, mais papa m'a fait monter de force dans un taxi en me donnant une bourrade dans les côtes et en sifflant entre ses dents qu'il me rejoindrait plus tard.

J'étais pétrifiée de peur. Je redoutais le moment où papa allait nous rejoindre. Quand il est arrivé, il était complètement saoul et manifestement pas dans son élément dans ce cadre élégant et raffiné.

Plus tard, j'ai entendu mon patron mettre les autres convives en garde contre lui, déclarant qu'il avait l'air d'un sale type. Les gens s'efforçaient de faire poliment la conversation, mais il ne faisait rien d'autre que me dévisager d'un air furieux, si bien que nous avons passé la soirée assis seuls dans un coin pendant que tous les autres dansaient et célébraient Noël.

J'ai remarqué que Bridget ne me quittait pas des yeux, comme papa.

— Qu'est-ce qu'elle a à te regarder comme ça, cette grosse conne ? a-t-il beuglé.

Il m'a entraînée sur la piste de danse pour danser le slow et ainsi me serrer brutalement contre lui et me menacer :

— Qu'est-ce que tu lui as raconté, à cette poufiasse qui n'arrête pas de nous reluquer ?

Tout en crachant son venin à mes oreilles, il enfonçait ses ongles dans mon dos jusqu'à me faire saigner. La douleur devait se lire sur mes traits malgré tous mes efforts pour rester impassible, car, à la fin du slow, Bridget s'est approchée pour me demander de l'accompagner aux toilettes.

J'ai bien vu que papa était furieux, mais je l'ai accompagnée tout de même, ne voyant pas comment j'aurais pu refuser.

— Tu es sûre que tout va bien ? m'a demandé Bridget une fois seule avec moi.

— Oui, ai-je répondu en essayant de retenir mes larmes.

Comme elle n'avait pas du tout l'air convaincue, j'ai esquissé un vague sourire.

Quand je suis sortie des toilettes, papa m'a annoncé qu'on partait. Il m'a entraînée à l'étage sans cesser de vitupérer et de me cracher à la figure. J'ai soudain eu la peur de ma vie.

Il m'avait si souvent menacée de me tuer, que j'ai cru que cette fois ma dernière heure était arrivée. J'ai compris que, si je quittais la boîte avec lui, je risquais de mourir. Il était complètement déchaîné.

Je me suis figée brusquement, j'ai dégagé mon bras et je me suis plaqué le dos au mur en gémissant de terreur. Je n'osais pas quitter cet endroit où il y avait des gens qui pouvaient le maîtriser. Si je restais seule avec lui, c'était sûr cette fois, il me tuerait.

Il est devenu fou et s'est mis à me bourreler les pieds et les jambes de coups de pied jusqu'à ouvrir une plaie béante sur un de mes tibias.

J'ai réussi tant bien que mal à me sauver et à courir me réfugier dans les toilettes pour dames. C'était surréaliste. Une fille qui était en train de se mettre du rouge à lèvres a écarquillé les yeux en me voyant entrer. Soudain, la porte s'est ouverte à la volée, et papa a fondu sur moi. Heureusement, les videurs ont rappliqué en un clin d'œil et l'ont expulsé. Je me suis effondrée sur une chaise, tremblante de la tête aux pieds et incapable de parler.

Bridget est arrivée et s'est agenouillée à côté de moi.

— Tout va bien, a-t-elle dit. Il est parti. Ils l'ont mis à la porte.

— Mais il va m'attendre dehors, ai-je murmuré. Je n'ai nulle part où aller.

Je ne pouvais pas retourner chez maman, car c'était le premier endroit où il irait me chercher.

— Ne t'inquiète pas. Tu viens dormir chez moi ce soir.

Sa gentillesse m'a fait monter les larmes aux yeux. J'ai éclaté en sanglots. Je ne sais pas si elle s'en est rendu compte, mais elle m'a probablement sauvé la vie ce soir-là.

Bridget m'a ramenée chez elle et m'a bordée comme une enfant dans la chambre d'amis.

— Essaye de dormir un peu, m'a-t-elle dit.

J'étais épuisée et, après m'être retournée dans le lit pendant un petit moment, j'ai fini par sombrer dans un sommeil profond. Le lendemain matin, quand je me suis réveillée, j'étais complètement paniquée. Mon cœur battait à tout rompre. Je ne savais plus où j'étais, mais surtout je me demandais où était papa.

Brusquement, tous les événements de la veille me sont revenus. J'avais refusé de quitter la boîte avec papa. Cette fois, il n'y avait plus de retour en arrière possible. C'était comme si un sortilège avait été brisé. J'ai réalisé que je préférais mourir plutôt que de subir les violences de papa. J'ai rabattu les couvertures et regardé mes jambes. Elles étaient couvertes de bleus et de plaies, mais curieusement je ne sentais presque pas la douleur. J'étais en proie à une telle exaltation que mon corps était comme anesthésié.

Bridget a frappé doucement à la porte, puis est entrée avec une tasse de thé pour moi.

— Tu as réussi à dormir ? m'a-t-elle demandé.

J'ai remonté les couvertures sur mes jambes et je me suis assise dans le lit.

— Merci, ai-je dit en prenant le thé fumant. Je suis vraiment désolée...

— Tu n'as pas à être désolée. C'est ce porc qui devrait être désolé, pas toi. Je connais les hommes de cette espèce, crois-moi... et tu ne dois plus te laisser faire.

Je me suis sentie rougir, pensant qu'elle avait deviné qu'il était mon père, mais ensuite elle a demandé :

— Il y a quelqu'un que je puisse appeler ? Tes parents ? Il faut qu'ils sachent que tu es hors de danger.

— Je n'ai pas de père, ai-je dit en baissant les yeux, et..., et Frank est très ami avec ma mère. Elle va penser que c'est ma faute.

J'ai fondu en larmes. Je m'en voulais de ne pas avoir le courage de dire la vérité à Bridget qui se montrait si gentille avec moi. Elle ne me devait rien. Nous n'étions pas vraiment des amies, juste des collègues de travail qui faisaient quelquefois leur service ensemble. Mais il n'empêche que c'était une fille généreuse, prête à porter secours à une étrangère.

— J'ai appelé le salon pour leur dire que tu n'iras pas travailler aujourd'hui, a-t-elle dit en me tapotant la main. Je vais te faire couler un bon bain, d'accord ? Essaie de ne pas t'en faire.

Vers midi, le nœud que j'avais à l'estomac s'était légèrement desserré. Je me suis sentie gagnée par un sentiment d'euphorie à la pensée que la vie avec papa n'était pas une fatalité. Pour l'instant tout au moins, j'étais à l'abri de la violence et des humiliations qui étaient mon pain quotidien depuis des années. J'ai béni le ciel quand Bridget m'a assurée que le portier en livrée qui gardait l'immeuble était payé pour tenir les indésirables à distance.

Son appartement était tellement luxueux que je n'osais toucher à rien. Les canapés étaient en cuir de la meilleure qualité, et l'épaisse moquette blanche était une vraie caresse pour mes pieds meurtris. Il me rappelait les maisons où je faisais le ménage avec maman quand j'étais plus jeune. J'ai songé que la salle de bains, tout en marbre, devait être un cauchemar à astiquer.

Même l'air qu'on respirait avait le parfum du luxe, un mélange de cuir pleine peau et de pot-pourri de fleurs exotiques. J'étais plus habituée à la puanteur des cendriers pleins et de la graisse rance. Bridget a ri quand elle a vu que j'inspirais l'air à pleins poumons.

— Tu es un drôle de numéro, a-t-elle dit.

— C'est tellement beau ici. Tu as de la chance.

— Oh ! mais il n'est pas à moi, m'a-t-elle expliqué. Je le garde pour le compte d'une société qui s'en sert comme d'un *pied-à-terre*[1].

Sur le coup, je n'ai pas compris ce qu'elle voulait dire.

— Cela leur évite de payer des notes d'hôtel. Le seul problème, c'est qu'ils peuvent en avoir besoin à tout moment. Du coup, je suis obligée d'aller vivre chez ma mère pendant quelques jours. En principe, je ne suis pas censée héberger quiconque.

Comme je ne voulais surtout pas lui attirer d'ennuis, j'ai dit à Bridget que j'allais me mettre à la recherche

1. En français dans le texte. (NDT)

d'un appartement toutes affaires cessantes. En réalité, je n'avais pas la moindre idée de la façon dont il fallait s'y prendre. C'est pourquoi j'ai poussé un gros ouf de soulagement quand elle m'a dit qu'une amie lui avait parlé d'une chambre à louer à Shepherd's Bush.

— S'il n'en tenait qu'à moi, tu pourrais rester ici, mais ce n'est pas le cas, malheureusement.

Le salon de bronzage n'était qu'à un quart d'heure à pied de l'appartement, mais j'avais trop peur de m'y rendre seule, si bien que Bridget m'a accompagnée là-bas tout en m'assurant que plus jamais personne ne pourrait me faire de mal. Je ne demandais qu'à la croire, mais je savais de quoi papa était capable. J'essayais de ne pas penser à ce qu'il me ferait s'il arrivait à me mettre la main dessus. Je regardais sans cesse par-dessus mon épaule, persuadée qu'il allait débouler à tout moment et m'attraper sauvagement par les cheveux.

— Tu as les nerfs en pelote, m'a dit Bridget, l'air préoccupé.

Quand je suis arrivée au travail, toutes mes collègues m'attendaient à la réception, impatientes de savoir comment ça s'était passé avec mon petit ami.

Toutes ont dit qu'elles avaient deviné quelle sorte d'individu c'était rien qu'au premier regard. Elles n'arrivaient pas à comprendre comment je pouvais être avec un type aussi vieux.

— Il pourrait être ton père, a dit une fille, me faisant sursauter d'appréhension.

J'avais tellement honte de mon passé que je ne voulais absolument pas qu'elles découvrent la vérité, mais j'avais du mal à esquiver leurs questions. Où l'avais-je rencontré ? Que disaient mes parents ? Est-ce qu'il m'avait déjà battue avant ? Je ne savais pas comment répondre. Mon sentiment de culpabilité était tel que je me demandais si je pourrais un jour m'en débarrasser. Comment aurais-je pu leur expliquer ce qu'était ma vie depuis que j'étais toute petite ? J'étais persuadée que, si elles l'avaient su, elles n'auraient ressenti que du dégoût pour moi. La seule façon de leur cacher la vérité était de l'enfouir au plus profond de mon être.

Mais les questions continuaient d'affluer.

— Tu ne penses pas que tu devrais retourner vivre chez tes parents ? a suggéré la directrice du salon. Il n'oserait tout de même pas aller te chercher chez eux, non ?

Tous semblaient partager cet avis.

— Oui, tes parents pourraient appeler la police.

Au même instant, mon regard a croisé celui de Bridget. Elle avait compris que je n'étais pas prête à parler.

— Je propose qu'on lui fiche la paix, a-t-elle dit. Le mieux qu'elle a à faire, c'est de reprendre une vie normale pour essayer de ne plus y penser.

C'est au cours de ce premier jour de reprise du travail que les coups de fil ont commencé. Maman avait récemment emménagé dans un nouvel appartement, où, pour la première fois, elle avait fait installer le téléphone. Apparemment, elle avait appelé sans relâche la veille en demandant où j'étais.

— Tiens, Lisa, a dit quelqu'un en me tendant le téléphone. Elle doit être folle d'inquiétude.

J'ai repris espoir en songeant que maman se faisait peut-être vraiment du souci pour moi.

— Maman, tout va bien, ai-je dit quand je l'ai eue au téléphone.

Mais, quelques secondes plus tard, j'ai dû éloigner le combiné de mes oreilles quand elle s'est mise à hurler :

— Oh ! je vois ! Du moment que tout va bien pour toi, les autres peuvent aller se faire foutre !

Je me suis pétrifiée d'horreur.

— Et maintenant, écoute-moi bien, espèce de petite

branleuse. Tu rentres direct à la maison, tu piges ? Il est en train de tout péter ici.

En bruit de fond, j'entendais papa qui pestait et jurait comme à son habitude.

— Espèce de salope ! Tu lui dis de rentrer tout de suite, à cette pute !

La directrice m'a regardée la mâchoire tombante. Il était évident qu'elle avait tout entendu et n'arrivait pas à croire que c'était ma mère qui criait ainsi dans le téléphone.

— Qui est-ce, Lisa ? a-t-elle demandé.

— Je ne rentre pas, ai-je dit, les jambes tremblantes.

— Tu n'es qu'une petite salope qui ne pense qu'à sa gueule, comme toujours. Tu m'as fichue dans la merde jusqu'au cou. Tu l'entends pas crier ? Il est en train de tout casser, mais du moment que ça baigne pour toi, tout va bien, c'est ça ?

Cette fois, je me suis mise en colère.

— Tu n'es pas obligée de le supporter, toi non plus ! ai-je crié. Tu as toujours eu le choix, toi, contrairement à nous, tes enfants.

Papa lui a arraché le téléphone des mains.

— Écoute-moi, petite salope. Si tu ne ramènes pas ton cul tout de suite, c'est moi qui viens te chercher.

À cet instant, la directrice m'a repris le téléphone et l'a raccroché brutalement.

— Il arrive, il arrive, ai-je dit, paniquée.

— Eh bien, tant mieux, a-t-elle répondu, visiblement furieuse. Comme ça on appellera la police et elle s'occupera de lui. Quelle honte de frapper une jeune fille comme il l'a fait !

— Mais enfin, qu'est-ce qu'il fiche chez ta mère ? a demandé Bridget, incrédule. Pourquoi veut-elle que tu retournes là-bas ?

J'étais en train de chercher une réponse quand le

téléphone a recommencé à sonner. Quand la directrice a décroché, elle a essuyé une bordée d'injures que Bridget et moi pouvions entendre aussi.

— Encore un coup de fil d'un de vous deux et j'appelle la police, a-t-elle dit d'une voix tremblante de colère.

Soudain, les cris ont cessé, et elle a reposé calmement le combiné sur son socle.

— Cette fois, je crois qu'ils ont eu peur, car ils ont raccroché.

J'ai passé le reste de la journée à sursauter chaque fois que la porte s'ouvrait. Après le travail, Bridget a hélé un taxi qui nous a ramenées sans encombre jusqu'à son appartement. Elle voyait bien que les coups de fil m'avaient terrorisée. Elle s'est montrée d'une gentillesse extrême durant les quelques jours que j'ai passés là-bas.

Le 23 décembre, elle m'a emmenée à Shepherd's Bush visiter la chambre dont ses amies lui avaient parlé. Bien que le quartier ne fût guère reluisant, la chambre était propre et bien aérée. Le propriétaire était sympathique, et le loyer, raisonnable.

— Je peux emménager tout de suite ? ai-je demandé.

— Oui, mais qu'en est-il de vos affaires ? a demandé le propriétaire.

— Je les ai emportées, ai-je dit en brandissant un sac à provisions.

Je n'avais que les vêtements que je portais sur moi plus quelques affaires que Bridget m'avait données jusqu'à ce que je puisse m'en acheter de nouvelles.

Quand j'ai dit au revoir à Bridget ce soir-là, j'étais en proie à deux sentiments contraires : la joie et la peur. D'un côté, j'étais ravie d'avoir enfin un endroit à moi et de n'être plus un boulet pour Bridget, mais, de l'autre, je redoutais que papa me retrouve et je n'étais pas certaine de pouvoir m'en sortir seule. Il y avait si longtemps que ma vie était entièrement sous le contrôle de papa, qui décidait de tout pour moi, que la liberté me faisait l'effet d'un immense océan plein d'écueils.

Je me suis demandé si je pourrais faire appel à une agence de filature pour essayer de retrouver le reste de ma famille. Mais l'idée qu'ils puissent découvrir ce qui était arrivé avec papa me rendait littéralement malade. Si bien que j'ai renoncé et continué à faire comme si Jenny, Diane, Cheryl et Davie n'existaient pas. C'était une question de survie.

Le lendemain, c'était le soir de Noël. J'étais du service du matin et, juste au moment où j'allais quitter le salon, j'ai répondu au téléphone. Mon estomac s'est retourné quand j'ai entendu la voix de maman. Mais cette fois elle était différente. Au lieu de crier, elle m'a parlé gentiment, et j'ai senti les larmes me monter aux yeux. Il y avait des années que j'attendais ce moment.

— Écoute-moi, Lisa, a-t-elle dit. Ce n'est pas juste que tu passes Noël toute seule. Je veux que tu viennes ici.

— Mais je t'ai dit...

— Ne t'inquiète pas. Il ne sera pas là. Il est parti en Espagne.

Je n'en croyais pas mes oreilles.

— En Espagne ?

— Il a une trouille bleue, a-t-elle dit. Il est persuadé que tu vas le dénoncer à la police.

J'ai ressenti soudain un immense soulagement. Le cauchemar semblait enfin terminé et pour de bon cette fois. Maintenant que papa était parti, je n'avais plus à me faire de souci pour Kat.

— Allons, Lisa, viens à la maison. Juste pour Noël, a insisté maman, et j'ai accepté.

Plus rien ne serait comme avant désormais. Je n'en revenais pas de voir combien la vie avait changé en l'espace d'une semaine. Cet après-midi-là, je me suis frayé un chemin parmi la foule des chalands dans Oxford

Street et j'ai dépensé presque toute ma prime de Noël en cadeaux pour maman et Kat. J'ai acheté un flacon de Shalimar pour maman, ainsi qu'une colombe en porcelaine – un symbole de paix. J'espérais qu'elle aurait envie de la poser sur une étagère dans son nouvel appartement. Après toutes ces années passées avec papa, elle n'avait plus le moindre bibelot ou objet personnel, et j'ai pensé que ce serait une sorte de nouveau départ. Pour Kat, j'ai acheté des jouets et des habits neufs. J'ai tout emballé dans du papier cadeau avant d'aller me coucher, mais, ce soir-là, j'ai eu du mal à trouver le sommeil.

Le lendemain, j'ai dû appeler un taxi. Je n'avais pas réalisé qu'il n'y avait ni bus ni métro le jour de Noël, et il me restait tout juste de quoi payer la course. Quand je suis descendue du taxi, il m'a semblé voir frémir les voilages dans la chambre de l'appartement de maman. J'ai fait coucou, pensant que Kat était en train de me guetter depuis l'étage, puis j'ai remonté l'allée privative en traînant mes paquets derrière moi.

Je n'ai pas eu le temps de frapper que Kat m'a ouvert la porte.

— Joyeux Noël, ai-je dit en la serrant dans mes bras.

Quand je suis entrée dans la cuisine, j'ai trouvé maman en train de fumer une cigarette, un drôle de sourire aux lèvres.

— La fugueuse est de retour, a-t-elle dit d'un ton sarcastique, les yeux posés sur quelque chose derrière moi.

J'ai senti se hérisser les poils dans ma nuque quand j'ai réalisé qu'elle regardait papa. Il n'était pas en Espagne. Elle m'avait menti. Sans me laisser le temps de me retourner, il m'a attrapée par les cheveux et m'a retournée violemment contre la paroi. J'ai lâché mes cadeaux et entendu quelque chose se casser quand papa les a balancés rageusement contre le mur. J'ai cru qu'il allait faire de même avec moi, mais non. Il s'est posté devant moi, les poings serrés, s'efforçant de reprendre son souffle. Mon cœur battait à tout rompre.

— Verrouille la porte, Donna, avant qu'elle se fasse de nouveau la belle. Tu sais comme elles ont le feu au cul, ces salopes.

Maman a tourné les deux gros verrous en haut et en bas de la porte d'entrée.

— J'espère que tu vas pas recommencer à faire des folies, m'a-t-elle dit. Pas le jour de Noël, bordel.

J'étais tellement révoltée et blessée que je n'ai pas pu la regarder dans les yeux après cela. Jusque-là, je m'étais toujours efforcée de lui trouver des excuses, mais cette fois elle m'avait trahie de façon éhontée. Elle m'avait menti sciemment pour m'attirer chez elle tout en sachant pertinemment ce qui allait m'arriver.

Après une première dérouillée, papa s'est efforcé de ne pas me frapper jusqu'au soir – après tout, c'était Noël –, mais je savais qu'il faisait de gros efforts pour se retenir. Je voyais sa mâchoire se crisper et je redoutais le moment où maman allait me laisser seule avec lui.

— Eh bien ? a-t-il dit en ouvrant une nouvelle canette de bière. C'est quoi l'adresse du lupanar où tu te fais sauter ?

— À Stepney, ai-je menti pour essayer de l'égarer.

— Eh ben, tu peux tirer un trait dessus. Parce que la semaine prochaine, on sera en Espagne, toi et moi.

Ce fut comme si j'avais reçu une décharge électrique. Pouvait-il me faire monter de force dans un avion ? Mais, au fond de moi, j'avais compris que je n'irais nulle part avec lui, parce qu'à la première occasion je prendrais mes jambes à mon cou.

Je savais qu'il y avait une vie en dehors de cette prison, et papa l'avait compris lui aussi.

Après dîner, maman a ramassé ses cadeaux dans l'entrée. La colombe de la paix fracassée.

— Quel tas de saloperies ! a-t-elle dit en la jetant à la poubelle.

Puis, elle m'a tendu un cadeau de sa part et de celle de papa. Papa était en train de mâcher une allumette, un sourire salace aux lèvres.

— Eh bien, ouvre-le. Je suis sûr que ça va te plaire.

J'ai fait ce qu'il m'ordonnait. Lentement, j'ai ouvert le papier qui contenait une nuisette en dentelle rouge et noire. J'étais révoltée. J'ai jeté à maman un regard plein de dégoût. Pourquoi m'encourageait-elle à être l'objet sexuel de papa ? Quelle sorte de mère était-elle ?

Plus tard, ce soir-là, quand maman et Kat sont allées se coucher, papa m'a violée pour la dernière fois. Je l'ai subi comme je l'avais subi si souvent jusque-là. Il s'est montré particulièrement brutal, mais j'ai fait mentalement barrage à la douleur du mieux que j'ai pu.

Cette fois, j'avais de l'espoir. Je savais que cela ne pourrait pas durer éternellement et que bientôt je serais débarrassée de lui définitivement. Le lendemain, dès que papa est sorti pour aller au pub, j'ai saisi ma chance.

— Tu ne pars pas d'ici ! a hurlé maman en essayant de me bloquer le passage. Il va s'en prendre à moi !

— Qu'est-ce qui ne va pas dans ta tête, maman ? Tu as sacrifié toute ta famille pour lui. Je pense que je vais laisser ma directrice appeler la police, après tout.

J'ai compris que j'avais touché un point sensible. J'ai vu de la peur dans ses yeux quand elle s'est reculée pour me laisser passer.

— Il est trop tard pour rejeter la faute sur moi. Tu n'avais qu'à pas écarter les jambes.

— J'étais une enfant. Je n'avais aucun moyen de lui résister et tu le sais très bien.

— Ouais, eh bien, moi non plus je n'ai pas eu la vie rose, figure-toi. Je te préviens, Lisa, si jamais tu fais une connerie, c'est Kat qui va trinquer.

— Ah oui ? Et pourquoi ?

— Qu'est-ce que tu t'imagines qui va se passer si les services sociaux fourrent leur nez ici ?

Elle s'est radoucie légèrement, puis :

— Il sera en Espagne bientôt de toute façon. Il a déjà acheté son billet et tout.

Nous avions tous tellement souffert que j'étais heureuse que le cauchemar touche à sa fin. Il me tardait que papa soit loin d'ici.

— Salut, maman.

— Lisa ? a dit maman sur le ton cassant auquel j'étais habituée. Je ne veux plus jamais te voir ici. Fais-nous plaisir : trouve quelqu'un d'autre à faire tourner en bourrique. Tu n'as jamais rien fait d'autre que m'attirer des ennuis depuis le jour où tu es née.

Bien que je ne me sois pas attendu à des adieux affectueux de la part de maman, ses paroles m'ont fait mal. On était en 1984, le lendemain de Noël. Dans quelques jours, j'allais fêter mes dix-huit ans. J'avais la vie devant moi et j'ai couru vers elle sans regarder en arrière.

21

J'ai vécu à Shepherd's Bush pendant quelques semaines, jusqu'à ce que je découvre un nid de souris derrière la penderie. J'ai déménagé à Chiswick dans un appartement que je partageais avec deux autres filles. Comme le loyer était plus cher, j'ai dû chercher un travail mieux rémunéré. Je me suis inscrite dans une agence d'intérim qui m'a confié des missions dans différentes sociétés de médias réparties un peu partout dans Londres. C'était bien payé, et cette vie de nomade me convenait parfaitement, car ainsi je ne me liais jamais vraiment avec personne.

À chaque nouvelle mission, je me faisais de nouveaux amis que je perdais de vue ensuite, car je faisais en sorte de ne pas garder le contact. Certes, je me sentais déracinée et parfois très seule, mais je tenais absolument à garder mon passé secret, et c'était le prix à payer.

J'avais également un job de serveuse dans un casino réputé de Park Lane. Mon travail consistait à servir du café et des sandwiches aux parieurs qui me gratifiaient de généreux pourboires. Les serveuses gagnaient plus que les croupiers, et certaines semaines je ramenais plusieurs centaines de livres de pourboires à la maison. À cette époque, j'ai commencé à sortir avec des garçons riches et séduisants, mais chaque fois ils finissaient par me poser des questions sur mon passé auxquelles je ne souhaitais pas répondre.

Une ou deux de ces relations ont évolué dans quelque chose de plus sérieux, et je me suis retrouvée à voyager dans le monde entier à bord de jets ou de yachts privés, mais chaque fois les mots d'amour s'accompagnaient de questions pressantes à propos de mon passé.

— Pourquoi ne veux-tu pas me présenter tes parents, Lisa ? Je voudrais demander ta main à ton père.

Ou bien :

— Qu'est-ce que tu me caches ?

Quand cela arrivait, je savais qu'il était temps pour moi de passer à autre chose.

Je trouvais les rapports intimes rebutants et j'avais souvent recours à l'alcool pour me mettre en condition. Malheureusement, je supportais difficilement la boisson et, invariablement, je finissais par craquer.

Toute l'angoisse et le chagrin que je portais en moi remontaient d'un coup, et je me mettais à pleurer comme une Madeleine. Comme je ne pouvais pas dire ce qui n'allait pas, mes petits amis perdaient vite patience. Pour eux, j'étais une énigme.

La période de Noël était particulièrement déprimante. Alors que mes colocataires retournaient passer les vacances en famille, moi, je restais seule à la maison. Afin d'éviter les questions embarrassantes, je faisais semblant de retourner chez mes parents.

Une fois ou deux, je me suis acheté des cadeaux de Noël que j'ai mis sous le sapin, parce que je ne supportais pas qu'on s'apitoie sur mon sort.

Le matin de mes vingt et un ans, j'étais seule à la maison, n'ayant rien prévu en guise de célébration, quand on a frappé à la porte. C'était ma sœur Diane et ma tante Jenny ! Je n'en croyais pas mes yeux. Comment avaient-elles réussi à me retrouver ?

— Lisa est ici ? a demandé Diane en plissant les yeux.

Nous ne nous étions pas vues depuis dix ans et elle n'était pas sûre que ce soit moi.

— C'est bien toi, Lisa, n'est-ce pas ? a dit Jenny qui, elle, m'avait reconnue d'emblée.

Elle avait les larmes aux yeux.

J'étais tellement bouleversée que j'ai cru que j'allais m'évanouir.

— Oui, c'est moi, Jen. C'est moi, Di, ai-je bafouillé, la gorge serrée.

Diane m'a ensuite expliqué qu'elle avait retrouvé ma trace par le biais d'une amie qui travaillait aux impôts, grâce à ma date de naissance et mon numéro de sécurité sociale. Lorsque nous avons toutes été remises de nos émotions, j'ai promptement fait une petite valise et nous sommes parties en voiture chez Diane.

Elle avait organisé une grande fête pour le Nouvel An, et toute la famille était invitée. Tandis que nous nous rendions là-bas, j'ai commencé à me ronger les sangs. Je ne savais pas comment leur dire ce qui s'était passé avec papa, mais je savais que j'allais devoir le faire. Je ne pouvais pas mentir à ma propre famille.

— Vous avez revu maman ? ai-je demandé à Diane.

J'ai senti qu'elle hésitait légèrement avant de répondre :

— Non. Pas depuis la dernière fois que je t'ai vue, quand j'étais enceinte. J'ai eu un petit garçon… Il a neuf ans, et j'en ai eu un autre il y a quatre mois.

Ce soir-là, nous sommes restées éveillées jusqu'au petit matin. Cheryl et Davie sont arrivés, et nous nous sommes étreints chaleureusement. Nous étions tous tellement heureux de nous revoir. Comme Diane, Cheryl avait, elle aussi, deux jeunes enfants, et Davie vivait avec tante Jenny depuis qu'il avait quitté la maison. Nous avons tous beaucoup pleuré en évoquant le temps où nous vivions ensemble, bien qu'en évitant de parler de maman ou de papa. Une fois ou deux, en entrant dans une pièce, j'ai eu l'impression qu'ils étaient en train de parler entre eux de choses qu'ils ne voulaient pas que j'entende, mais j'étais tellement heureuse que je n'y ai pas vraiment prêté attention.

Le lendemain, c'était le soir du Nouvel An, pendant que parents et amis faisaient la chenille dans le salon, je suis allée m'asseoir dans un coin avec Cheryl. J'avais toujours eu beaucoup d'affection pour Cheryl qui, bien qu'étant mon aînée de neuf ans, s'était occupée de moi du mieux qu'elle le pouvait quand nous partagions la même chambre.

Je me suis souvenue qu'elle me chantait des comptines comme *Pirouette cacahuète* et je me suis sentie submergée par une immense vague de tendresse.

Je m'en voulais de ne pas lui avoir raconté ce qui s'était passé après son départ. J'ai pris une longue inspiration et j'ai dit :

— Tout est allé de travers. Papa..., papa a fait des choses qu'il n'aurait pas dû. Il m'a touchée...

Cheryl s'est raidie.

— S'il te plaît, Lisa, non ! s'est-elle écriée, sa diction empâtée par l'alcool.

Ce qu'elle a dit ensuite m'a littéralement laissée sans voix.

— Nous savons tous ce qui s'est passé. Maman nous a tout raconté. Nous avons vu la machine à laver dans l'appartement.

Vu la machine à laver ? Je l'ai regardée, stupéfaite, essayant de comprendre ce qu'elle cherchait à dire, quand un jeune garçon qui faisait partie des invités s'est lancé dans un breakdance pour « chauffer la salle ».

— Que veux-tu dire ?

— Maman nous a montré l'appartement. Mais c'est sans importance. Nous t'aimons, Lisa. Nous t'aimons tous très fort.

J'étais tellement choquée que j'ai lâché mon verre et regardé sans réagir le vin se répandre sur la moquette. Mais Cheryl n'en avait pas fini.

— C'est sans importance, a-t-elle dit en me prenant par le bras et en criant par-dessus la musique. Ça ne nous empêche pas de t'aimer.

Ses paroles se sont mises à résonner en écho dans ma tête. Elle était en train de dire que, quoi que j'aie pu faire, ils étaient prêts à me pardonner. Que leur avait dit maman ? Comment pouvaient-ils croire un instant que j'avais voulu coucher avec mon propre père ?

Elle a enchaîné :

— Franchement, Lisa, je te comprends, parce qu'il a presque failli m'arriver la même chose.

Cette fois, les choses commençaient sérieusement à s'embrouiller. J'étais dans tous mes états.

— Non, Cheryl. C'est lui qui a abusé de moi. Il m'a violée pendant des années.

Je pleurais tellement que j'étais aveuglée par mes larmes. L'injustice qui m'était faite était intolérable. Les gens ont commencé à nous regarder bizarrement, et brusquement Diane s'est approchée et m'a emmenée hors du salon, Cheryl titubant derrière nous.

— Arrête de te donner en spectacle, a-t-elle chuchoté d'une voix cinglante, comme l'aurait fait maman. Qu'est-ce qui te prend ?

— Papa a abusé de moi, ai-je dit, secouée par les sanglots.

Ce mot, « abusé », sonnait bizarrement à cette époque, car on ne parlait pas encore ouvertement de ces choses-là. C'était un sujet tabou rarement abordé dans la presse.

— Oh ! arrête ton baratin, tu veux ? a dit Diane. Maman nous a tout raconté.

— On ne t'en veut pas, a ajouté Cheryl en guise de consolation. Tu étais encore très jeune.

Cette fois, j'ai senti la colère monter en moi.

— Quel est le problème avec vous ? Comment pouvez-vous imaginer un instant qu'un beau jour, comme ça, j'ai regardé papa et j'ai pensé : « C'est lui que je veux » ?

Cheryl et Diane sont restées bouche bée.

— Il a été mon père depuis que j'ai quatre ans, bon sang ! Je n'ai jamais été le genre de fille qui fait sa crise d'adolescence en draguant le petit copain de sa mère.

Cheryl a rougi, comme si j'avais sous-entendu que ç'avait été son cas, alors qu'il n'en était rien. Pas plus que moi elle n'avait encouragé le comportement pervers de papa. En la voyant se renfrogner, j'ai regretté d'avoir fait remonter des souvenirs douloureux pour elle. J'ai repensé à toutes les tensions qui étaient apparues chez nous quand Cheryl était à la maison.

Il était évident que papa avait aussi essayé avec elle, sauf qu'elle n'était pas une petite fille sans défense, manipulée et battue jusqu'à la soumission pendant des années. Cheryl était plus âgée que moi, et elle avait des contacts à l'extérieur. Elle avait réussi à se sauver juste à temps. Mais moi, je n'avais eu personne vers qui me tourner. À présent, Diane me regardait avec de la haine dans les yeux. Quelle différence avec la grande sœur qui m'avait serrée dans ses bras la veille !

— Maman ne lui aurait jamais laissé faire une chose pareille. Tu étais consentante.

— Tu es folle ? me suis-je écriée. Les deux seules personnes consentantes étaient papa et maman. Je n'étais qu'une enfant. Je n'arrive pas à croire que tu n'aies même pas cherché à connaître ma version des faits.

— Quoi ? Et prendre le risque de l'approcher à nouveau ? s'est-elle exclamée.

— Merci bien ! Je peux dire que j'ai eu de la chance de bénéficier du soutien d'une parfaite étrangère parce que ma propre famille se fichait de moi comme de l'an quarante.

Je n'avais plus qu'une idée en tête : partir au plus vite. Mais Cheryl m'a bloqué le passage. Elle sanglotait comme si son cœur allait exploser.

— S'il te plaît, reste, m'a-t-elle suppliée. Ne pars pas comme ça.

— Il y a encore une chose que je voudrais savoir, ai-je dit. Maman m'a juré qu'elle ne savait pas où vous viviez. Vous êtes restées en contact pendant tout ce temps ?

— Non, a dit Diane en pleurs. Elle avait notre adresse, mais la seule fois où nous avons eu un contact, c'est quand elle nous a annoncé que papa et toi vous étiez mis en ménage ensemble.

— On n'arrivait pas à y croire, a dit Cheryl. C'est pour ça qu'elle nous a emmenées à l'appartement : pour nous le prouver.

— Et ça vous a suffi ? Vous n'avez pas trouvé ça bizarre ?

— Bien sûr que si, a dit Diane. Mais quand maman nous a regardées droit dans les yeux en nous disant que c'est toi qui avais voulu, on l'a crue.

— Et vous continuez de la voir ?

— Non, a dit Diane tristement. Elle n'a jamais vu ses petits-enfants. Mais nous l'aimons tout de même et elle sait où nous trouver.

Nous avons recommencé à pleurer quand je leur ai dit que maman savait que papa me violait, mais qu'elle n'avait jamais rien fait. En voyant l'expression dans les yeux de Diane et Cheryl, j'ai compris qu'elles me croyaient, mais qu'elles étaient incapables regarder la vérité en face. J'ai accepté de passer la nuit là-bas, et quand je suis partie le lendemain, Diane m'a serrée dans ses bras en m'exhortant à tourner la page.

— Il est en Espagne, maintenant. Tu ferais mieux d'oublier tout ça, tu ne crois pas ?

Mais dans le métro qui me ramenait chez moi, j'ai eu l'impression que j'avais touché le fond. Ma vie n'était qu'un champ de ruines. Je n'avais pas de vrais amis et maintenant je n'avais pas plus de famille.

J'ai compris que plus jamais je ne pourrais leur rendre visite. Il était impossible que je m'asseye autour d'une table avec ces gens qui étaient convaincus que je m'étais amusée à séduire papa. Je ne voulais pas de leur pardon. Je voulais qu'ils me comprennent, mais, malheureusement, ils n'en étaient pas capables.

Quand je suis arrivée à la maison, il n'y avait personne. Mes colocataires n'étaient pas encore rentrées de leurs vacances en famille. Je me suis assise par terre au milieu du séjour et j'ai fondu en larmes. Je n'aimais pas m'apitoyer sur mon sort, et la plupart du temps je ne le faisais pas, mais à cet instant j'ai eu le sentiment que tous les gens que j'avais aimés dans ma vie m'avaient trahie de la manière la plus abjecte.

J'avais été violentée et maltraitée de toutes les façons possibles par mon père, et maman aussi, mais les gens préféraient passer ma souffrance sous silence plutôt que de s'impliquer et de prendre parti. Je ne comptais pas pour eux. Ils ne m'aimaient pas.

Je suis allée chercher une bouteille de rhum Bacardi dans le placard sous l'escalier et me suis mise à boire jusqu'à la stupeur. Puis, totalement désespérée, j'ai décidé que la seule solution était d'en finir. D'une main tremblante, j'ai pris un rasoir jetable. Je voulais vraiment mourir. S'il avait suffi pour cela d'enfoncer un bouton, je l'aurais fait sans hésiter, mais je n'ai pas trouvé le courage de me trancher les poignets avec la lame de rasoir. Je me suis tailladé le bras droit trois fois au niveau du coude. Les coupures profondes béaient comme des lèvres dont s'échappaient des flots de sang. La lame est devenue glissante, mais je n'en avais pas encore fini. Je me suis entaillé le dessus de la main, si profondément que les veines et les tendons étaient à vif.

J'étais dans une sorte de transe, mais, soudain, la vue du sang m'a ramenée à la réalité. J'étais horrifiée par ce que j'avais fait. Vite, j'ai pris des serviettes pour essayer d'arrêter le sang qui s'écoulait sur la moquette, mais les plaies étaient tellement profondes que j'ai réalisé que je devais aller aux urgences. J'ai appelé un taxi. J'étais ivre et malade quand je suis arrivée à l'hôpital. Je ne devais pas être la seule dans ce cas, car j'ai entendu l'infirmière murmurer à sa collègue :

— Encore une.

Le médecin qui m'a posé des points de suture – cinquante sur le bras et quinze sur la main – était très gentil. J'ai pleuré du début à la fin, non pas à cause de la douleur, mais parce que j'étais inconsolable. Inconsolable quand je songeais à la jeunesse que j'aurais pu avoir si papa n'avait pas été là, et à tous ceux que j'avais aimés et que j'avais perdus. Mais, surtout, j'étais terriblement déçue de n'avoir pas réussi à mettre fin à mes jours.

Le personnel hospitalier, inquiet de mon état mental, a insisté pour me garder en observation, et si j'ai réussi à me faufiler hors de l'hôpital, c'est uniquement parce que le psychiatre de garde était occupé à soigner un patient en pleine crise. J'ai passé toute la journée du lendemain à essayer d'ôter les traces de sang sur la moquette et le canapé avant le retour de mes colocataires.

Une fois que j'ai à nouveau recouvré pleinement mes esprits et réalisé ce que j'avais fait, j'étais horrifiée. Quand le moment est venu d'ôter les points de suture, j'avais tellement honte que, plutôt que de retourner à l'hôpital, j'ai préféré aller m'enfermer dans la salle de bains pour les retirer moi-même.

Je n'ai plus jamais rendu visite à ma famille après cela, mais parfois, surtout quand j'avais bu, je téléphonais à Cheryl ou Jenny et je pleurais au téléphone. Parfois, c'était Davie qui décrochait parce que Jenny n'était pas là.

Il était évident qu'il n'était au courant de rien. Diane, Cheryl et Jenny avaient décidé qu'il ne devait jamais savoir ce qui s'était passé. Elles craignaient qu'il n'aille demander des comptes à papa et qu'il se prenne un mauvais coup ou s'attire des ennuis avec la justice.

— Je ne comprends pas ce qui ne tourne pas rond chez toi, Lisa, disait-il. On ne s'est pas vus depuis des années, et maintenant qu'on se retrouve tu passes ton temps à pleurer au téléphone. Tu devrais pourtant être heureuse. Je ne comprends pas.

Jenny, la femme que j'avais adorée étant enfant, lui arrachait le téléphone des mains, de crainte que je ne raconte à Davie ce qui s'était passé.

— Il faut apprendre à tourner la page, Lisa, me conseillait-elle.

Comme si c'était aussi simple.

22

J'avais vingt-cinq ans quand le propriétaire nous a annoncé qu'il vendait la maison et que nous allions devoir déménager. J'ai épluché les petites annonces à la recherche d'un nouveau logement et je suis allée visiter un appartement à Fulham. Un garçon du nom de Neil, qui était déjà locataire, m'a fait faire le tour des lieux. La chambre ne m'emballait pas, mais il en allait tout autrement de Neil.

D'emblée, nous nous sommes mis à bavarder comme si nous étions amis depuis toujours. J'ai compris que j'avais envie de le revoir et j'ai bien vu qu'il ressentait la même chose. Il était complètement différent des hommes que j'avais connus jusque-là, et qui ne pensaient qu'à réussir en affaires et s'afficher au restaurant en compagnie d'une jolie fille. Neil avait à peu près mon âge et travaillait dans l'entreprise familiale de bâtiment.

Il était drôle et gentil, et j'ai tout de suite vu que c'était quelqu'un de spécial. Il ne ressemblait à aucun autre garçon. J'ai pris la chambre et presque immédiatement nous sommes devenus inséparables.

Nous nous sommes découvert des tas d'affinités, ce qui ne laissait pas de me surprendre étant donné que nous avions vécu des vies on ne peut plus différentes. Nous avions le même sens de l'humour et pouvions passer des heures à plaisanter ensemble, mais nous nous entendions aussi à un niveau personnel plus profond.

Je n'avais aucun mal à me confier à lui. Je ne ressentais pas le besoin de me dérober, et il n'a pas fallu bien longtemps à Neil pour découvrir tout ce qu'il y avait à savoir à mon sujet.

Bien entendu, il a été horrifié quand je lui ai raconté la façon dont j'avais grandi, et il m'a aidée à comprendre, pour la première fois, que je n'avais aucune raison de me sentir coupable. Grâce à lui, j'ai finalement réussi à me débarrasser du fardeau de la culpabilité et de la honte, qui pesait sur mes épaules depuis si longtemps, et d'avancer pour de bon dans la vie. Malgré cela, une chose continuait de me tarauder.

— Je voudrais le dénoncer à la police, ai-je dit. Mais je ne m'en sens pas le courage. Je ne suis pas sûre de trouver la force de témoigner publiquement dans un tribunal plein d'étrangers.

Nous en avons discuté pendant des heures, et j'ai finalement compris que j'étais encore trop échaudée pour pouvoir porter l'affaire en justice. Tout ce que je voulais à ce stade, c'était oublier le passé et me forger une nouvelle vie.

Un an plus tard, Neil et moi nous sommes mariés. Nous avons fait un mariage civil suivi d'une petite fête avec une poignée d'amis et les parents de Neil.

Nous avons passé notre lune de miel à retaper une fermette que nous avions achetée dans un village côtier du nord-est de l'Angleterre. C'était un nouveau départ et nous étions fous de bonheur. Deux ans plus tard, j'attendais mon premier enfant, et, le bouleversement hormonal aidant, j'ai senti remonter les fantômes du passé. Quand j'allais en visite à la maternité, je voyais les autres filles accompagnées par leurs sœurs ou leurs mères. Neil était merveilleux, mais j'aurais voulu que ma famille soit avec moi pour me soutenir. J'ai commencé à faire des cauchemars reliés à maman et papa, et les vieux démons de la culpabilité ont recommencé à me hanter. Mais cette fois, en plus de la honte, je ressentais de la colère. J'étais révoltée contre mes parents, qui non seulement avaient brisé notre famille et m'avaient volé mon enfance, mais m'avaient également séparée des miens.

Neil passait des heures à essayer de me rassurer. Tout allait bien se passer, disait-il, et quand ma fille est née, j'ai littéralement fondu d'amour pour elle. J'étais déterminée à tirer un trait définitif sur le passé ; désormais, il me fallait tout miser sur l'avenir.

À ma grande surprise, l'instinct maternel m'est venu tout naturellement. Tout au long de ma grossesse, j'avais craint de ne pas être à la hauteur, surtout après avoir eu une mère comme la mienne, mais j'ai découvert qu'il n'y avait rien de plus facile. Je faisais tout ce que maman n'avait jamais fait pour moi, et je me suis employée à devenir la mère que j'avais toujours rêvé d'avoir.

Neil et moi voulions tous les deux avoir une grande famille. Personnellement, je ne supportais pas l'idée que nos enfants puissent être seuls au monde. Le nombre était une force. Je voulais qu'ils puissent toujours compter les uns sur les autres.

J'avais moi-même cruellement souffert de solitude et je savais combien le monde pouvait être effrayant quand on n'a personne vers qui se tourner en cas de besoin. Les choses allaient être différentes dans notre famille.

Au cours des années suivantes, j'ai eu cinq autres enfants, puis nous avons décidé que notre famille était complète.

Quand j'ai eu mon sixième enfant, j'ai commencé à me demander ce qu'il était advenu de Kat. Elle avait neuf ans quand j'avais quitté la maison et, même si je n'avais jamais pu la contacter depuis, elle n'avait jamais quitté mes pensées.

— Je veux juste m'assurer qu'elle va bien, ai-je dit. J'aurais dû essayer de la joindre depuis longtemps.

— S'il te plaît, m'a dit Neil, ne culpabilise pas pour le passé. Tu as toujours fait de ton mieux. Et dis-toi qu'au moins elle n'a pas eu à grandir sous le même toit que ce monstre.

— On pourrait peut-être essayer de la retrouver ?

Je ne me souvenais plus de l'adresse de maman, mais en un clin d'œil Neil l'a retrouvée sur Internet.

— Il semblerait que Kat habite toujours avec ta mère. Elle est inscrite sur les listes électorales.

J'ai passé la journée du lendemain à faire les cent pas. Je m'étais tellement occupée de Kat quand elle était bébé que chaque fois que je regardais mes enfants je pensais à elle.

D'un autre côté, je craignais de remuer les scories du passé. Il m'avait fallu des années pour trouver enfin le bonheur. J'avais fondé ma propre famille, une famille qui ne portait pas la marque du viol et de la maltraitance.

Pour finir, j'ai compris que je ne trouverais pas la paix tant que je ne me serais pas assurée que tout allait bien pour Kat. Je me suis assise et j'ai passé des heures à écrire une lettre. Je l'ai adressée à maman et Kat, et j'y ai joint des photos de mes enfants. Dès que je l'ai postée, j'ai eu envie de plonger la main dans la boîte aux lettres pour essayer de la repêcher. L'idée que maman puisse voir ou toucher les photos de mes enfants m'était insupportable. Mais il était trop tard.

Neil m'a dit que j'avais bien fait.

Quelques jours plus tard, le téléphone a sonné. Quand j'ai décroché et entendu du silence à l'autre bout du fil, j'ai compris que c'était Kat.

— C'est moi, a-t-elle fini par dire après un moment.

Maman m'a demandé de t'appeler pour te dire de ne plus nous écrire.

— C'est pour toi que je me fais du souci. Je n'ai jamais cessé de penser à toi, j'ai dit. Je voulais juste m'assurer que tu allais bien.

Kat se taisait.

— Tu es là ? ai-je demandé. Alors, tu vis toujours avec maman, c'est bien ça ?

— Oui, avec maman. Et papa.

J'ai failli lâcher le téléphone.

— Quoi ! Tu veux dire qu'il est là ? ai-je demandé, n'étant pas sûre d'avoir bien compris. Maman a dit qu'il était parti vivre en Espagne. Tout le monde m'a dit qu'il était en Espagne.

— Il n'est jamais parti.

Nous avons passé les trois heures suivantes à parler au téléphone. Elle m'a raconté qu'après mon départ, papa a immédiatement quitté l'appartement et s'est installé avec elle et maman. Maman et papa étaient de nouveau ensemble et avaient recommencé à vivre en couple. Kat m'a dit qu'on ne prononçait jamais mon nom à la maison et qu'on ne parlait jamais du divorce. Comme si ça n'était jamais arrivé.

J'étais atterrée. Tout au long des quinze années qui s'étaient écoulées depuis mon départ, papa n'avait jamais bougé de la maison.

C'était bien la preuve que maman avait complètement perdu le nord. Comment pouvait-elle rester avec un homme pareil ? Je savais qu'elle ne m'avait jamais aimée et j'avais fini par l'accepter, mais comment avait-elle pu prendre un tel risque avec Kat ?

Kat m'a affirmé qu'il ne lui avait jamais fait d'attouchements, mais elle m'a raconté des scènes de violence qui m'ont donné la chair de poule. Il y avait des sévices qui faisaient écho à ma propre expérience. Ainsi, il crachait régulièrement dans sa nourriture et, lorsqu'elle sortait, elle devait lui raconter minute par minute ce qu'elle avait fait.

Il vérifiait l'heure sur tous les tickets de caisse pour s'assurer que tout concordait. Maman et papa la retrouvaient chaque jour à l'heure du déjeuner, exactement comme ils le faisaient avec moi. Il contrôlait chacun de ses faits et gestes, et elle ne pensait qu'à s'échapper.

— Ne t'inquiète pas. Tu n'as aucune raison de te laisser faire.

Je lui ai expliqué comment j'avais finalement réussi à m'échapper et l'ai aidée à imaginer un plan.

Elle m'appelait depuis le bureau. Ses patrons étaient des gens très compréhensifs. Ils ont demandé à la police de l'escorter jusqu'à l'appartement de maman et papa pour qu'elle puisse récupérer ses affaires, et une fille qui travaillait avec elle lui a proposé de l'héberger. Je voulais qu'elle vienne me rejoindre dès qu'elle le pourrait et lui demander les yeux dans les yeux s'il était exact qu'il ne l'avait jamais touchée, parce que je savais combien ces choses-là sont difficiles à dire et que je la soupçonnais de fausser la vérité.

Quand nous avons de nouveau parlé ce soir-là (alors qu'elle était à l'abri de toute violence dans l'appartement de son amie), elle m'a dit :

— Dieu merci, tu as eu l'idée de me contacter, Lisa. Sans toi, je n'aurais jamais réussi à m'échapper.

Nous sommes convenues qu'elle allait venir me rendre visite le week-end suivant. Quand j'ai raccroché, j'étais en proie à des sentiments contradictoires, comme toujours : j'étais heureuse que Kat ait réussi à s'en sortir, mais je m'en voulais à mort de n'avoir pas cherché à la contacter plus tôt.

Comme d'habitude, Neil s'est employé à me rassurer, déclarant que j'avais fait de mon mieux.

Kat devait m'appeler pour me dire par quel train elle arrivait afin que nous puissions venir l'attendre à la gare. Mais, à la place, elle m'a annoncé qu'elle annulait son voyage. Les choses avaient changé.

Après son départ de l'appartement sous escorte policière, une effroyable bagarre avait éclaté entre maman et papa, et maman était partie s'installer chez Diane – le refuge qu'elle m'avait toujours refusé pendant toutes les années où j'étais couverte de bleus et de plaies.

Enfin, elle s'était libérée, et Kat voulait continuer de vivre avec elle. Ma petite sœur et moi n'avons jamais pu nous réunir, mais du moins je savais qu'elle était hors de danger, et c'était l'essentiel.

23

Trente ans trop tard, maman a finalement quitté papa. Elle a simplement plié bagage ; ce ne fut pas plus compliqué que ça. Kat m'a dit que maman et elle allaient temporairement habiter chez Diane, le temps de trouver un appartement ensemble. Quand elle m'a dit ça, j'ai compris que maman ne me laisserait jamais renouer avec Kat. Je l'avais perdue pour toujours, comme j'avais perdu mes autres sœurs et mon frère.

Comble de l'ironie, la lettre que j'avais écrite avait eu pour effet de réunir maman et les siens. Apparemment, tous étaient fous de joie de la voir revenir dans le giron familial. Très vite, Kat a cessé de me téléphoner. J'ai parlé une ou deux fois à maman, je lui ai même envoyé des cadeaux pour décorer son nouvel appartement. J'étais heureuse qu'elle ait enfin quitté papa. Malgré tout le mal qu'elle m'avait fait, je ne souhaitais que son bonheur.

Cependant, écrire cette lettre avait eu un effet dévastateur sur moi. J'ai sombré dans la dépression et je n'arrivais plus à dormir. Je regardais mes filles et je pensais malgré moi à tout ce que papa m'avait fait endurer quand j'avais leur âge. Il était de plus en plus évident que je devais faire quelque chose. J'en étais arrivée à un point où je ne pouvais plus occulter le passé. La maternité et le fait d'avoir revu mes frères et sœurs avaient fait remonter un flot de souvenirs douloureux.

J'ai décidé de déposer une plainte contre papa, car j'ai réalisé qu'il était capable de torturer n'importe qui. Il aurait pu s'immiscer dans une autre famille sans méfiance et prendre une autre fillette dans ses filets, exactement comme il l'avait fait avec moi. La culpabilité était de retour, non pas à cause de ce qui m'était arrivé, mais parce que je l'avais laissé s'en tirer à bon compte.

Pour la première fois, j'ai pris conscience que j'avais le devoir moral de le dénoncer. Trop de gens passaient sous silence la maltraitance dont ils faisaient l'objet en pensant que, parce qu'ils avaient « survécu », tout était terminé. Je savais par expérience qu'un bourreau d'enfants pouvait continuer de torturer d'autres enfants et je voulais être certaine que cela n'arriverait plus jamais.

Je me suis rendue au commissariat, où j'ai fait une déposition détaillée des faits, et le ministère public a estimé que maman aussi allait devoir rendre des comptes à la justice. Je n'avais jamais eu l'intention de la dénoncer, mais, lorsque j'ai fait ma déposition, il est devenu évident qu'elle s'était rendue coupable de négligence aggravée. Un matin du mois d'août 2005, papa et maman ont été arrêtés et emmenés dans deux commissariats de police différents pour y être interrogés. Plus tard, ce jour-là, quand j'ai parlé à l'inspectrice de police, j'ai senti un changement dans le ton de sa voix. Jusque-là, elle s'était montrée compatissante et empathique, mais à présent, elle déclarait que maman et papa avaient livré une tout autre version des faits. Ils soutenaient qu'il n'y avait jamais eu de viol. Papa avait reconnu avoir eu des rapports sexuels avec moi quand j'avais seize ans, mais prétendait que j'étais pleinement consentante, allant même jusqu'à affirmer qu'il avait essayé de repousser mes avances. Maman avait raconté la même histoire.

— Mais ils mentent ! Quelle fille pourrait consentir à avoir des rapports sexuels avec son père ? me suis-je récriée. Et puis, n'oubliez pas qu'ils ont eu des années pour préparer ensemble une version des faits convergente. Ils ont eu peur que je les dénonce à la police quand j'ai quitté la maison.

— Mais il n'est pas votre père biologique, non ? m'a demandé l'agent-détective stagiaire à qui mon dossier avait été confié.

J'ai eu l'impression que le monde s'effondrait. On était en plein délire. Papa soutenait que j'avais eu des rapports consentis avec lui quelques jours après mon seizième anniversaire. La seule personne qui aurait pu abonder dans mon sens était maman, mais elle était manifestement scandalisée d'avoir été arrêtée et débitait mensonge sur mensonge pour ne pas être accusée de négligence. En cherchant à se défausser, elle devenait la meilleure alliée de papa. Tant qu'elle prétendrait que j'étais tombée follement amoureuse de papa deux jours après mon seizième anniversaire, elle serait mise hors de cause, et lui aussi. Pour que la police puisse inculper maman, il aurait fallu que papa passe aux aveux, ce qui ne risquait pas d'arriver. Maman avait mal agi – cela ne faisait aucun doute –, mais la personne que je voulais traîner en justice, c'était papa.

J'ai livré tous les détails dont j'ai pu me souvenir à la police, y compris les noms de personnes qui pouvaient corroborer mes dires (mes absences répétées à l'école et les scènes de violence en public). Mais, quelques semaines plus tard, j'ai reçu le coup de fil que je redoutais : faute de preuves suffisantes, le ministère public renonçait à traduire papa en justice.

J'étais effondrée. Après tout ce que papa avait fait, comment aurais-je pu laisser passer une injustice aussi criante ? Maintenant que j'étais adulte et mère, je craignais qu'il ne cherche à infiltrer une autre famille et ne recommence ses méfaits.

J'ai insisté pour parler en personne à l'inspecteur en chef, lequel m'a assuré qu'il n'avait pas l'intention d'en rester là. Ils allaient poursuivre leur enquête afin de réunir autant de preuves que possible et soumettre à nouveau l'affaire au ministère public.

Quand j'ai raccroché, j'avais les mains qui tremblaient. Je ne comprenais pas comment il était possible que cette affaire ne soit pas traitée de façon plus directe, d'autant que papa avait reconnu en partie les faits.

Comment une personne saine d'esprit pouvait-elle croire un seul instant qu'un enfant pouvait avoir de son plein gré des rapports sexuels avec un de ses parents ? Il était évident que ces rapports avaient été précédés d'une longue période de maltraitance et de conditionnement. Toujours est-il que, pour l'heure, je ne pouvais rien faire d'autre qu'attendre la décision du parquet, mais, à ce stade, je dois reconnaître que ma confiance en la justice était sérieusement ébranlée.

En désespoir de cause, j'ai commencé à surfer sur internet en souhaitant y trouver conseil et soutien. Je suis rapidement entrée en contact avec Phoenix Chief Advocates, une association spécialisée dans la défense des droits des enfants victimes d'abus sexuels. Je leur ai envoyé un courriel en expliquant ma situation et leur ai demandé s'ils pouvaient m'aider. Peu après, j'ai reçu un coup de fil de Shy Keenan, la fondatrice de Phoenix, une figure éminente de la défense des droits de l'enfance. Nous avons parlé pendant près de deux heures, durant lesquelles je me suis sentie comme enveloppée par une aile protectrice. J'ai pleuré en lui racontant comment s'était passée l'enquête préliminaire. Elle était outrée par la façon dont la police m'avait traitée et a immédiatement appelé l'inspecteur responsable de l'affaire pour le lui faire savoir. Maintenant que Shy et Phoenix étaient à mes côtés, je n'avais plus peur. Je n'étais plus seule. Quand j'ai raccroché, je me sentais forte et plus déterminée que jamais à me battre pour une cause que je savais juste.

Shy et moi sommes restées régulièrement en contact pendant tout le temps que j'attendais la décision du ministère public. Je savais qu'elle était tenue en haute estime à la fois par la police et les médias pour son action militante, et le fait qu'elle soit derrière moi a tout changé. Mais si professionnelle et expérimentée qu'elle soit, elle a bien insisté sur le fait qu'il n'y avait pas de miracles. Le succès de notre action dépendait en grande partie de la façon dont le policier responsable de l'affaire menait son enquête, et des preuves qu'il allait pouvoir réunir pour avoir un dossier solide.

Cette prédiction s'avéra, malheureusement. Quelques semaines plus tard, je recevais une lettre de l'inspecteur m'informant que ses services avaient poussé l'enquête aussi loin qu'ils le pouvaient, mais que, devant le refus de maman et du reste de la famille d'apporter des éléments de preuve concordants, l'affaire ne pouvait pas être portée devant les tribunaux. J'étais désemparée et profondément choquée par le ton froid et impersonnel de la lettre. Autrement dit, on m'informait que ce que papa m'avait fait était sans importance. Des souvenirs insoutenables de viol et de sévices se rejouaient dans ma tête. J'imaginais son sourire arrogant lorsque la police lui avait annoncé qu'ils classaient l'affaire sans suite.

Quand j'ai relu la lettre, il m'est apparu clairement que les services de police n'avaient pas fait leur travail correctement. Les pistes que j'avais fournies n'avaient pas été creusées. On n'avait pas pris la peine de rechercher des témoins clés, et, d'après Shy, les procédures définies par la police métropolitaine n'avaient pas été appliquées correctement. Je pouvais par conséquent porter plainte et exiger qu'une nouvelle enquête soit menée par une autre équipe de policiers.

J'ai écrit de longues lettres à la Commission d'investigation des abus sexuels sur mineurs et au directeur de la section afférente du ministère public, leur faisant savoir que j'avais le soutien plein et entier de Shy Keenan de l'association Phoenix, et aussitôt j'ai reçu des excuses de la part d'un haut fonctionnaire de police qui s'engageait formellement à rouvrir l'enquête. Néanmoins, il fallut encore deux ans et de nombreuses lettres avant que les preuves nécessaires à l'ouverture d'un procès soient réunies. Apparemment, il n'est pas rare que les affaires d'abus sexuels soient traitées avec une telle lenteur quand plusieurs années se sont écoulées depuis le déroulement des faits, d'autant que les témoins importants ont souvent déménagé et sont plus difficiles à localiser. Shy m'a soutenue tel un roc tout au long de l'éprouvante procédure. Sans elle à mes côtés, je crois bien que j'aurais renoncé comme tant d'autres personnes avant moi.

Finalement, à l'automne 2007, papa a été inculpé de quatre chefs d'accusation d'agressions à caractère sexuel. L'inspectrice chargée de l'enquête qui s'était démenée tout au long des deux années passées jubilait lorsqu'elle m'a annoncé la nouvelle.

— Notre opiniâtreté a finalement payé, Lisa, m'a-t-elle dit avec un grand sourire.

— Combien de temps va-t-il falloir attendre pour que le procès soit ouvert ? ai-je demandé, euphorique.

— Environ un an. Avec un peu de chance, je vais pouvoir relancer ta famille et convaincre certains d'entre eux de venir témoigner de son comportement violent.

Quelques semaines plus tard, je l'ai rappelée pour savoir s'il y avait du nouveau. Je savais que maman, craignant de se voir accusée de négligence, n'accepterait jamais de témoigner, mais comment Jenny, Diane, Cheryl ou Davie auraient-ils pu me laisser tomber ?

— Désolée, Lisa, m'a dit l'inspectrice de police. Ils ne veulent pas déposer, de peur d'attirer des ennuis à votre maman.

J'étais dégoûtée. Quelles chances avais-je de voir triompher la justice si ma propre famille refusait de me soutenir en attestant simplement de la violence de papa ? Si seulement Cheryl avait accepté de dire ce qui avait failli lui arriver, le regard des juges s'en trouverait complètement changé.

— Je pourrais peut-être essayer de leur parler ?

— Non, vous n'êtes pas autorisée à les approcher. Sinon, on risque de vous accuser de subornation de témoins.

Et voilà où nous en étions. Bien que mon propre témoignage ait été d'une solidité à toute épreuve, je n'avais que très peu d'éléments de preuve concordants. Maman avait refusé de témoigner pour papa ou pour moi, de peur de se faire écharper par le procureur, sans doute. Et aucun autre membre de ma famille n'était prêt à me soutenir en disant aux juges combien papa était violent et pervers.

— Je n'arrive pas à y croire, me suis-je plainte plus tard à Neil. Je ne leur demande rien d'autre que dire la vérité. Je ne comprends pas comment ils peuvent encore se regarder dans la glace.

— Réfléchis un peu, Lisa. S'ils disent la vérité, c'est ta mère qui va se retrouver dans le pétrin. Ils sont terrorisés à l'idée de la perdre à nouveau.

Neil avait raison. Diane, Cheryl, Davie et Jenny étaient incapables de regarder la vérité en face. Kat était trop jeune pour se souvenir de grand-chose, et, même si c'était le cas, je savais qu'elle donnerait son soutien à maman et non pas à une demi-sœur qu'elle n'avait pas vue depuis presque vingt ans. Les seules personnes sur qui je pouvais compter étaient Bridget, du salon de bronzage, et Karen, mon ancienne copine de collège, dont la police avait fini par retrouver la trace après bien des recherches. J'espérais que l'une et l'autre se souviendraient des faits que j'avais mentionnés dans ma déposition, mais je n'avais aucun moyen de m'en assurer, n'étant pas autorisée à les approcher avant la tenue du procès. Tant d'eau avait coulé sous les ponts que je n'étais pas certaine que Karen se souviendrait que mes parents m'interdisaient d'aller au collège, que je n'avais pas eu le droit de passer mon brevet et que je n'étais jamais autorisée à sortir. Bridget avait vu mes jambes lacérées et couvertes d'ecchymoses le soir où elle m'avait proposé de m'héberger, et j'avais bon espoir qu'elle accepterait de témoigner compte tenu de son histoire personnelle.

Leurs témoignages ne constituaient que de petits éléments de preuve, mais ils n'en demeuraient pas moins précieux. Le plus important était la façon dont j'allais faire passer mon propre message une fois à la barre des témoins. Il fallait que je sois claire dans mes explications et sûre de moi quand je relaterais les événements. L'avocat de papa était un ténor du barreau spécialisé dans les affaires de viol et d'atteinte à la pudeur. Il avait pour surnom le « Rottweiler », et j'ai pu constater par moi-même qu'il avait une façon particulièrement agressive de mener le contre-interrogatoire.

Les mois précédant le procès me parurent interminables, et puis d'un seul coup tout alla très vite. Je m'efforçais de me concentrer sur ma vie de famille, utilisant pour cela ma vieille technique de survie en remisant dans un coin de mon cerveau les choses qui me perturbaient gravement.

Finalement, le jour de la comparution est arrivé. La défense a essayé à maintes reprises de faire rejeter le dossier en invoquant des vices de procédure. Il y a eu tant d'audiences préliminaires que j'avais les nerfs à vif tandis que j'attendais que l'inspectrice de police m'appelle pour me donner des nouvelles. Le Rottweiler, qui cherchait à gagner du temps, ne cessait de multiplier les plaintes, jusqu'au moment où le juge en a eu assez et a ordonné l'ouverture du procès, bien qu'avec un jour de retard. Je devais être la première à témoigner. Avant mon entrée dans la salle d'audience, mon avocat s'est présenté et m'a conseillé brièvement d'énoncer clairement la vérité. C'était un homme d'âge mûr, aux yeux bleus pétillants et, à en croire l'inspectrice chargée de l'enquête, un avocat très estimé. La brièveté de notre entretien m'a surprise, car je m'étais attendue à ce que nous passions en revue ensemble diverses stratégies.

— Vous regardez trop la télévision, m'a dit en riant l'inspectrice de police pour essayer de me détendre. Ce genre de choses ne concerne que les avocats de la défense et leurs clients.

J'imaginais le Rottweiler en train de s'entretenir dans un coin avec papa, lui expliquant ce qu'il devait dire et comment.

Tout cela me semblait profondément injuste. L'inspectrice de police n'a pas été autorisée à m'accompagner jusqu'au box des témoins ou à avoir des contacts avec moi durant toute la durée du procès, sous peine de compromettre les éléments de preuve qu'elle avait apportés. J'étais seule.

J'ai attendu toute la journée avant d'être appelée à la barre. Je n'oublierai jamais la terreur qui s'est emparée de moi. J'ai cru que j'allais vomir quand je suis entrée dans la petite salle d'audience garnie de bancs en formica qu'on aurait dit sortis d'une série télé des années 1970. Tous les yeux étaient tournés vers moi, y compris ceux de papa.

Il était affalé dans le box des accusés, une expression de haine sur sa face toute bouffie et ridée, deux grosses poches noires sous les yeux.

Il portait un costume mal taillé et le peu de cheveux qui lui restait semblait avoir été teint le matin même avec du cirage qui avait laissé des marques noires sur son crâne dégarni. J'ai détourné les yeux, écœurée.

Le juge, un vieil homme bienveillant, s'est assuré que j'avais de l'eau et des mouchoirs à ma disposition. Mon avocat a pris la parole pour me guider dans ma déposition. Il est allé droit au but, sans tergiverser. Chaque événement était relaté de façon détaillée et explicite afin qu'il n'y ait pas la moindre ambiguïté. J'ai eu l'impression qu'on me violait à nouveau.

Mon avocat m'invitait sans cesse à m'adresser directement au jury quand je parlais, mais j'avais du mal à regarder douze étrangers dans les yeux pour relater les actes les plus obscènes et abjects qui soient. Une fois ou deux, j'ai entendu papa ricaner grassement, sa voix rendue plus rocailleuse et rauque que jamais par l'abus de tabac et d'alcool. Son avocat l'a foudroyé du regard, et le juge m'a dit de ne pas lui prêter attention.

Je m'étais juré de ne pas pleurer, mais, au bout de dix minutes, la digue a sauté. Après avoir attendu des années ce procès, j'étais complètement à bout. J'ai pleuré si fort et si longtemps que nous avons dû interrompre l'audience pour que je puisse me calmer.

Après cela, j'ai témoigné de façon claire et concise en regardant chaque membre du jury tour à tour, sans craindre de leur dire toute la vérité, si effroyable fût-elle.

J'ai vu que certains hochaient subrepticement la tête ou avaient les larmes aux yeux, et compris qu'ils étaient émus.

À cinq heures, le juge a levé l'audience. Je logeais dans un hôtel non loin du tribunal, car le procès se tenait à

Londres, là où les faits avaient été commis. Cette nuit-là, je l'ai passée à repenser à ma déposition en me demandant si je n'avais pas oublié certains détails, mélangé des dates ou commis n'importe quelle petite erreur innocente sur laquelle la défense allait se jeter pour essayer de me descendre en flammes.

À la fin du deuxième jour, j'avais livré la totalité de mon témoignage. À peine le juge m'avait-il congédiée de la barre des témoins que le Rottweiler bondissait sur ses pieds en aboyant :

— Votre honneur, j'aimerais rappeler à madame James qu'elle n'a pas encore terminé de témoigner et qu'elle n'est de ce fait pas autorisée à discuter de cette affaire avec quiconque.

J'ai compris qu'il s'agissait d'une tactique, une façon de me prévenir que jusqu'ici j'avais eu le beau rôle avec le jury, mais que demain c'était lui qui allait mener la danse. Cette nuit-là, j'étais plus tendue que jamais. J'avais surmonté un si grand nombre d'obstacles et je m'étais battue avec un tel acharnement pour pouvoir obtenir un procès, et voilà qu'au moindre faux pas tout risquait de basculer.

Quand je me suis présentée au tribunal, le lendemain matin, ma main tremblait au moment où j'ai pris le verre d'eau que me tendait l'huissier. Le Rottweiler l'a remarqué et il m'a semblé le voir ricaner sous cape.

Lorsque le contre-interrogatoire a commencé, il a réussi à me déstabiliser immédiatement. Il employait un ton inutilement cassant et agressif et me posait la même question, mais chaque fois d'une façon différente. J'ai compris qu'il cherchait à me faire craquer, mais le juge est intervenu, lui faisant remarquer qu'il m'avait déjà posé cette question plusieurs fois. De plus, son interrogatoire ne semblait mener nulle part.

— Pouvons-nous poursuivre, maître Farmer ?

J'ai eu tôt fait de comprendre que l'agressivité du Rottweiler n'était qu'une mise en scène. J'ai réussi à répondre à chacune de ses questions de façon cohérente. J'ai également fait remarquer au juge à deux occasions au moins qu'il cherchait délibérément à jeter la confusion dans l'esprit du jury. Il a dû s'excuser et reprendre son interrogatoire.

J'ai réalisé alors qu'il avait sa ligne de défense toute tracée dès lors qu'il défendait un homme ayant déjà reconnu avoir défloré sa belle-fille. Le jury allait-il aussi facilement gober qu'il n'y avait pas eu de sévices ou de contraintes longtemps avant cela ? Car, enfin, comment une fille aurait-elle pu décider de son propre chef de sauter dans le lit de son beau-père sitôt après avoir fêté son seizième anniversaire ?

J'ai passé quatre autres journées à répondre aux questions du Rottweiler en pointant souvent des erreurs dans ses affirmations. Le juge levait alors la séance tandis que les avocats se lançaient dans une querelle juridique. Les débats s'éternisaient et nous courions le risque que le procès soit annulé faute de temps.

Un jour, après la pause du déjeuner, l'huissier m'a fait entrer dans une antichambre et m'a dit d'attendre jusqu'à ce qu'on m'appelle. J'ai cru que j'allais vomir. À l'odeur de transpiration, d'alcool et de tabac, j'ai su que papa avait attendu lui aussi dans cette pièce avant moi. Je ne pouvais pas rester là. Comprenant mon malaise, l'huissier, qui avait lui aussi remarqué l'odeur, m'a fait sortir.

Juste au moment où je commençais à flancher et à me dire que je n'allais pas pouvoir tenir le coup plus longtemps, le Rottweiler a annoncé qu'il en avait fini avec moi. J'ai poussé un soupir de soulagement. C'était presque fini, heureusement. Avant de me congédier, le juge a donné à mon avocat la possibilité de m'interroger une dernière fois, mais il s'est contenté de me poser une seule question. Ce qui était bon signe, m'a-t-on dit, car cela voulait dire que j'avais été claire dans mes déclarations et qu'il n'était pas nécessaire d'apporter d'autres clarifications.

— Merci, madame James. Vous pouvez partir, m'a dit le juge.

Mais le procès était loin d'être terminé. J'ai appris que Bridget et Karen allaient venir déposer et qu'ensuite ce serait à la défense de produire des témoins. Nous étions tous conscients que le procès avait pris un retard considérable et nous croisions les doigts pour qu'il ne soit pas ajourné faute de temps.

Maintenant que j'avais été congédiée par le juge, j'avais le choix entre rester et suivre le reste des débats ou partir. Rester m'aurait obligée à demeurer encore plusieurs jours à l'hôtel, alors que j'étais impatiente de rentrer auprès de mon époux et de mes enfants que je n'avais pas vus depuis presque une semaine. L'inspectrice de police m'a assurée qu'il était inutile que je reste.

— Ça ne va servir à rien de vous angoisser un peu plus, m'a-t-elle dit.

Elle avait raison. Je savais que rester assise dans la salle d'audience à écouter le Rottweiler essayer de défendre l'indéfendable était plus que je n'en pouvais supporter. J'avais accompli mon devoir. Je pouvais donc rentrer chez moi.

Quand j'ai quitté le tribunal, j'ai senti qu'on m'ôtait un immense poids des épaules. Je me suis dit que, quel que soit le dénouement, c'était sans importance. C'était une façon de me protéger, sans doute. Je savais que j'avais mené un long et rude combat et que même si le verdict des jurés était « non coupable », j'avais fait tout ce qui était en mon pouvoir pour que la justice soit rendue et que cet homme monstrueux soit mis hors d'état de nuire. Je pouvais enfin marcher la tête haute.

La détective avait promis de m'appeler dès qu'il y aurait du nouveau.

J'ai passé les jours suivants à essayer de m'occuper, mais, chaque fois que le téléphone sonnait, Neil et moi sursautions.

Enfin, le verdict fut rendu. Le jury avait reconnu papa coupable des quatre chefs d'accusation d'agressions à caractère sexuel.

L'inspectrice de police m'expliqua que papa n'avait pour ainsi dire pas réagi quand le verdict était tombé ; il s'était simplement penché en avant, l'air résigné.

— La sentence ne sera prononcée que dans deux semaines, le temps qu'on fasse les rapports.

— Quels rapports ? ai-je demandé.

— Le dossier médical du prévenu, et ce genre de choses. Mais ne vous attendez pas à une peine lourde.

Elle m'avait déjà expliqué qu'étant donné que les faits remontaient aux années 1970 et 1980, la sentence correspondrait à celle en vigueur à l'époque.

— Si cela s'était passé de nos jours, il aurait écopé de dix ans. Mais là, nous en sommes loin.

Quelques semaines plus tard, elle a rappelé pour m'annoncer la sentence.

— Il a écopé de vingt-quatre mois. Ça n'est pas grand-chose, et il est probable qu'il sortira avant cela, mais c'est tout de même une victoire, Lisa. Vous avez surmonté de grands obstacles pour pouvoir amener l'affaire devant les tribunaux, et le jury est convaincu qu'il a abusé de vous quand vous étiez enfant. Il va également figurer sur le registre des délinquants sexuels pendant dix ans.

La sentence semblait dérisoire comparée à ce que papa m'avait fait subir, mais j'avais découvert au cours des mois passés que seule une infime proportion d'affaires comme la mienne faisait l'objet d'un procès.

J'étais une des rares élues. En outre, ce n'était pas tant la sentence elle-même qui comptait que le fait que le juge et le jury (composé de « douze hommes intègres et honnêtes ») avaient fait clairement savoir qu'une société civilisée ne pouvait pas tolérer la dépravation d'un homme tel que papa.

J'avais voulu que justice soit rendue pour pouvoir me débarrasser des entraves de la culpabilité, de la honte et de la peur qui m'avaient tenue pendant si longtemps prisonnière.

Je voulais que justice soit rendue pour la petite fille que j'avais été. Je savais que je ne trouverais jamais la paix intérieure tant que je n'aurais pas tout fait pour défendre cette petite fille terrorisée.

Maman le savait, mais elle s'en fichait, et quand les autres l'ont su, ils n'ont pas réagi davantage. Mais moi, si, car j'étais différente. Il m'a fallu du temps, mais, grâce à mes enfants, que j'ai vus grandir dans la joie, l'harmonie et l'innocence, j'ai fini par apprendre à m'aimer suffisamment moi-même pour pouvoir me réconcilier avec la petite Lisa en moi.

Et je sais que, quand mes enfants seront suffisamment grands pour entendre mon histoire, ils seront fiers de moi.

Remerciements

Écrire ce livre a été un peu comme faire un tour de montagnes russes : j'ai dû m'accrocher. J'ai été prise dans un tourbillon d'émotions, j'ai revécu les hauts et les bas de mon enfance, et réussi tant bien que mal à sortir à l'autre bout du tunnel, vers la lumière de l'avenir, le sourire aux lèvres – bien qu'un peu échevelée.

Ce fut un réel privilège de pouvoir partager mon histoire, et je serai éternellement reconnaissante à Judith Chilcote de m'avoir présentée à Susanna Abbott et Sally Annett de HarperCollins, qui m'ont fait suffisamment confiance pour me laisser écrire ce livre avec mes mots à moi. Merci à toutes de m'avoir donné la possibilité de tirer un trait définitif sur mon passé. Merci aussi à Gill Paul, dont les conseils avisés et les encouragements m'ont beaucoup aidée.

Un merci spécial à Shy Keenan et Sara Payne de Phoenix Chief Advocates, qui m'ont gardée au chaud et à l'abri sous les ailes immenses du phénix. Continuez votre formidable combat !

Je serai également éternellement reconnaissante à mes vieilles amies, Bridget et Karen, qui ont eu le courage de venir témoigner alors qu'elles auraient pu aisément choisir de me tourner le dos comme tant d'autres l'ont fait. Le monde serait un endroit infiniment meilleur s'il y avait plus de gens comme vous.

Toute ma tendresse à mon amie Shaz, pour sa chaleur humaine, son intelligence et sa sagesse. Qu'aurais-je fait sans toi pendant toutes ces années ?

Enfin, je ne saurais jamais dire en une seule phrase combien je suis reconnaissante à mon merveilleux mari et à mes très chers enfants. Je dirai donc simplement que mon cœur déborde d'amour et de fierté tandis que j'écris ces mots. Merci d'avoir rempli ma vie de tendresse et de bonheur, de m'avoir montré à quoi ressemble une vraie famille, de m'avoir permis d'être pour vous la mère que je n'ai jamais eue.

Chez le même éditeur

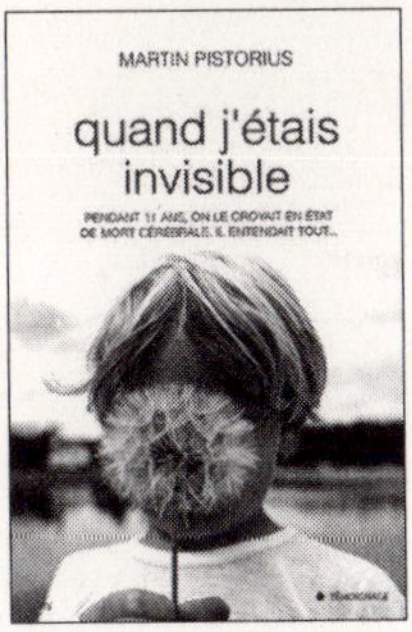

Ma mère, mon cauchemar
Alexander Sinclair

Pourquoi maman les a tués ?
Nikkia Roberson

La petite fille qui criait au secours
Casey Watson

Je pleurais en silence
Joe Peters

Quand j'étais invisible
Martin Pistorius

J'étais sa chose
Nabila Sharma

Pourquoi m'ont-ils fait ça ?
Anya Peters

Pourquoi personne
ne m'a aidée ?
Jackie Holmes & Toni Maguire

Tu n'aimes pas ton papa ?
Sally East & Toni Maguire

Ils ont laissé papa revenir
Toni Maguire

Le soir quand je me couche…
Eileen Munro

Ne dis rien à personne
Marianne Marsh & Toni Maguire

L'enfant que personne n'aimait
Casey Watson

J'étais sa petite prisonnière
Jane Elliott

Des récits émouvants d'enfances volées,
des histoires pleines d'espoir
d'une lutte pour la vie.

www.city-editions.com